新☆ハヤカワ・SF・シリーズ

5060

蒸気駆動の男

朝鮮王朝スチームパンク年代記

DOROTHE MACHINE
HUMAN

BY

EWHAN KIM, PARK AEJINA,
PARK HARU, YI SEOYOUNG,
JEONG MYEONGSEOB

キム・イファン、パク・エジン、
パク・ハル、イ・ソヨン、
チョン・ミョンソプ
吉良佳奈江訳

TOKYO
HAYAKAWA
BOOKS

A HAYAKAWA
SCIENCE FICTION SERIES

기기인 도로
(DOORO THE MACHINE HUMAN)
by
김이환, 박애진, 박하루, 이서영 and 정명섭

The original Korean edition was published as "기기인 도로".
Translated by
KANAE KIRA
First published 2023 in Japan by
HAYAKAWA PUBLISHING, INC.
This book is published in Japan by
direct arrangement with
ARZAK CO., LTD.
through GREENBOOK AGENCY in SOUTH KOREA.

This book is published with the support of
the Literature Translation Institute of Korea (LTI Korea).

カバーデザイン　川名 潤

目次

蒸気駆動の男

朝鮮王朝スチームパンク年代記

回回教《かいかいきょう》の沙門、都老《トロ》に
米五石を与えた。
——『世宗《セジョン》実録』十五巻、世宗四年

蒸気の獄

증기사화

チョン・ミョンソプ

정명섭

朝鮮王朝は、その時々の中国王朝と朝貢・冊封関係を結んだ。そのため国王は「陛下」ではなく「殿下」と呼ばれる。王権は男子直系によって受け継がれ、王位継承は生まれ順や母親の地位によって厳格に順位づけられていた。原則は「正室が産んだ嫡男」だが、そうならない場合も多い。時に、勢力争いによって継承順の低い者が、在位中の王を追いやって王位につくことがあり、これは反正《パンジョン》と呼ばれる一種のクーデターである。王の背後には政治家たちの党派による権力争いがある。

朝鮮王朝は儒教を国の理念としていたが、その解釈の違いなどにより政治家たちは党派に割れた。党派争いを韓国語では「士禍《サファ》」と呼ぶが、今回の翻訳では劇的な士禍を「獄」、それ以外を党派争い、と訳し分けた。中宗《チュンジョン》時代の己卯《きぼう》士禍は、四大士禍の一つである。中宗に重用された趙光祖《チョ・グァンジョ》は、急進的な改革を進め、その仲間とともに処分された。反対勢力が宮中の桑の葉に「走肖為王」（趙光祖が王になろうとしている）の文字が出るよう工作をしたと伝えられている。なお、朝鮮王朝では立場のある人間の名誉ある死として、王が毒薬を賜わす「賜死《しし》刑」が行われた。（訳者）

会議の場である賓庁《ピンチョン》に集《つど》った大臣たちが沈黙を守るなか、蒸気茶母《タモ》が忙しく卓の上を行きかっている。蒸気茶母は蟹のような足をせわしく動かしながら卓の隅にいる正九品、芸文館検閲《イエムングァンコミョル》（芸文館は王の詔勅・辞命の作成などをつかさどった官庁。検閲は実録を記録する史官の任務の担当者）の李川龍《イ・チョニョン》に近づいてくる。移動のできる足と湯を沸かす円筒形の胴体の上には急須が付いていた。蒸気茶母は、西域からもたらされた精巧な時計仕掛けの装置を利用し、芸文館の検閲で史官である李川龍《イ・チョニョン》の前に置かれた茶碗に、頭を傾けて暖かい茶を注ぐ。普段であれば、茶母と呼ばれる官婢が来て茶を注いでくれるのだが、今日のように話が外に漏れてはならない日には、蒸気茶母が使われる。蒸気を利用するものなら何であれ嫌がる勲旧派《フングパ》の大臣たちも、黙って蒸気茶母が注いでくれる茶を飲んだ。象の鼻のように長い急須の注ぎ口から出た茶が茶碗を満たしていくのをじっと見ていた李川龍《イ・チョニョン》は、筆を取り紙に記した。

史官は論ずる。

しかし、その後に書く言葉がない。数日前に崩御された国王の廟号を定めるために集まった席だけに、誰も軽々しく口を開けなかった。特に、生前の王が蒸気に対してあいまいな態度を見せていたため、いくつか困ったことが起きていた。しかも、後を継ぐべき王世子はまだ幼く、御簾《みす》越しに政治を行う大妃とその一族がどのように出てくるかわからない状況で、下手に主張するわけにもいかない。

（もっと大きな問題もあるな）

震え出した手の筆を、慌てて硯《すずり》に戻して、李川龍《イ・チョニョン》は腹の中でつぶやいた。生前の王が蒸気に対してどっちつかずの態度を見せていたので、大臣たちは二派に分かれていた。

「崩御された殿下におかれましては、蒸気を愛されていらしたゆえ、蒸の字をつけようという意見も一理がございます。されど、国を再び平穏になされ、危機からお救いくださったのですから、習いにしたがって中の字をつけるべきという意見も出てきております。合わせて、後ろに宗をつけるか祖をつけるかも、議論しなくてはなりますまい」

老獪な領議政（議政府の長）、南景翼《ナム・ギョンイク》の言葉が終わるやいなや、李川龍《イ・チョニョン》側に座っていた吏曹正郎《イジョチョンナン》（人事担当の高官）の洪大謙《ホン・デギョム》が応じた。趙光祖《チョ・グァンジョ》と活動をともにしていた彼は、流配刑に処され数年前に復帰した。そして昨年、現在の正五品の座についた。趙光祖《チョ・グァンジョ》を近くで支えていた人物であり、長年繰り返した流配と上京が象徴にもなって、朝廷で新たに力を持ち始めた士林派《サリムパ》の指導者と目されている。

「殿下は徳がおありでしたから、当然、宗にすべきでございましょう」

その瞬間、李川龍《イ・チョニョン》は南景翼《ナム・ギョンイク》の喉仏が大きく震えるのを見た。朝鮮が建国された初期には、廟号を定める原則がはっきりとしていた。しかし、時代が下るにつれ原則は揺らぎ、国王の意思が優先されるようになった。ほとんどの国王は、「宗」よりも「祖」を好んだ。宗は徳のある王に、祖は功労のある王に与えられるという原則があるからだ。徳がございますね、というのは田舎の農夫たちに対しても言われる挨拶のような軽いものだという思い込みがあった。特に、今回崩御された国王のように王位継承順に逆らい、反正《パンジョン》によって異母兄の前王を追い出して即位した場合には、とりわけ敏感な問題となる。領議政の南景翼《ナム・ギョンイク》をはじめとした勲旧派は、王室と外戚の希望通りに祖のつく廟号を望んでいるが、最近再び朝廷に出入りを始めた士林派は、原理原則通りに宗をつけるべしという姿勢を崩さない。さらに一文字目を蒸とするか中とするかもまた、論争の的となった。蒸気の使用について統制すべきとする勲旧派とは異なり、士林派は蒸気の積極的な使用を主張していた。心情的にも学問的にも、士林派を支持している李川龍《イ・チョニョン》は、しばし悩んでから筆を動かした。

賓庁に大臣たちが集まり、崩御された先王の廟号を論議した。領議政、南景翼《ナム・ギョンイク》が大臣たちに意見を聞くと、吏曹正郎、洪大謙《ホン・デギョム》は、徳があったので宗とすべしと述べた。

李川龍《イ・チョニョン》が筆を置くと、南景翼《ナム・ギョンイク》が洪大謙《ホン・デギョム》に言った。

「洪大謙《ホン・デギョム》殿の話も一理あるが、先王には人としての道理を外れた前王を追いやった功労がおありなので、祖をつけてもよろしかろう?」

「それは、即位なさる前の話でございます。どうしてそれが王の功労と言えましょうか?」

「言葉が過ぎるぞ。先王は正しい志をお持ちだったからこそ、義のある臣下たちが集まって事を起こし、悪名高き夏の桀王《けつおう》のごとく酒池肉林におぼれた前王を追いやったのではないか! 廟号には当然、祖を使うべきである」

「徳がおありで即位されたのは間違いありませんが、直接に事を起こしたのではありませぬから、すべからく、宗とせねばなりませぬ。原則通りにしてこそ国の綱紀が正されるというものです」

もったいぶった言葉が行きかったが、雰囲気は殺伐としたままで、ほかの大臣たちはまともに息もできないほどだった。

「原則を立てようという洪大謙《ホン・デギョム》殿の言葉は、ごもっともであるな。しかし、崩御された先王の廟号問題はもう少し柔軟に見るべきではないか？」

「なにゆえ、そうおっしゃるのですか？　先王の在位中は泰平の御代で、外から侵攻されることもない時代でございました。当然、宗をつけるべきです。名君として名高い世宗《セジョン》も成宗《ソンジョン》も、どちらも廟号に宗がついているではありませぬか？」

「ほほう、これは、また……」

　李川龍《イ・チョニョン》は、南景翼《ナム・ギョンイク》が言葉に詰まるのを見た。そのとき南景翼《ナム・ギョンイク》の隣にいた先王の義父でもある刑曹《ヒョンジョ》大臣の金碩雲《キム・ソグン》が割って入った。

「先王は、朝廷を乱す者たちを追い出して、綱紀を正した功労があるな。当然、祖をつけねばならぬ」

　重かったその場の雰囲気が、ひやりと冷めた。洪大《ホン・デ》謙《ギョム》は拳をぎゅっと握り、絞りだすような声で言った。

「朝廷を乱す者たちですと！　朝廷を汚《けが》したのは、先王の目を覆い、獄を引き起こした奸臣どもではありませぬか！」

「趙光祖《チョ・グァンジョ》は、蒸気をもっと使うべきだと先王に詰め寄った罪で処罰されたのだ！　そのうえ正体もわからぬ異郷の回回人《かいかいじん》、都老《トロ》を師匠としたこともまた、見過ごせぬ行いじゃ」

　李川龍《イ・チョニョン》は、都老《トロ》という単語を紙に記しながら、深呼吸をした。趙光祖《チョ・グァンジョ》を取り巻く数多くの論争の中で、最も先鋭的な対立を呼ぶのが、まさに都老《トロ》の正体についてだった。都老《トロ》というのは西域から来た回回人で、人のように動く汽機人という機械を作る蒸気技術者として知られていた。あわせて、あらゆる奇奇妙妙な噂の主人公でもある。朝鮮を建国した太祖《テジョ》、李成桂《イ・ソンゲ》の側近として活動したという話から、彼自体が人間ではなく汽機人であるという噂まで様々だ。おかげで趙光《チョ・グァン》祖《ジョ》が粛清されるとき、普通ではない者を師匠に仰いだという罪目が追加された。李川龍《イ・チョニョン》はしばし悩んでから、金碩雲《キム・ソグン》は都老《トロ》に言及した、と短く記すにとどめた。

獄を引き起こした当事者のひとりでもあった金碩雲《キム・ソグン》

の物言いに、洪大謙《ホン・デギョム》も言い返した。

「あれほど便利な蒸気を、なぜ使ってはならぬのですか？」

「便利さばかりを追えば、もっと大変なことを見落とすこともある。民百姓が野心を抱いて、変乱を起こし、蒸気を利用して武器を作らぬとも限らない。しかも、倭人も女真族も蒸気技術を虎視眈々と狙っておる。まかり間違って奴らに技術が流れていくことがあれば、こちらが大慌てすることになろう。それゆえに、蒸気の使用は最小限にせねばならぬ」

「では、桑の葉に草丞心為王《チョスンシムウィワン》という文字を書き、偽りの噂を広めたのはどなたですか？ そのために趙光祖《チョ・グァンジョ》をはじめとして、朝廷に出仕していた士林たちが一度に追い出され、あるものは流配刑になり、あるものは死薬を賜りました。忠臣たちを弾圧したその者らこそ、王の目と耳をふさぎ、国を乱した者どもではありませぬか！」

筆を手にした李川龍《イ・チョニョン》は、ぎくりとした。洪大謙《ホン・デギョム》が言った〈草丞心為王〉は、趙光祖《チョ・グァンジョ》が賜死刑に処されることになった決定的な原因の一つだったという噂を聞いたことがある。漢字をばらして書く謎解きのようなこの破字は、前の三文字を集めれば〝蒸〟になる。蒸為王という三文字は、蒸気を愛し〈蒸光祖《チュン・ガンジョ》〉や〈蒸気童子〉というあだ名で呼ばれていた趙光祖《チョ・グァンジョ》が、王になろうとしているという意味にとれる。桑の葉に蚕が齧りとって綴った五文字に関する噂は、天がそのことを警告しているのだというもっともらしい説明とともに市中に広まった。当時、官吏になるべく成均館《ソンギュンクァン》で学んでいた儒生たちは、李川龍《イ・チョニョン》をはじめ誰ひとり真に受けなかった。だが、その噂が、趙光祖《チョ・グァンジョ》に没落をもたらした。当時を思い出していたせいで、墨汁が筆先から紙に落ちるのも気づかなかった李川龍《イ・チョニョン》は、金碩雲《キム・ソグン》が席を蹴るようにして立ち上がるのを見た。洪大謙《ホン・デギョム》は、その姿を見て鼻で笑った。

「足が痺れたご様子だな」

　朝廷内の人事としてはありえないことだったが、先王は何を考えたのか、数年前から趙光祖《チョ・グァンジョ》とともに追い出した士林派人士を再び重用しはじめた。もちろん、蒸気を大々的に使用すべしという彼らの主張までも受け入れたわけではなかったが。おそらく、蒸気使用の規制を主張する勲旧派の勢力が拡大するのを防ぎ、均衡を取るためだったろう。おかげで、科挙に合格してからも士林派と親しく交わり、趙光祖《チョ・グァンジョ》のように蒸気使用に好意的だという理由で官職を得られずにいた李《イ・》川龍《チョニョン》も、朝廷に出仕できた。再び筆に墨汁を含ませた李川龍《イ・チョニョン》は、一文字ずつ記した。

　吏曹正郎、洪大謙《ホン・デギョム》が、趙光祖《チョ・グァンジョ》を謀略によって貶めた者たちについて話すと、刑曹大臣、金碩《キム・ソ》雲《グン》は青白い顔になって席を蹴り、外に出た。聞くに堪えない話を聞いたためだが、志ある儒者を貶めた罪は、千年万年残るであろう。

　会議は、うやむやに終わってしまった。洪大謙《ホン・デギョム》は、蒸気茶母が注いでくれる茶を飲みながら、意気揚々とした表情だった。その周りには、まだ階位は低いが核心と言える要職に進出した士林派人士がしだいに集まりはじめた。心情的には彼らの味方だが、史官という職責は厳格な中立を守らねばならないため、李川龍《イ・チョニョン》は筆を置いてしばし外に出た。大殿のほうから蒸気時計が太鼓を打つ音が聞こえてきた。これは世宗《セジョン》大王の御代に時間を知らせる機械として作られ、正確に時間を知らせてくれる便利なものだとみな考えていたが、蒸気を使うという理由から勲旧派の大臣たちはいい顔をしなかった。天が定めた時間を、人間が作った機械で確認するなどもってのほかだというわけだ。

（はたして、真実は何だ？）

　二十五年前、己卯《きぼう》の年に起きた党派争いで、勲旧派と士林派が激突した。その年の十干十二支《じっかんじゅうにし》を取って己卯の獄とも呼ばれるが、核心は蒸気をめぐる諍いだったので蒸気の獄とも呼ぶ。当時、まだ朝廷に出仕していなかった李川龍《イ・チョニョン》は、話にだけ聞いていた蒸気の獄がいまだに影を引きずっているのを目の当たりにして、真実を知りたくなった。両派とも一歩も譲らずに、激しく対立している。実録に残る史草を書くには、真実を記さねばならない。そのためには、対立するどちらの党派からも話を聞いてみなければ。片方の当事者ともいえる金碩雲《キム・ソグン》に、今、話しかけるのはいかがなものか。とりあえず趙光祖《チョ・グァンジョ》を擁護する士林派の話から聞くことにしよう。そう決心した李川龍《イ・チョニョン》は、踵《きびす》を返して賓庁に入った。ちょうどほかの官吏たちがみな出ていくところで、中に残っているのは洪大謙《ホン・デギョム》ひとりだ。洪《ホン》大謙《・デギョム》は戸が開く音を聞くと振り返って尋ねた。

「何用だ？」

「二十五年前のことが気になりまして」

李川龍《イ・チョニョン》が向かいの席に座って尋ねると、洪大謙《ホン・デギョム》は姿勢を正して座りなおした。

「蒸気の獄のことか？」

「そうでございます。廟号を定めるにあたって、ずっとあの事件が尾を引いているように思います」

「おぬしは史官として気になるのか？　それとも、士林派として知りたいのか？」

「私の立場によって、お答えが変わるのでしょうか？」

返事を聞いた洪大謙《ホン・デギョム》は、苦笑いをした。

「蒸気の獄は、先王の目と耳をふさいだ者たちが起こした一種の謀反じゃよ。儂が官職についている間に必ず真実を明らかにし、逆賊とされた趙光祖《チョ・グァンジョ》を復権させて士林派の名誉を回復させるのじゃ」

「趙光祖《チョ・グァンジョ》は、犠牲者だったというのですか？」

李川龍《イ・チョニョン》が尋ねると、洪大謙《ホン・デギョム》はうなずいた。

「もちろんだ。おぬしは趙光祖《チョ・グァンジョ》がどんな方だったか知っておるか？」

「成均館にいたときに頭角を現したと聞きました」

「では、あの方がもともとは勲旧派家門の出身というのも知っておろう」

「ええ？」

李川龍《イ・チョニョン》が驚いてみせると、洪大謙《ホン・デギョム》はひげをよりながら口を開いた。

「あの方は漢陽趙氏《ハニャンチョ》の出身だ。五代前が開国功臣であった」

「それが、どうして……」

「士林派になったのか、とな？　祖父の代から没落して家勢が傾いた。そして子どものころは、平安道龍川《ピョンアンドヨンチョン》の地方役人になった父親について遠く北方に行ったそうだ。そして、そこで金宏弼《キム・グェンピル》に出会った」

「金宏弼《キム・グェンピル》というのは、戊午《ぼご》の年の党派争いに巻き込まれて流配されていた方では？」

「そうじゃ。暴君が自身の道楽のために蒸気を使おうとしたのを断固として拒否したところ、恨みを買って龍川近くの亀城《クィソン》に流されておった。そこで子どもたちに文字と蒸気を教えていらした。その噂を聞いた趙《チョ・》光祖《グァンジョ》が、父親に教えを受けたいと申し出たそうだ」

「現職の官吏の息子が、流配されてきた罪人のもとで学んだというのですか？」

李川龍《イ・チョニョン》は我知らず上ずった声を出し、洪大謙《ホン・デギョム》はカッカと笑った。

「科挙に合格して出世しようと思うなら、何よりもよい師匠に出会わねばならん。高麗時代は科挙を行う役人とその試験を受けた門生には堅い絆があったというが、それほどでなくとも、科挙に合格するときの試験官が誰かによって運命が変わることもあるのだからな。父親がその点を心配すると、趙光祖《チョ・グァンジョ》は、自分は官吏ではなく士人《ソンビ》（官職につかない在野の儒者）になると、答えたそうだ」

「その出会いが、始まりだったのですか？」

「実のところ、趙光祖《チョ・グァンジョ》が金宏弼《キム・グェンピル》に教えを受けたのは、一年にも満たぬ。朝廷は流配先が国境に近すぎると思ったのか、一年後に遠く南方の海辺に、金宏弼《キム・グェンピル》の流配地を移したのだ」

「学ぶ時間がそれほど短くて、どうして師匠と呼べましょうか？」

李川龍《イ・チョニョン》の質問に、洪大謙《ホン・デギョム》はしばし考えてから答える。

「蒸気への信念を植え付けてくれたゆえ」

「一年にも満たぬものを？」

「学んだ長さが重要なのではない。どのように学んだかが重要なのだ。蒸気は儒学で教える良い点をすべて備えておる」

「どのような点でございますか？」

洪大謙《ホン・デギョム》は、李川龍《イ・チョニョン》に問われると指を折って話しだす。

「蒸気が熱くなれば動き、冷たくなれば止まるというのは、道理をわかっておるということじゃ。動くことでみなが便利になるのは、民百姓を利すべしという話にぴったりだ。おぬしも蒸気汗蒸所《ハンジュンソ》を知っておろう」

質問を受けた李川龍《イ・チョニョン》はうなずいた。

「科挙に合格して官吏となり、最初にそこで仕事をしました」

「昔は患者たちの汗を流させるために、多くの焚き木が必要でやり方も複雑だった。炎が上がるまで焚き木をくべたところに熱い湯をかけて蒸気を作ったのだが、そうすると火が消えて炭は使えなくなる。それに比べて、蒸気で湯を温めてそこからもっと多くの蒸気を作れば、木は炭が灰になるまで使うことができる。それだけではない。蒸気を利用して粥をこしらえ、患者たちに分け与えることもできる。蒸気は民百姓の暮らしを助ける、国の大事な宝だ。それなのに、手がかかって危険だから蒸気を使うな、など、話にもならぬではないか」

いつの間にか、蒸気の使用に消極的な勲旧派の批難のほうに話が移っていったが、李川龍《イ・チョニョン》は黙って聞いた。洪大謙《ホン・デギョム》は、咳払いをすると気まずそうな表情で言葉を続けた。

「短い付き合いだったが、趙光祖《チョ・グァンジョ》は金宏弼《キム・グェンピル》から蒸気について深く学び、一生かけてこれを実践しようと心に決めた。そして小科に及第して成均館に入ったときより、寝ても覚めても蒸気のことばかり考えていらした。それで〈蒸光祖《チュン・ガンジョ》〉や〈蒸気童子〉というあだ名で呼ばれたそうだ」

「それほどまでとは、知りませなんだ」

「君子が心を決めれば、鉄も溶かすことができ、世の中を震わせることもできる。ともかく成均館に入学してからも蒸気への熱意を隠すことはなく、自然と周りに同調者が集まった。その同調者たちはみな、後に蒸気の獄で策略に陥れられた」

「そのような状況で、朝廷に出仕されたのですか？」

「たやすいことではない。先王が反正で即位された後も、蒸気の使用に不満を持っていた勲旧派が、朝廷を掌握していてな。彼らが蒸気童子とまで呼ばれていた趙光祖《チョ・グァンジョ》をよく思うわけがない。当然あれこれと難癖をつけて、邪魔だてをする。しかし、国王は趙光祖《チョ・グァンジョ》の名声が高いのを知って、周りの反対を押し切って朝廷に出仕させた。おふたりはまるで唐の太宗《たいそう》が魏徴《ぎちょう》を側近としているかのようだった。長いこと勲旧派の影に隠れて過ごしていた士林派が、とうとう朝廷で地位をつかんだ瞬間でもあったな」

洪大謙《ホン・デギョム》の顔に歓喜が兆《きざ》すのを見て、李川龍《イ・チョニョン》の心は複雑だった。士林派と勲旧派の衝突が本格的になれば、再び酷い党派争いが起きないとも限らない。

「はじめは、殿下と趙光祖《チョ・グァンジョ》の仲はよかったのですか？」

「よかったとも。朝一番の御前講義から日暮れ時の夕講まで、一瞬も離れずに経典をともに読まれては討論をされていた。蒸気を広く使って、民百姓に利益あるようにすべし、という趙光祖《チョ・グァンジョ》に殿下は賛同なさった」

「それなのに、どうして獄が起きたのでございましょう?」

李川龍《イ・チョニョン》の用心深い問いに、洪大謙《ホン・デギョム》はぐっと拳を握りしめた。

「殿下の寵愛をうける趙光祖《チョ・グァンジョ》を妬む奸臣どもの策略だよ。反正を起こした三大将と呼ばれた者たちが順に亡くなれば、自分たちの時代が来るとばかり思っていたのに、思いがけず殿下が趙光祖《チョ・グァンジョ》を寵愛するので嫉妬したのであろう。その中にはさっき儂に一本取られた金碩雲《キム・ソグン》も混ざっておったわ」

「その者たちは、どうして趙光祖《チョ・グァンジョ》を憎んだのでしょうか?」

「君子が現れれば、器の小さい輩は生き残る道理がないのでな。あの金碩雲《キム・ソグン》も、若くして御前試験に及第して秀才と呼ばれ、朝廷に出仕してきた。そしてすぐに堕落して奸臣になった。出世のために勲旧派になってしまった。考えようによっては面白い話ではないか?」

「何が、でございましょう?」

「勲旧派家門の後継者である趙光祖《チョ・グァンジョ》が士林派の代表的な人士となり、士林派となるべき金碩雲《キム・ソグン》が勲旧派の手先になったことが、だよ」

「それは、どのような意味がございますか?」

「人の本性は、それほど邪悪で裏表があるものだ。それを乗り越えた趙光祖《チョ・グァンジョ》がどれほど秀でて、立派な人物だったかも、よくわかる」

「それで、勲旧派は趙光祖《チョ・グァンジョ》を恐れていたのですか?」

「趙光祖《チョ・グァンジョ》は朝廷のゆがみを正そうとした。それで偽りの功臣たちを選び出して功臣録から削除し、その者たちに与えた褒賞を取り戻そうと主張した」

「偽勲削除問題でございますね」

「そうじゃ。殿下は勲旧派の反発を危惧して難色を示された。そのとき趙光祖《チョ・グァンジョ》と同僚たちは、御殿の前で三日間跪《ひざまず》いて削除を訴えたそうだ」

「殿下は、どのような決定をされたのですか？」

「偽勲削除を受け入れなさった。三日目は土砂降りで、みなが趙光祖《チョ・グァンジョ》に体のことも考えろと言ったが、あの方はびくともしなかった。今日、道を成し遂げなければ、明日生きていく理由がないと言ったのだ」

「偽勲削除を受け入れなさったのに、それがどうして……」

李川龍《イ・チョニョン》は言葉が継げなかった。士林派は、地方の郷校で儒学を学び、科挙に合格した新進官僚たちだ。朝鮮の建国に力を貸して、その功労を認められた勲旧派とは、いくつかの違いがあるが、特に儒学と蒸気についての見解は深刻なほど異なっていた。勲旧派は儒学をただの学問として学んでいたが、士林派は国家運営の重要な理論だと考える。幼い時から儒学を学び、それをもとに科挙に合格して朝廷に進出するからだ。蒸気についても見解が異なる。勲旧派は、蒸気の積極的な利用は国家の混乱のもとになるので適切な統制が必要だと主張してきた。一方で士林派は、蒸気の利用が民百姓たちに利便を与える道だとして、積極的に利用して開発すべきだと信じている。求めるものが完全に相反している二つの党派が、同じ朝廷で過ごすのは、水と油を混ぜるのに似ている。特に官職が限定されているなか、科挙の受験者たちが次第に増えていく状況は、両派の対立をあおった。結局、燕山君《ヨンサングン》の時代に何度かの党派争いが起きた。はじめは士林派が弾圧されたが、のちには士林派と勲旧派をわかたず、粛清された。結局、耐えきれなかった勲旧派の大臣たちは反正を起こして燕山君を追い出すと、異母弟である晉城大君《チンソンデグン》を王位に担ぎ上げたのだった。

＊

権力は反正に成功した勲旧派の大臣たちのもとに移

った。即位直後には、これといった力を振るえなかった先王は、三十年ほど前に反正三大将が順に世を去ると、趙光祖《チョ・グァンジョ》をはじめとした士林派を重用しだした。特に趙光祖《チョ・グァンジョ》を寵愛してそばに置いていたが、わずか五年で蒸気の獄が起こると、趙光祖《チョ・グァンジョ》をはじめとした士林派人士を突き放した。趙光祖《チョ・グァンジョ》は流配地で死薬を賜って死んだ。しかし、一説では死ぬ直前まで王に向けて蒸気をもっと使わねばならぬという上訴文を書いていたという。賜薬を飲んで死んだ部屋の中は、蒸気に関する本と器具でぎっしり埋まっていたと伝えられる。賜薬を届けた役人は、それらを部屋から引き出して、庭に積んで火にくべてしまった。蒸気の獄はあまりに突然に起こり、趙光祖《チョ・グァンジョ》と士林派たちの没落も一瞬だったために、数多くの伝説を生んだ。その伝説は神話となり、数多くの士林派の夢となった。李川龍《イ・チョニョン》が考えに耽ったまま質問もせずにいると、洪大謙《ホン・デギョム》は咳払いをした。

「おぬしは、殿下がなぜ趙光祖《チョ・グァンジョ》と士林派を突き放したか知っておるか？」

「存じませぬ」

「草丞心為王《チョスンシムウィワン》のせいじゃ」

「文字の形に桑の葉が食われていたという、あの話でございますか？」

「そうじゃ。勲旧派と手を結んだ後宮の者たちが、後園に変わった桑の葉を見つけたと騒ぎ立てたのが始まりだった。内官と宮女たちが、草丞心為王の文字がある桑の葉を宮中のあちこちにばら撒いた。それから、その葉を持って、金碩雲《キム・ソグン》を先頭に勲旧派の大臣たちが王に謁見したそうだな」

「あの者たちの策略に、殿下が騙されたとおっしゃるのですか？」

洪大謙《ホン・デギョム》はうなずきながら、悲壮な表情で語る。

「あの当時、殿下におかれては趙光祖《チョ・グァンジョ》が上奏していた偽勲削除問題で、気を張り詰めていらした。そんな状態で、後宮の者たちは慇懃な言葉で面妖なことでございますとささやき、勲旧派の大臣たちまで加勢したので、間違った決定を下してしまわれた」

「しかし、その後からでもいくらでも朝廷に復帰させることができたのではありませんか？　なぜ賜薬まで下されたのですか？」

「恐れていらしたようだ」

「まさか、国王が桑の葉に刻まれた破字の通りに、趙《チョ・》光祖《グァンジョ》が王になる野心を持っていると信じてしまわれたのですか？」

「ありえない話だ。性理学を学ばれた王が、どうしてそんな策略に乗るものか。おぬしはそのことを考えたことがあるか？」

　いきなり洪大謙《ホン・デギョム》に問われて、李川龍《イ・チョニョン》は問い返す。

「何のことを、でございましょう？」

「桑の葉に草丞心為王という文字が出るように、どうやって蚕が齧ったのか」

「そういわれると、妙でございますね。蜜でも塗ったのでしょうか？」

「蜂ならともかく、蚕が蜜を好むなど聞いたことがない。それも何百枚も、同じ形で齧りとることはなかろう」

　頭の中でやり取りを整理していた李川龍《イ・チョニョン》は、ばっさりと言い切る洪大謙《ホン・デギョム》に、慎重に尋ねた。

「では、どのようにあれらの文字を刻んだのですか？」

「蒸気じゃよ」

「何とおっしゃいました？」

　李川龍《イ・チョニョン》が聞き返すと、洪大謙《ホン・デギョム》は声を低めて答える。

「桑の葉を数十枚重ねておいて、蒸気をそこに吹きさして作ったのだ。鉄製の大きな棺を利用して蒸気を吹き付ければ、紙程度はたやすく穴を穿てる」

「そのようにして蒸気の力を見せつけたのですね」

「聞こえてきた噂では金碩雲《キム・ソグン》と奸臣どもが、蒸気が危険なものだと見せつけるために〈草丞心為王〉の破字を記したそうだ。殿下自身も反正で即位されたのだから、ほかの者が王位を狙っていると聞いて驚くのも無理はない」

「それで、蒸気の獄となったのですか？」

「そうじゃ。そこに蒸気で桑の葉に文字を刻んだのは、都老《トロ》の仕業だという噂も出てきた」

「都老《トロ》というのは、趙光祖《チョ・グァンジョ》の師匠だと噂になった、回回人ではありませぬか？」

李川龍《イ・チョニョン》が驚いて尋ねると、洪大謙《ホン・デギョム》はうなずいた。

「そうじゃ。結局、趙光祖《チョ・グァンジョ》をはじめとして朝廷の士林派たちは、すべて濡れ衣を着せられて死薬を賜るか、痛めつけられた後に流配地に行くほかなかった。その後、朝廷は再び勲旧派の世になり、儂も流配地で八年もの時を過ごした。幸いにも殿下が崩御なさる前に、再び士林派を重用したところを見ると、あの獄の顛末を明らかに後悔しておられた」


確信に満ちた洪大謙《ホン・デギョム》の答えを聞いて、李川龍《イ・チョニョン》はわかったと応じて立ち上がった。話は十分ではないが、これ以上聞いていると知らず知らずのうちに同調してしまいそうだ。挨拶をして、紙と筆を手にした李川龍《イ・チョニョン》は部屋を出た。思ったより長いこと話を交わしたのか、空が暗くなりかけていた。李川龍《イ・チョニョン》は王宮から退出しようとして足を止めた。

（承政院《スンジョンウォン》〔国王の政治の事務処理を行う官庁〕で紙を受け取るのをうっかり忘れていたな）

実録の基本となる史草を記すには、少なくない紙が必要だった。ひと月前に受け取った紙をほぼ使い切ってしまい、いくらも残っていなかった。今日聞いた話を書き残すには、少なくとも数十枚は必要だ。李川龍《イ・チョニョン》は、景福宮《キョンボックン》の西にある宮内閣舎の複雑な行廊を通り、承政院へ向かった。かつて集賢殿《シッピョンジョン》があった承政院の隣には、将英実《チャン・ヨンシル》が作った自撃漏《チャギョンヌ》がある。蒸気を利用して時間を知らせる自撃漏の横では、時間を測定して知らせる役目の書雲観《ソウングァン》の官員が緊張した面持ちで立っていた。甕に入っていた水は二つの小さな筒を経て、玉石と定規のある長い甕に入る。水が満ちると定規が少しずつ上昇し、中に入っていた玉石が木に彫ってある溝に沿って転がると、横の機械装置の中に入る。その瞬間、上部の円筒を通して煙が出ると、設置されていた人形が忙しく動く。一番左の人形が鐘を九回鳴らし、その横にあった人形は太鼓を三回鳴らす。すると、その横の書雲観の官員が大声で叫ぶ。

「酉時、三刻」

　すると台に登っていた別の官員が時間を知らせるべく、鐘路《チョンノ》にある鐘楼、普信閣《ポシンガク》に向かって素早く旗を振る。普信閣では時間に合わせて鐘をついては、行きかう人々に時間を知らせた。このように便利なのは、結局蒸気の力のおかげなのだ。朝、時間に合わせて出仕せねばならない勲旧派の官吏たちも、蒸気自撃漏については特に文句を言わない。勢いよく蒸気を噴き出している自撃漏を通り過ぎて承政院に入った李川龍《イ・チョニョン》は、大きく咳払いをした。すると半分ほど開いていた戸がさっと開かれた。疲れた表情をした承政院の書吏《ソリ》、呉《オ・》英洗《ヨンセ》が見えた。下級官吏として、ひたすら承政院でのみ三十年以上勤務してきた彼は、気安く対面できる人物ではない。

「検閲殿が、ここに何用でございますか？」

「史草に使う紙がなくなってしまったのだ」

「熱心でございますね」

　褒められているのか、嫌味なのかわからない呉英洗《オ・ヨンセ》の話に、李川龍《イ・チョニョン》はあいまいな笑みで答えた。呉英洗《オ・ヨンセ》は、咳払いをすると一言残して先に中に入っていく。

「お入りください」

　用心深く承政院の中に入った李川龍《イ・チョニョン》は、戸の脇に立って待った。木でできた書庫の間に姿を消した呉英洗《オ・ヨンセ》は、分厚い紙の束が入った風呂敷《ポッタリ》を両手で持って現れた。

「先日、忠清道《チュンチョンド》の槐山《クェサン》から納められた質の良い紙でございます」

「ありがたい」

すぐさま紙を受け取り出ていこうとする李川龍《イ・チョニョン》に、呉英洗《オ・ヨンセ》が尋ねる。

「ところで、それほど多くの紙を必要とされるとは、また何の話を記録されるのですか？」

「ああ、今日は賓庁で廟号を決める会議があったのだ」

「ほほう。どちら側も廟号をめぐって譲らなかったのでございましょうね」

数十年間、下級官吏を務めてきた貫禄を隠しもせずに、呉英洗《オ・ヨンセ》がにこりと笑うと、李川龍《イ・チョニョン》はうなずいた。

「多くの言葉が行きかったので、書くべき内容が増えたのだ」

「蒸気の獄に関する内容でございましょうね」

「まあ、そのようだ」

「あの夜は、いろいろなことがございました」

呉英洗《オ・ヨンセ》の言葉に、李川龍《イ・チョニョン》が答える。

「それを記すのが、史官の役目だ」

紙を受け取った李川龍《イ・チョニョン》は西門から外に出た。丘史《クサ》と呼ばれる官奴婢は、彼を見つけるとぺこりと頭を下げて紙束の入った風呂敷を受け取った。

「もう、お帰りになりますか？」

「帰るとするか」

「へえ、馬を連れてまいります」

丘史が手を振ると、橋の向こう側で手綱を手に待っていた馬夫が近づいてくる。李川龍《イ・チョニョン》は鐙に足をかけて馬に乗りかけて、はたと止まった。

「どうかなさいましたか？」

丘史に問われ、鞍にまたがった李川龍《イ・チョニョン》が答える。

「北村《プッチョン》に寄ってから家に戻るから、おぬしはそれを持って先に家に帰っておれ」

「どちらに寄られるのですか？」

「金碩雲《キム・ソグン》大監殿の屋敷に行ってまいる」

早く行こうという手ぶりを見て、馬夫は手綱を引いた。馬がゆっくりと動きだすと、丘史は慌てて挨拶をした。

「では、先に家に戻っております」

朝鮮の行政をつかさどる六曹の前の大通りは、人であふれていた。道端で行きかう人に向かって下がれと叫ぼうとする馬夫を、李川龍《イ・チョニョン》が制した。

「正九品の下っ端役人の私まで人払いをしていたら、誰も通れなくなるではないか。黙ってこのまま行こう」

「芸文館の検閲様の職位が低いとおっしゃるのですか？」

馬夫の言葉に答える代わりに、李川龍《イ・チョニョン》は急いで行くぞと伝えた。通りでは行商人たちが集まって、蒸気背《しょ》負子《いこ》を修理しているところだ。行商人たちが使う小型の背負子に蒸気機関をつけて、自動で歩けるようにした蒸気背負子は、国中の道を縫って進んでいるところだ。地方官の中には蒸気背負子を使用できないよう、通行禁止にした事案もあるが、行商人からしたら力を使わずより多くの荷物を運べるのだから、使わない理由はない。蒸気は民百姓の生活の隅々に根を下ろしていくところだった。それを制することは不可能に見えたが、権力を持った者たちは蒸気を恐れた。民百姓が蒸気をもって自分たちに抵抗しかねないと信じていたからだ。

＊

景福宮と昌徳宮《チャンドックン》の間の丘には、大きな瓦ぶきの屋敷が集まっている。宮廷にも近く、高台にあって首都の漢陽《ハニャン》を見渡せるので、両班《ヤンバン》たちは集まって羽振りよく暮らしている。日が傾くと、屋敷ではそれぞれ大門に灯籠を吊るし、道を明るく照らした。馬夫は坂道の突き当たりにあるひときわ高い大門の前で馬を止めた。

「あちらが、刑曹大臣、金碩雲《キム・ソグン》殿のお屋敷です」

人を乗せた輿がそのまま入っていけるように、高く作られた大門をまじまじと見つめていた李川龍《イ・チョニョン》は言った。

「金碩雲《キム・ソグン》殿に会いにまいったと伝えてくれ」

「へえ」

馬夫がぺこりと頭を下げて走っていく。馬夫は大門を叩き、門の隙間から中の人とやり取りをすると慌てて戻ってきた。

「客間《サランチェ》に入れと申されます」

馬から降りた李川龍《イ・チョニョン》が大門の中に入ると、待っていた召使いがすぐさま客間へ案内する。明るく照らされた客間の縁石の前に立った召使いが、中に向かって告げる。

「旦那様。芸文館の検閲、李川龍《イ・チョニョン》様がお見えでございます」

返事代わりの大げさな咳払いが聞こえると、召使いが横に退いて中に進めと手で指し示す。履物を脱いで中に入ると、寝台の布団の上に座って松の盆栽に見入っていた金碩雲《キム・ソグン》が顔を上げた。

「おぬしが、この家に何の用だ？」

士林派がどうして勲旧派の家に来るのかという問いに、李川龍《イ・チョニョン》は綿の入った座布団に座って答えた。

「士林の士人であれば来なかったでしょうが、今は史草を書く芸文館の検閲としてまいりました」

「今日の昼に賓庁で話したことのためであろう」

「そうでございます。蒸気の獄に関することを記録するのに、両側の話をどちらも聞いているところでございます」

「どのみち、趙光祖《チョ・グァンジョ》側に立って書くことになろうが、無駄足であったな」

冷静を通りこし冷酷な様子で話す金碩雲《キム・ソグン》に向かって、李川龍《イ・チョニョン》は単刀直入に尋ねた。

「あの獄は、どうして起こったのでしょうか？」

松の盆栽をじっと眺めていた金碩雲《キム・ソグン》が、だいぶたってから口を開いた。

「趙光祖《チョ・グァンジョ》は異なる思いを抱き、そのために処罰されたのだ」

「謀略でも企てていたのですか？」

李川龍《イ・チョニョン》は知らぬ間に大きな声をあげて、金碩雲《キム・ソグン》はカッカと笑った。

「考えようによっては野心を持っていたともいえるな。性理学と蒸気を、国王の上に立てようとしたのだ」

「それがどうして、野心となりましょう？」

「趙光祖《チョ・グァンジョ》と士林派たちは政治の本質を忘れてしまい、ただ自分たちだけが正義だと信じておった。結局、国王もそれに耐えられなかった。おぬしもまた書堂と郷校、そして成均館で趙光祖《チョ・グァンジョ》がどれほど素晴らしい人間か、耳にたこができるほど聞かされたのであろう？」

「そうでございます」

「彼が、成均館の長として、あるいは地方の郷校に留まっておれば、今頃は聖人の隊列に名を残しておっただろうに。しかし、彼は政治に参加して自分自身と同僚たちを台無しにしてしまったのう」

「政治をする資質が足りなかったというのですか？」

李川龍《イ・チョニョン》に尋ねられ、金碩雲《キム・ソグン》は黙ってうなずいた。

「趙光祖《チョ・グァンジョ》が朝廷に入るころ、北方の女真族共が国境を越えて攻め込んできたことがあるな。朝廷は討伐隊を送って応戦しようとしたが、趙光祖《チョ・グァンジョ》がそれに反対を唱えた」

「なにゆえに？」

「女真族の使節が漢陽に来ているのに、いきなり討伐するのは道理に違《たが》うというわけだ。その話を聞いた兵《ビョン》曹《ジョ》大臣が、軍部のことは武将たちに任せてくれと訴えるほどだった。趙光祖《チョ・グァンジョ》は政治を行うにはあまりに理想が高くて、現実感覚がなかった。それが結局、本人を滅ぼすことになった」

「それが命を差し出すほどだとは、思いませんが」

李川龍《イ・チョニョン》が短く切り返すと、金碩雲《キム・ソグン》は苦笑いをした。

「それは小さなことに過ぎなかった。趙光祖《チョ・グァンジョ》は、国王が天を祀る昭格署《ソギョクソ》をなくして、蒸気を研究する蒸気《チュンギ》院《ウォン》を作るべきだと頑固に主張しておった。昭格院だったものを昭格署に格下げしたというのに。それに国王は、かつて世宗大王が作られた官庁を、自分の考えひとつでなくすわけにはいかないと答えた。そのとき趙《チョ・》光祖《グァンジョ》が何と返したか知っておるか？」

金碩雲《キム・ソグン》は李川龍《イ・チョニョン》の表情をちらりと確認しながら言い足した。

「それは世宗《セジョン》大王の過ちなので、すべからく国王が正すべきだと言ったのだ。あのとき儂は偶然、隣におってご尊顔をちらりと確かめたものよ。怒りを秘めた面持ちでひとしきり趙光祖《チョ・グァンジョ》をにらみつけていらしたのを覚えておる。国王にあれほど言われても自分の執着を捨てられないのは、忠にあらずだ」

「朝鮮は性理学を基盤とした国にございます。道教の伝統を持つ官庁をなくそうというのは、当然、出てしかるべき話です」

「問題はその過程であろう。国王が納得するまで説得するしかないものを、趙光祖《チョ・グァンジョ》は結果を急ぎすぎたのだ。そうして王の意を無視して突っ走った。自身と周りの人士は正しい君子であると思い込み、少しでも反対すれば器の小さな人間だと追い詰めた。はじめは彼らに同調していた儂が、袂を分かつことになったのも、まさにそのためだ」

「だからといって、草丞心為王を利用して濡れ衣を着せるのは、決してうまくやったとはいえますまい」

李川龍《イ・チョニョン》の話を聞いた金碩雲《キム・ソグン》は、膝を打って笑い出した。

「おぬしもあの噂を信じておるのか？　仕掛けられたという者たちは多いが、実際に見た者もおらぬのに」

「では、あれはそら言だとおっしゃるのですか？」

「おぬしは実録を記す史官であろう。見たままに記さねばならず、話したままに記録する義務がある、というわけだ。その話をした者たちの中に、それを直接見たものはおったか？」

金碩雲《キム・ソグン》の質問に、李川龍《イ・チョニョン》は先ほど洪大謙《ホン・デギョム》から聞いた話を思い出した。首に血管を浮き出させながら話をした洪大謙《ホン・デギョム》もまた、直接見たわけではなかった。李川龍《イ・チョニョン》は首を振って、いいえと答えた。

「決定打は偽勲削除だった。偽りの功臣たちを選び出し、功臣録から削除して褒賞として与えた財物を取り戻して蒸気院を作るのに使おうというのだ。それがどれだけ危ういことなのか、まったく考えもせずに」

「反正に参加もしていないものが功臣に取り立てられた事例があったと聞きました。それらを整理しようということの、どこが間違っているのですか？」

「もちろん、過ちではない。偽の功臣の問題は長い間、頭の痛い問題ではあった。しかし、誰も、ひいては国王さえもそのことについては話をしなかった。なにゆえか、わかるか？」

「問題が複雑すぎるからではございませんか？」

「おぬしも知っての通り、このたび崩御された国王は兄王を追い出して即位なさった。兄王が暴君だったといえど、異母弟として、本来であれば王位に上れぬお方だ。それを可能にしたのが反正で、その核心が功臣たちだ。ところが、その功臣の中から本物と偽物を選び出そうという言葉は、反正の否定につながり、しまいには国王の正当性まで問題になりかねん。つまり、偽勲削除を問題にするのは一匹の虱《しらみ》を捕まえるために家ごと燃やしてしまえ、というのと変わらぬのだ」

「しかし……」

「政治とは正義を実現させることではあるまい。妥協と対話を通して現実を変えていこうというものだ」

鋭く断言した金碩雲《キム・ソグン》は、李川龍《イ・チョニョン》の表情をちらりと確かめ、話を続けた。

「偽勲が削除されるという噂を聞いて、武官たちの不満も高まった」

「武官たちでございますか？」

李川龍《イ・チョニョン》が問い返すと、金碩雲《キム・ソグン》は軽くため息をついて答えた。

「功臣録から削除すべき対象とみなされたのは三等と四等の功臣たちで、武官たちがほとんどだった。不満を持って当然だ。それに趙光祖《チョ・グァンジョ》が蒸気院を作ってそこで開発した汽機人たちに国境を守らせようと主張したのだから、危機を感じるほかあるまい。先立っての女真族の問題でもわかるように、趙光祖《チョ・グァンジョ》は武官たちを無視し、排斥しようとしていた」

「汽機人で兵士を作ろうとしたというのですか？」

李川龍《イ・チョニョン》は金碩雲《キム・ソグン》に会いに来た道すがら、通りで見た蒸気背負子を思い浮かべる。あれに手足をつけて、武器を持たせたら、戦をさせるのも不可能ではないだろう。

「蒸気というものは便利ではあるが、同時に危険なものだ。武官たちは武科に及第してお国の俸禄で食っているゆえ、国王に忠誠を尽くすほかない。しかし、汽機人たちは俸禄をもらうことも武科に及第することもないのだから、朝廷と国王に頭を下げる必要もない。もしも武官たちをすべて汽機人と取り換えた状況で、汽機人を指揮する者が野望を抱いたらどうなるだろうか？　あるいは民百姓が反乱を起こして、汽機人を動かす薪が手に入らない羽目になったら？　国が吹き飛ぶのはあっという間だ」

確信に満ちた金碩雲《キム・ソグン》の言葉に、李川龍《イ・チョニョン》は何も言えなかった。それから、最後に知りたかったことを尋ねた。

「蒸気の獄を引き起こしたのは、誰だったのですか？」

「儂の口から言わせるのか？　国王殿下に決まっておろう」

「しかし、殿下は策略に乗せられて……」

李川龍《イ・チョニョン》の答えに、金碩雲《キム・ソグン》はあきれてみせた。

「趙光祖《チョ・グァンジョ》が義禁府《ウィグムブ》に捕らえられると、殿下はすぐさま処刑せよと王命を下された。儂と大臣たちが言葉を尽くして思いとどまらせ、流配刑に下げていただいたが、いくらもたたずに死薬を賜わされた。あのとき殿下は、反対する大臣たちに向かって趙光祖《チョ・グァンジョ》には生かしておく価値すらないと申された」

「信じられませぬ」

金碩雲《キム・ソグン》は苦笑いをして言った。

「おぬしらにとっては、信じないほうが楽であろうな。殿下が策略に乗せられ、忠臣の趙光祖《チョ・グァンジョ》を粛正し、のちに後悔なさって士林派を再び重用するようになった。そう考えねば、朝廷で地位を定めることはできぬからな」

「実際に後悔なさったと聞きましたが」

「そうかもしれぬな。もとより殿下が望んでいたのは、勲旧派を牽制しつつも、自身の権威を立てることだった。だが、士林派の勢力が強くなりすぎたゆえ、獄を引き起こして粛清なさった。それからは勲旧派の外戚を頼っていたが、そちらが腐敗すると、結局また士林派に手を差し出したというわけだ。それが政治の本質だ。それゆえ、殿下のことは信じすぎるでないぞ」

あまりの衝撃に李川龍《イ・チョニョン》が言葉を失ったのを見て、金《キム・》碩雲《ソグン》は口を開いた。

「承政院の書吏の中に、あの晩何があったのかを見ていた者がおるな」

「それは、誰でしょうか？」

「呉英洗《オ・ヨンセ》という者だ」

つい先ほど承政院で呉英洗《オ・ヨンセ》に会ってきたばかりの李《イ・》川龍《チョニョン》は、驚いた。しかし、金碩雲《キム・ソグン》は再び松の盆栽に視線を戻した。

「あの者は二十五年前に景福宮でどんな事があったのか、よく知っておる。あの者のもとを訪れて、夜中に北門が開かれた日に、どんなことが起こったのか聞いてみるがよい」

その言葉を最後に、金碩雲《キム・ソグン》は口をつぐんで再び松の盆栽を鑑賞しはじめた。席を立った李川龍《イ・チョニョン》は挨拶をして外に出た。外で待っていた召使いが大門の外へ案内した。

＊

翌日、李川龍《イ・チョニョン》は宮廷に出仕するとまっさきに承政院に向かった。宿直を終えて帰ろうとしている同副承旨《トンブスンジ》（承政院の高官の一人）は、呉英洗《オ・ヨンセ》に会いに来たと告げた彼に答えた。

「奇別庁《キビョルチョン》に行ってみよ」

西南の門の横にある奇別庁は、承政院で発行する朝報を印出する場所だ。毎朝、承政院で作った朝報が出ると各官庁から派遣された奇別書吏たちがこの場に集まって書き写して持っていく方法を取った。蒸気で動く印刷機があるにはあるのだが、朝報は見る者が限られているので手で書き写す伝統が続いていた。奇別庁では、一刻も早く書き写して戻ろうとする奇別書吏たちが盛んにもみ合っているところだった。後ろ手を組んだ呉英洗《オ・ヨンセ》は、そんな奇別書吏たちの様子を見て舌打ちをしていた。門を開けて入ってきた李川龍《イ・チョニョン》を見た呉英洗《オ・ヨンセ》が慌てて深くお辞儀をした。

「こちらには何の御用ですか？」

「あなたと、少し話がしたくてまいったのだ」

「私は今この場を離れることができませぬ。ここで話してもかまいませんか？」

「そうしよう。あの日、どんなことが起きたのだ？」

「はて、あの日とは？」

すぐに答えようとしない呉英洗《オ・ヨンセ》に、李川龍《イ・チョニョン》が言う。

「北門が開いた、あの日のことだ」

李川龍《イ・チョニョン》はふてぶてしい呉英洗《オ・ヨンセ》の顔が、一気にこわばるのを見た。かろうじて平静を装った呉英洸《オ・ヨンセ》が尋ねた。

「それを知って、どうなさるおつもりですか？」

「私は、真実を知る義務のある史官だ。蒸気の獄がどのようにして起こり、誰の責任なのか知るべき義務がある」

呉英洸《オ・ヨンセ》の視線は、奇別紙をめぐって争っている奇別書吏たちのほうに、しばし移っていった。李川龍《イ・チョニョン》が黙って見ていると、呉英洸《オ・ヨンセ》が深いため息をついて口を開いた。

「あの日は、本来宿直の番ではありませんでした。ところが」

乾いた唾を飲み込んだ呉英洸《オ・ヨンセ》は、目をぎゅっとつぶってから開いた。

「朝報に追加する内容ができたので、宿直することになりました。すべき仕事はすぐに終わって、夜中にあのことが勃発するまでは椅子に座ってうとうとしていたのですが、承政院の史官、黄人正《ファン・インジョン》に叩き起こされました」

「何があったのだ？」

「王宮の中が、松明《たいまつ》で明るく騒がしいと言うのです」

「真夜中の王宮で、どうしてそんなことが？」

王宮は、日が沈むとすべての門を固く締めて鍵をかける。鍵は内官たちの詰め所で保管するため、王の命令なくして夜中に門が開くはずがなかった。王宮の中で宿直をする官吏たちがいないわけではないが、自分の持ち場を勝手に離れたら処罰を受ける。したがって、真夜中に王宮が騒がしいということは反正か、あるいは火事が起きた場合だけだ。ぽかんとしている李川龍《イ・チョニョン》の質問に、呉英洸《オ・ヨンセ》は堅い表情のまま話を続けた。

「当時、承政院で宿直中だった都承旨の金明男《キム・ミョンナム》が、黄人正《ファン・インジョン》と私を連れて慌てて正殿の勤政殿《クンジョンジョン》に向かいました。そこで驚くべき光景を見たのです」

「何を見たというのだ？」

「青い軍服を着た軍卒たちが左右に分かれて松明を掲

げていました。まるで真昼のように明々としてございました。あまりに驚いて、どうしたらよいかもわからずにいると金明男《キム・ミョンナム》が、その者たちをかき分けて正殿に向かいました。黄人正《ファン・インジョン》と私も後についていきました。

「その軍卒たちはどのようにして王宮の中に入ったのだ？」

「北の神武《シンム》門《ムン》から入ったそうですが、定かではありません。ともかく、勤政殿に向かうと、石段に大臣たちが座っているのを見ました。近くに行ってみると領議政の趙張用《チョ・ジャンヨン》殿をはじめとして勲旧派の大臣たちと、当時、司憲府《サホンブ》監察だった金碩雲《キム・ソグン》らがおりました」

「夜中に大臣たちが王宮に入るには、王命が必要だが……」

李川龍《イ・チョニョン》の言葉に、呉英洗《オ・ヨンセ》が憂鬱そうに顔をしかめた。

「そうでございます。都承旨の金明男《キム・ミョンナム》が、なぜここにいるかと尋ねたところ、李倫《イ・ユン》が、王命を受けて入ってきたのだと答えました。金明男《キム・ミョンナム》は尋常ではない状況だと思ったのか、ちょうど王命の出納を任されている内官の金潤道《キム・ユンド》の姿を見つけ、慌てて謁見を申し入れました」

「謁見したのか？」

質問を受けた呉英洗《オ・ヨンセ》は、首を振ってから言葉を続けた。

「金潤道《キム・ユンド》は、金明男《キム・ミョンナム》に目も向けずに、吏曹《イジョ》大臣、李《イ》倫《ユン》に向かって『殿下より、貴殿を都承旨に任命するので、中に入るよう王命を受けた』というのです」

「何と？　夜中に都承旨を交替させたというのか？」

「みな状況を把握する余裕もなく、どうすることもできずにいたのですが、李倫《イ・ユン》が正殿に入ろうとしました。すると、都承旨の金明男《キム・ミョンナム》が進み出て、国王と臣下が二人きりで対面するのは道理に違《たが》うことだと、必ず史官が同席せねばならぬと申しました。そしてついていった承政院の史官、黄人正《ファン・インジョン》に早く中に入れと言いました。そのとき取っ組み合いになったのです」

「取っ組み合いだと？　王宮の中でか？」

国王のいる王宮の中では、小さな騒ぎでも厳格な処罰が下された。ましてや、正殿で、大臣たちが取っ組み合いをするなど、信じられなかった。あきれ返った李川龍《イ・チョニョン》の問いに、呉英洗《オ・ヨンセ》が苦笑した。

「私も啞然としました。李倫《イ・ユン》の腰帯をつかみ、続いて入ろうとする黄人正《ファン・インジョン》を大臣たちが体当たりして押し出しました。そして、これに抗議する金明男《キム・ミョンナム》を捕まえて押し倒したのです」

「なんと」

「それからしばらくして、李倫《イ・ユン》が外に出てくると紙切れを見せました」

「何の紙だ？」

「国王殿下が、紙に名前が書かれた者たちをみな下獄させるよう命令を下したというのです。そこには趙《チョ・》光祖《グァンジョ》はもちろん、都承旨だった金明男《キム・ミョンナム》の名前もございました。そして残りの大臣たちを中に入れよと命じられたと言って、みな王が暮らす思政殿《サジョンジョン》に入っていきました。そこまでが、あの夜、私が見たすべてでございます」

「翌朝から、趙光祖《チョ・グァンジョ》と士林派たちが投獄されたのだろうな」

「実は、その数日前よりおかしな兆しはございましたが、あのように粛清されるとは思いもよりませなんだ」

「あなたの話の通りであれば、蒸気の獄は勲旧派ではなく全面的に国王の意思だったのでしょうな」

李川龍《イ・チョニョン》の問いに、呉英洗《オ・ヨンセ》が目を閉じてしばし考えに耽ってから口を開いた。

「そうでなくとも、その場にいた李倫《イ・ユン》が金碩雲《キム・ソグン》にこっそりと話すのを聞きました」

「どんな話を？」

「どうやら、殿下は自分たちの名前を使って趙光祖《チョ・グァンジョ》を片付けようとしているようだと言うのです。そして、金碩雲《キム・ソグン》は実録にどのように記録されるか心配だと答え、横にいる私をみて口をつぐんだのを覚えております」

ようやくそのときになって、金碩雲《キム・ソグン》がうら寂しいまなざしをしていた理由に思いあたった。李川龍《イ・チョニョン》は全身に鳥肌が立った。金碩雲《キム・ソグン》の言う通り、蒸気の獄は勢力が大きくなっていた趙光祖《チョ・グァンジョ》と士林派を粛正するために、国王の電撃的な決定で起きたものだった。謀反や策略など、ただの噂話に過ぎなかった。話し終えた呉《オ・》英洗《ヨンセ》が尋ねた。

「史草に記されますかな?」

「そ、そうしなくては」

かろうじて平静を保った李川龍《イ・チョニョン》の答えを聞いて、呉《オ・》英洗《ヨンセ》が言う。

「では、私の名前は抜いてくださいませ」

「わかった」

話を終えた李川龍《イ・チョニョン》は芸文館に戻った。自分の席に座ると、ややためらってから紙を広げて筆を取った。深呼吸をしてから、筆で文字を書き始めた。

史官は論ずる。己卯の年に起きた蒸気の獄は全面的に国王の意思によって引き起こされたものである。当時北門の火を直接見た承政院のある書吏の話によると……

数日後、崩御された先王の廟号が中宗《チュンジョン》と定められた。宗を使おうという士林派の主張通りになったわけだ。しかし、蒸ではなく中の字を使い、蒸気院の設置は保留されたため、士林派が勲旧派に譲歩したように見えた。廟号を定める手順を済ますと国葬が行われた。長い長い国葬の行列が過ぎてゆく大通りの傍らには、司憲府の官吏たちが行商人の使う蒸気背負子を取り締まる様子が見えた。

君子の道

군자의 길

パク・エジン

박애진

朝鮮王朝時代は、王族を頂点とした厳しい身分制度が敷かれていた。支配階層である「両班《ヤンバン》」、専門職の官吏などの「中人《チュンイン》」、農民・商人などの「常民《サンミン》」までが「良人《ヤンイン》」とされ、その下に自由のない「賤民《チョンミン》」が置かれた。「妓生《キーセン》」や「巫《ムー》堂《ダン》」、僧侶などのほかに、官吏のもとで働く召使いなども「賤民」である。中でも多数を占める「奴婢《ぬひ》」は、持ち主の財産とされ、彼らの生殺与奪は主人の気持ち次第だった。代々同じ家で働く奴婢もいる一方で、何かあれば売り買いも贈与もされ、逃亡奴婢を探して連れ戻す役人が置かれたほどだった。絶対的な父系社会にあって奴婢は母系で、奴婢が子を産めばその子どもも奴婢とされ、主人の財産が増えたことになった。

詩人としても有名な妓生の黄真伊《ファン・ジニ》も義賊物語の主人公、洪吉童《ホン・ギルドン》も、身分ある父親と賤民の母親のもとに生まれている。ただし、功績をあげることなどによって、「賤民」から「良人」に身分を変えてもらうこともあり、また、党派争いに巻き込まれて「良人」の身分から奴婢にされることもあった。

前話「蒸気の獄」に登場する自動時計の自撃漏《チャギョンヌ》を作った将 英実《チャン・ヨンシル》のエピソードが有名だ。彼は母親が官妓だったため東莱《トンネ》県の官奴婢となったが、のちに漢陽《ハニャン》で世宗《セジョン》に仕えて天文学の才能を買われ、免賤されて官職を与えられた。奴婢制度は完全に廃止される一八九四年まで存在した。（訳者）

ならんからな。

そうか、おまえも今年で二十五になったか。もうそれだけ月日が経ったんだなあ。儂がおまえを初めて殴ったのは、おまえが七つになったときだった。若旦那様もそのくらいの年で初めてふくらはぎを打《ぶ》たれたそうだ。仕置き棒を持ってまいれ、ふくらはぎを出せなどと順序だてるのは両班《ヤンバン》がたがやることだ。儂らのような奴婢《ぬひ》がわざわざそんな真似ごとをしようものなら、親子ともども文句を言われるのがおちだ。儂らは子どもに仕置きするときも、目につくようにクヌギの箒や割ったばかりの薪でめちゃくちゃに殴りつけなくちゃ

旦那様が仕置き棒を振り下ろすたびに、若旦那様の太いふくらはぎは釣り針にかかった魚のようにぴちぴちとはねていた。だが、おまえは違っていたよ。馬さえ肥えるという秋にも、日照りでしおれた稲の茎のみたいに痩せ細って力のない腕で儂につかまってしがみつくだけだった。ああ《アイゴー》、父さん、悪うございました、言われたとおりに、教わった通りにきちんとしますから、顔に灰を塗って、旦那様のお屋敷には一歩たりとも近づきません、悪うございました、悪うございました！　と。若旦那様は勉強をさぼって、遊び歩けば打たれることがわかりきっているくせに出歩いては、打たれるときになって一発でも少なくなるよう苦心をしていた。だが、おまえは何が悪かったかもわからないまま雷のようにいきなり殴りつけられては、涙と鼻水をだらだら流しながらとにかく儂に許しを乞うていたな。

旦那様からひとしきり足を打たれた若旦那様は、薬を煎じてきた奥様から、節句でもなければ拝むこともない貴重な干し柿を食べさせてもらっていた。おまえは母親が夜中に忍び足で盗んできた味噌をぺたぺたと塗ってもらって、泣きつかれて寝るだけだ。

一度などおまえの母親が見かねて、儂のつかんだ箒と弱々しいおまえの体の間に自分の体を投げだした。儂が一瞬ためらったすきをついて迫ってくると、儂の上衣《チョゴリ》の紐をつかんで言うんだ。この子に何の罪がありますか？　すべてあなたのせいでしょう、こんなに殴ったら死んでしまいます！　こんなに殴ってそんなことを学ばせて、この子の何の役に立つというのですか。自分の子なんですよ、もう殴らないで！

あの日のことを覚えているか？　儂がおまえの母親を押しのけておまえをいっそうひどく殴ったことは？　そうか、覚えているのだな。ではあのとき儂が言った言葉は？　そうか、覚えていないか。おまえの母親の手首は痩せ細って、両手を合わせても儂の片手に収まるほどだった。その手首をつかんでおまえの母親を振りはらって叫んだよ。自分の子を、殺すつもりで殴っていると思うか？　これを身につけなくては生きる道が開かないから殴るのだ。今殴られて正気になるのがましか、それともいつか奥様の手で殺されるほうがましか？　儂が死なずに生きてこられたのは、親父に殴られてきたおかげだ！

わけもわからずにただ恐怖で青ざめたおまえは、のそのそと這ってきてズボン《パジ》のまたぐらをつかんだ。悪うございました、もう二度としません、いうことを聞きますから、すべて私が悪うございました。儂は、箒よりもうすっぺらいおまえの肘先を殴りつけた。おまえは、自分の肘を抱えて叫ぶ気力もなく、ただ息が詰まりそうなほどにしゃくりあげて泣くばかりだった。若旦那様が、痛い痛い、と大げさに騒いでいたのとは違っていたな。おまえの小さな体にはむごすぎる打《ちょう》擲《ちゃく》だった。

もっとおまえを殴らなくては、この機会にきちんとさせなくては、と儂は何度も自分に言い聞かせた。そうしなければおまえは生きていけない、と何度も自分自身に言い聞かせたが、いつの間にか箒が地面に落ちていたよ。体中が震えて箒を拾うどころか立っている力もなかった。ふらついて膝をつくと、母親がおまえを抱えて走り、出ていった。

ふたりが儂を避けて逃げる後姿を見ながら、安堵していた。幸いなことだ、おまえには母親がいて。だから、もしかしたら、おまえにはここまでする必要はないかもしれないと。儂とは違うかもしれない、と。

儂は、おまえよりも早い時期から数えきれないほど殴られながら育った。棒で殴られるならむしろましなほうだ。手首を縛られて軒に吊るされるわ、頭をつかまれて柱に打ち付けられるわ、数えきれないほどやられてきた。主に奥様がほかの下男たちにやらせていたことだよ。うるさいから、さぼっているから、仕事ができないから……。そのときはわずか四つか五つだった。四歳児にどれだけ仕事がうまくできるというんだね。儂より二つ、三つ上でも子どもだからと仕事をさせなかったり、失敗しても許してもらえたりする奴婢がいたのに、どうして儂だけが！

いつものように、いやというほど殴られたある夜のことだ。いつもどおり言葉もなく味噌を塗ってくれている親父に向かって、悔しくてこらえきれなくなった思いをぶちまけた。どうして自分だけがこんなに殴られるのか。何か間違ったことをしたから自分だけが殴られるのか？　親父は静かに立ち上がって出て行った。奥様に、もう殴らないでほしいと談判に行ってくれたとばかり思っていた。だが、戻ってきた親父の手には、儂が見るに五百年たった銀杏の幹のような箒が握られていた。庭を掃く箒をどうして部屋に持ってきたのかと面食らった。低くて狭い部屋で、あの箒をどうやってて使うというんだ。親父もそう思ったのか、膝に乗せると力いっぱいに箒を二つに折った。柄だけ残った部分を振りかざして儂に向けて振り下ろす姿が嘘のようだった。一、二発で終わるだろうと思った。ここまで殴れば終《しま》いだろうと思った。だが、親父は止まらなかった。殴られないように部屋の隅へ転がれば腕をつかんで引きずり出され、部屋の外へ逃げ出そうとすると足首をつかんで引き倒された。絶対的な力の差を感じて、絶望できれば楽だった。奥様に命じられて儂を殴る下男たちだって、様子をうかがいながら殴っていたものだ。だが、親父は許してくれそうな様子もなかった。こうやって死ぬんだなあと思ったよ。ただ悪うございました、助けてください、もう二度としませんと言って泣き崩れた。目が覚めるとまだ夜だった。当時十歳を少し超えたくらいの小娘の下女が、儂は五日間眠っていたのだと教えてくれた。

親父は口だけでも大丈夫か、などと尋ねてはくれなかった。あの小娘の下女だけが儂をかわいそうに思って、朝晩部屋を覗いてはクズ麦とはいえ粥を炊いて持ってきてくれたな。

そのあとも親父からは殴られ続けた。だから儂はどんなことがあっても自分の子には手を出すまいと何度も誓った。もしも自分の子が奥様や旦那様に殴られるなら、儂が這いつくばって許しを乞おう、代わりに殴られるとしても、自分の子は痛い思いをさせずに育てるのだ、となあ。

おまえがやられてきた通り、儂はその誓いを守れなかったな。あの日の後も、儂は折りにつけておまえを殴った。あの夜ほどひどくはなくとも、それでも痛かっただろう、恨めしかっただろう。胸に恨みがたまれば、息をするたびに春の梅の花びらが舞うように、体がずたずたにちぎれてバラバラになる思いだっただろう。ほかの者に殴られるくらいならと思って、いっそ自分の手で殴らなければならなかった儂の気持ちがわかるか？　あれほどおまえを殴った夜には、山犬の群れに追われて子を口にくわえて崖の端まで追い詰められた兎のように、血の涙を流していたことを知っているか。

そうか、知っていたのか。いつから気付いていた？　最初から全部わかっていただと？　そうだったのか、どうして生んだのかと恨むどころか、愚かで無力極まりないこの父親の心のうちを汲むほど、おまえはあのときすでに成長していたのだな。

何日か前に奥様の遺書を持って慶尚南道《キョンサンナムド》の宜寧《ウィリョン》まで来たおまえが儂を見てどれほど驚いたか、わかっている。おまえはよくぞ顔色ひとつ変えずに儂の世話をしてくれたな。見ての通り、儂の身は以前とは別物だ。心配するな。おまえのためにも、何としてでも耐え抜いてみせるから。

朝、目覚めるたびに昨日と今日の違いを感じながら、おまえが来ることだけを待っていた。ところが、いざとなるとどこから始めたらよいものか。語飛船を初めて見た日？　それとも自分が何者か悟った日？　いや、儂の母親が売られていった日のことから話すのがよさそうだ。

儂が五つか六つになったころのことだ。母親が儂を胸に抱えて中庭にひれ伏した。あまりにきつく抱きしめるので、締め付けられたあばらが痛かったよ。こちらも力いっぱい首にしがみついていたから、息をするのも苦しかっただろう。母親は中庭に額を擦りつけて何度も言っていた。わたくしが悪うございました、死ぬべき罪を犯しました、どうか子と一緒に売ってくださいませ、奥様、この小さいものを置いてどこへ行けましょうか。気が済むまでお打ちください、死ぬほどお打ちになって、どうか、子と一緒に売ってください、奥様！

奥様は下男たちに命じて儂を母親の胸から引き離した。母親は井戸に落ちた子を救うかのように腕を伸ばして絶叫した。母性は偉大だなどとどれだけ言っても男衆の力にどうしてかなうものか。奥様は儂が泣いてうるさいので殴ってでも口をふさぐように言って、下女たちが儂を受け取って奴婢たちの居場所に連れていった。内門を出てからも内塀の向こうから母親が泣きわめく悲痛な声が聞こえていたよ。奥様あ！　奥様、どうか！　わたくしが悪うございました。すべてわたくしの過ちです。奥様あ！

幼いころからあれほど殴られたのは、儂が何か過ちを犯したからか？　自分が二度としませんと誓ったものは一体何だったのか？　母親は一体全体何をしでかしたのだろうか？　死ぬべき罪とは一体何だろうか？

お仕えしている旦那様に部屋に入れと言われて、できませんと断ることのできる下女がいるだろうか？　避ける場所があるか、逃げる先があるか、訴えを聞いてくれる者がいるか、止めに入ってくれる者がいるか？

旦那様は儂の母親が身籠った兆しが見えると、すぐさま親父に娶《めと》らせた。しかし、堤を築いて洪水の被害を減らすことはできても、天に穴が開き梅雨が来るのを避ける道理がないように、血筋は隠しおおせなかった。儂は次第に旦那様にそっくりに育って、種がどこから来たのか誰も知らずにいようとも知らずにいられなかった。おそらく一家の中で最後まで知らずにいたのは当事者の儂だろうよ。

奥様は当然儂も一緒に売り払いたかっただろう。娘だったら一緒に処分していただろうが、奥様は二度も流産をしてから何年も妊娠の兆しもなかったので、子の役目は果たせない庶子ではあっても唯一の息子を売ることができなかったのだ。旦那さまも下男を売るのは目をつぶってくれるとしても、息子を売れば黙っていなかったろうからな。

うちの家門の話を少ししておかねばならぬな。この家門の先祖は先王だった中宗《チュンジョン》が異母兄から王座を奪った際に功臣となったが、当時の高官、趙光祖《チョ・グァンジョ》と李《イ》成童《ソンドン》が中心となって靖国功臣の数を大幅に減らすべきだと主張したので、功臣録から名前が外された。幸い先王はひと月もたたずに趙光祖《チョ・グァンジョ》とその一味をすべて追い出し、功臣録の名前も復帰したのだよ。

　そのあとは別の高官、金安老《キム・アルロ》殿に従った。人生というものは一喜一憂の連続だ。ご主人が流配されれば人目につかぬように過ごし、ご主人が復職すれば儂ら奴婢まで雄鶏のようにとさかを立てて通りを闊歩したものだ。その後、側室の敬嬪朴氏《キョンビンパクシ》の木人形の事件が発覚して騒ぎになった。敬嬪朴氏《キョンビンパクシ》は、王妃と王世子ばかりか、王様まで殺せと呪いの文言を彫っていたそうだ。

　何？　本当に敬嬪朴氏《キョンビンパクシ》が企んだことかだと？　もちろんだ。先王は彼らがやったことに間違いないとおっしゃった。君子とは王様の意を汲んで察して、決して疑ってはならないものだ。

　敬嬪朴氏《キョンビンパクシ》と息子の福城君《ポクソングン》が賜毒を飲んで死ぬと、彼らを支持していた者たちはこちらの屋敷に人と贈り物をよこしては、ご主人におべっかを使って生き残る道を開いてほしいと哀願してきたのだよ。贈り物には装身具や米、絹布などもあったが、丸太の位置を合わせておいて持ち手を回すだけで勝手に割ってくれる薪割機、沸騰させた水の力で人を乗せて動く藍輿《らんよ》機などの見たこともない機械もあったな。

　当時、旦那様夫婦はそれらの汽機をさぼることも飯を食わす必要もない奴婢だと考えて、たいへん重宝がられた。しかし思ったよりも扱いが面倒で、水を沸騰させるのに使う炭と薪もばかにならず、よく故障してそのたびに機工を呼んで直さねばならなかったから、すぐに苦労の種になってしまった。

　ところでうちの親父は手先が器用で、汽機に問題が起きるたびにすぐに直すばかりでなく、さらに便利に改善する才能まで見せた。普通、それほどの才能を持っていれば主人の屋敷の外に工房を構えて汽機を売り、その収入を主人に収める外居奴婢として仕えるものだが、親父は違った。儂がいたからな。誰も直接口にはしなかったが、旦那様の子である儂を外に出すことはできなかったのだ。だから親父は儂を連れて、朝になったら工房へ向かい、夕方には戻ってきたのだな。

親父が作った汽機はお偉方のもとに贈られていった。おかげで儂の本当の親だった旦那様は、官職を得て財産も増えた。盛りの時には三、四日に一度贈り物を持ってくる者、自分も贈り物にしたいから汽機を売ってくれという者たちが足しげく通ってきて、奴婢も二百人余りになった。そこに跡継ぎまで生まれたのだから、家中が宴会騒ぎだったよ。それが他人の幸せだとも知らずに、儂もその雰囲気に巻き込まれて浮かれていた。しかも親父まで坊ちゃんのお百日の宴会で振る舞い酒を一杯飲んできて、儂を膝にのせて頭をなでてくれるじゃないか。初めて親父の懐に収まって、儂はこういうことが幸福なのだな、毎日こうだったらいいなと願ったよ。

「うまくやりさえすれば、おまえが生きていく道が開けるかもしれないな。奥様の目につかないように気をつけて、一方では何を言われてもどんなに打たれても常にわきまえて、俺について汽機術を学べば、免賤してくれるかもしれん。血筋が血筋だからな」

親父の言葉は、気にも留めずに聞き流していたほかの奴婢たちの言葉を思い起こさせた。どんなに憎いからってあんなことを、年端もゆかぬ子なのに……。自分の子なのに、どうしてあれほど知らぬ顔ができるのか……。

そのときになって、奥様がどうして儂にだけとりわけきつく当たるのか、まれに顔を合わす旦那様の顔がどうして親しく感じられるのか、ようやく気がついた。

だが、気がつこうがつくまいが、変わらないのが奴婢の人生だ。奥様は腹を立てればわざわざやって来てまでも儂を打って、親父は親父で小さな失敗ひとつでも殴りつけた。儂は親父に殴られながらぜんまいを削り、歯車を組み合わせ、内部に活塞《ピストン》を仕込み、蝶番《ちょうつがい》を付けて水管をつなげて汽機を作り、動かし方を学んだ。

一晩眠っただけで四方に霜が降りているように、収穫が多くても少なくても秋は来て、そして去っていくものだ。梁淵《ヤン・ヨン》を筆頭にした忠臣たちがお仕えしていた金安老《キム・アルロ》殿の罪を調べだすと、先王は金安老《キム・アルロ》殿だけでなく側近たちまでひっくるめて流配刑を下した。

あの夜、首都の漢陽《ハニャン》はかつてないほどあわただしかった。身軽な奴婢たちは夜間警備の巡邏軍に会ったときのために差し出す賄賂が入った包みと書信を持って夜道を行きかい、夜明けを告げる鐘が鳴るが早いか、家々の大門が開いて輿《こし》人足が駆け出した。みな金安老《キム・アルロ》殿に従っていた者たちだった。まさか先王が金安老《キム・アルロ》殿を殺すことまではないだろう。以前も流配刑になって戻ってきたのだから今回も何年か人目につかぬよう過ごしていればいいし、金安老《キム・アルロ》殿はこの時期に主人を鞍替えした者を忘れぬだろう。ほとんどの者がそう思っていた。金安老《キム・アルロ》殿は小さな恨みも忘れない方だったので、旦那様の選択に一家の生死がかかっている状況だった。

旦那様は金安老《キム・アルロ》殿に背く道を選んだ。先王が金安老《キム・アルロ》殿を追い出す様子に趙光祖《チョ・グァンジョ》が重なって見えたからだろう。水も沸いてから冷めるまでには時間がかかるものだが、西に東にひょいひょいと姿を現す義賊の洪吉《ホン・ギル》童《ドン》のように、先王の寵愛と冷遇は予測不可能で極端だった。寵愛するときにはすべてを与え、冷遇するときには命まで奪っていく。誰よりうろたえるのは振り回される当人で、趙光祖《チョ・グァンジョ》は死毒を賜るその瞬間まで先王が自分を捨てたとは信じなかったといわれているな。

旦那様の判断は正しかった。金安老《キム・アルロ》殿も死毒を賜った。流配刑が下されてからわずか五日後だった。

新羅国の将軍だった金庾信《キム・ユシン》の馬の話は知っている

か？　いつもどおりにしていただけなのに、いきなり首を刎《は》ねられた金庾信《キム・ユシン》の馬の心情も同じだったのではないか。金庾信《キム・ユシン》は馬の首だけを刎ねたが、先王は金安《キム・ア》老《ルロ》殿に仕えていた者たちにまで流配刑か賜毒を下した。

　地震が起きて藁ぶきの家が無事でいられようか？　旦那様の話を聞かなかった親戚たちは少なくとも職を解かれ、流配刑にされた者までいた。旦那様もいつその名簿に上るかわからなんだ。旦那様はそれまでに自分のもとに訪れて懇願していた者たちから学んだとおりに、ほかの家の大門が擦り切れるほど足しげく通っては田畑の文書を送り、米をかます単位で送り、絹布を差し出して命乞いをした。もちろん親父の作る汽機も一役買った。頼みに行った先で親父が作った藍輿機を欲しがる様子が見えれば、よろこんで差し出して歩いて帰ってくることもあった。

　奴婢も財産なので、使いでのある奴婢は差し出したり売ったりして、二百人を超えていた奴婢はあっという間に二十人ほどまで減ってしまった。そのとき親父は、儂を部屋の中に押し込んで戸の外に一歩も出られないようにした。障子に唾を塗って穴をあけて窓枠の間から外を覗き見ただけで、くつわをはませてまで棒で殴りかかってきた。旦那様が慌てふためいているすきに奥様が儂を売り払うことができないよう、あらかじめ目につかないようにしているのだろうと思ったが、一方では親父が奥様よりもひどく殴るので、いっそ売られて行きたいとさえ願った。娘だったら母親とともにとっくに売られていったものを、息子として生まれたばかりに奥様からは恨まれ、親父からは殴られる自分の身の上が、どれほど悔しく寂しかったことか……。

　坊ちゃんは、屋敷の雰囲気が変わってしまったそのわけもわからずに駄々をこねていた。しかし、とうとう坊ちゃんも真実を知る日がやってきた。儂はあのとき、もどかしさに勝てずに親父の目を盗んでこっそりと外に出ていて、それを目撃できた。

いつも儂らの屋敷に通ってはへいこらしていた客人がやってきたんだ。彼は金安老殿《キム・アルロ》だけに頼らずにあちらについたりこちらについたりしていたので、知らせを聞いてまっさきに保身に走り、いまや自分が差し出した以上の物を旦那様から受け取っていこうとしていた。

客人の下男は、来るたびに坊ちゃんを背中に乗せて中庭を這いまわっていた。下男を見た坊ちゃんはひさびさに明るい笑顔で「よく来たな、私の馬！」と叫んで駆け寄った。突っ立ったままの下男は、あきれを通りこして哀れだといわんばかりの表情で笑った。そのときになって坊ちゃんはようやく、ただおかずの品数が減り、新しい服がもらえず、世話をする下人たちが消えたということではなく、何かが本質的に損なわれたことに気づいた様子であったな。

客人は咳払いをして下男をたしなめた。いつ元に戻るかわからない関係、あまりに不人情に扱ってはならぬという意味だ。

忘れてはならぬぞ。財物がめぐりめぐることと、恨みがめぐりめぐることは別物だ。それぞれ別の方に従って疎遠になった関係は財物で解消できるが、恨みはどちらか片方が死んでも終わらない。だから剖棺斬屍《ぼうかんざんし》（死後に大罪が発覚した際に棺を割り死体を取り出して首を切るなどした刑罰）というものがあるのだ。

その下男は主人に命じられてようやく坊ちゃんの前で四つん這いになった。坊ちゃんは戸惑って乗ることもできずもじもじしていたよ。折りよく旦那様が出てきた。

「ああ、アイゴー、うちの子の機嫌を取ろうとそんなにご苦労なさらずとも」

旦那様は客人のお供になったかのように部屋に入り、下男は自分の主人が見えなくなると、坊ちゃんを一度鼻で笑って立ち上がった。

坊ちゃんはわずか五歳で世上無情の法則と、天のようだった父親が地べたを這うような姿を見たのだよ。

あの日の坊ちゃんの姿と表情が今も忘れられないなあ。あれは儂が坊ちゃんに憐憫を感じた最初で最後の瞬間なんだよ。

儂に味噌を塗ってくれていた下女が坊ちゃんを抱えて部屋に連れて行った。彼女はあの時十五歳で、残った下人の中では一番若かった。のっぺりした顔に鼻が胡坐《あぐら》をかいて、あちこちにあばたの残る顔のせいで、値段もつかないし贈り物として送るには足りなかったんだな。

それから一年がたった。先王は金安老《キム・アルロ》殿によって活躍できなかった者たちを任用する旨を知らせ、尹《ユン》氏一族の時代が開かれた。旦那様は四方八方に手を尽くして尹《ユン》氏一家につながる伝手《つて》を探し、儂は親父が汽機を作るのを手伝った。親父は部品を買いに行くときも儂を連れていき、様々な部品やほかの機工たちが作った汽機を見せた。機工たちにとっては誰が栄えて誰が滅びようが、汽機の買い手が変わるだけで政治情勢など関心がなかった。そのころの彼らの関心は別のところにあったのだな。

「ほんとうに語飛船があったんだからな。俺と二十年付き合いのある行商人がその目ではっきりと見たっていうんだ。でたらめを言うようなやつじゃないぞ」

機工の一人が唾を飛ばして言った。

「語飛船？　飛船が言葉を話すって？　汽機には音声を作ることはできないよ。その行商のやつも昼酒食らって夢でも見たんだろうよ」

別の機工がやれやれと頭を振った。

「ああ、本当だって言ってるだろう？　持ち主である天馬山神の娘さまは語飛船に乗っていて、一度でも見た者は眼が眩むほど美しいそうだ」

儂は空を見上げた。ちょうど飛船が飛んでいた。飛船を浮かせる提灯は食べたことも食べる予定もない蜜餅のように見えて、口に唾液がわいてきた。

「俺も聞いたぞ。機工の都老《トロ》が松都《ソンド》の妓生《キーセン》（宴会などで楽技を披露奴婢《したりする》の女性）、黄真伊《ファン・ジニ》のために作ってやったものだそうだ」

「飛船だって一人や二人の力で作れるものじゃない。いくら都老《トロ》だといってもこっそり飛船を作ることはできんぞ」

「語飛船は賤民たちを哀れに思ってくれるんだとさ。お国から記録にない寺刹を廃せと言われて、行くところもなくさまよっていた坊さんたちを乗せてくれたって話だ」

「乗せて行って、どこに下ろしてくれるっていうんだね？」

それまで黙って聞いていた親父が尋ねた。

「焼き畑なり耕せるだけの場所に下ろしてやったそうだ」

親父はそれ以上尋ねる価値もないと言いたげに荷物を確認した。螺子《ねじ》と、あるものは薄く、厚く、長くあるいは短い水管を二つに分けてしっかりと結んでから、小さいほうを儂の背中に背負わせた。

「もう行くよ」

「ああもう、まったく信じてくれないんだな！　俺の右手を賭けたっていいぞ！」

語飛船があると言った男は拳で胸をたたいた。親父は振り返らなかった。儂は親父に都老《トロ》というのは誰なのか尋ねた。

「朝鮮を建国した太祖《テジョ》の時代に回回国から来て朝鮮に定住した者で、代々同じ名前なのか、号なのか、字《あざな》なのかわからないが、受け継がれているそうだ。両班たちはいくつも名前を使うからな……。ともかく両班だが奇特なことに汽機術にずいぶん関心を見せて、そこらの機工よりも手先が器用らしい。全国を回って特別な汽機を作るそうで、神妙な汽機に関する噂が出回るたびに彼が作ったのだろうといわれるんだが、出回っている噂を全部信じたらきりがないからな」

家に戻ってみると、旦那様と奥様が声高に言い合いをしていた。

「妻よ、正気か？　これだから女人が寺刹に出入りすることも僧侶が私的に館を訪問することも禁じられておるのだぞ」

「わたくしが悪いとおっしゃるのですか？　我が家に災いが重なって、息子の将来が不安だというのに。これは霊験あらたかな運気ある文書で、将来息子の道を切り開くのだそうですよ。どうして黙って通り過ぎられましょう？」

「こんな紙切れに米を半かますも差し出したのか。迷信は厳に禁じられておるのに」

「旦那様もわたくしに妊娠の兆しが見えたとき、天の大帝様に男児を求める祝文を送り、生まれてからは占い師に名前をつけてもらい、熱病が流行れば疫病退散の祭祀で有名な巫女を呼ばれたではございませんか」

「あのときと今とでは、我が家の金回りが違うであろう？」

旦那様はつかんだ紙を振りまわした。

「お気を付けくださいませ。破れたり傷ついたりしたらどうなさるのですか？　霊験あらたかな物を丁重に扱わねば、災いを招くというものです」

そう言われると恐ろしくなったらしく、旦那様は注意深く紙を丸めた。

「それから、年が近く金《きん》の気運を持つ者を子のそばに置けというのです。厄災除けとして近くに置けば、将来大運をもたらすそうですよ」

親父が儂を引っぱって部屋に入ったので、そのあとの話は聞けなかった。

儂らの屋敷の財物が急速に消えていったとはいえ、儂には何の関係もないことだった。蔵に米が積みあがっているときでも麦飯に味噌でも添えて食べるのが精いっぱいで、膝とかかとの間が破れて開いたぼろ服を着ていたのだから。儂に突然起きた変化といえば、家門の没落ではなく坊ちゃんのお世話をするようになったことだ。奥様は儂が坊ちゃんの近くに行くことをひどく嫌っていて、坊ちゃんもこちらの影が見えるだけで下男たちに命じて殴らせようとするので、儂も坊ちゃんを避けて過ごしていたのだ。それなのに急にどうして？

坊ちゃんは初日から儂に、むしろに横になり端をつかんで転がるよう言った。それから自分でむしろに巻かれた儂を、薪で殴りつけてきた。腕っぷしはまだ十分ではなかったがそれでも痛かった。悔しかった。一番つらかったのは坊ちゃんの顔に自分の顔が重なって見えるところだった。同じ血筋で、自分のほうが年上なのだから勝とうと思えば勝てるだろうに、なぜ何も言えずに殴られっぱなしなのか。儂は夜になると痣だらけの体を引きずって部屋に這いもどった。

「生きるやり方を見つけないとな。ぼけっとして殴られっぱなしだったのか？」

親父は儂の怪我の具合など心配もせずに、逆にとがめてきた。生きるやり方だと？　下男が主人に対して何をどうできるというのか？

しかし、間違ってはいなかった。殴られ続けているわけにはいかなかった。一日いちにちと成長する坊ちゃんの力がだんだん強くなるのは当然のことだから。坊ちゃんが儂を打つ理由は、儂が憎くて、目下で与《くみ》しやすく、暇だったからだ。前の二つはどうにもならないが、三番目の理由はなんとかできそうだった。

儂は親父に教えられた通りに木を削り車輪を付けた。坊ちゃんがおもちゃを持って遊ぶ時間が延びればその分だけ殴られる時間が減った。儂は牛、馬、車などを作り始めた。最初は木の胴体に棒切れを四本付けた程度だったが、そのうちに親父の使い残しの薄い金属板をたたいて肩の関節を作り、次に膝の関節も動くようにした。作るほどに自分が汽機術に才能があるとわかってきた。儂が作った物を見た下男の一人など「親父さんに似たんだな、手先が器用だよ」と言っては、儂と目が合うとしらじらしく頭を掻いた。

　生まれつきにせよ、親父の肩越しに身につけたにせよ、生きるための悪あがきだったにせよ、儂は次第に、より精巧なおもちゃを作りだした。地面に図案を描いては、親父にその形に金属板を切ってもらった。そしてそれを曲げて馬の胴体と足などに使い、螺子で関節を作った。尻に水管をつなげて水管の先にふいごを付けた。ふいごから出る風の力で馬を動かしてみるつもりだった。思うほど簡単ではなかった。風は目にも見えないほど小さな存在の集まりで、わずかな隙間でも気力の衰えた老人の屁のようにわけもなく漏れ出すので、隙間のないように仕上げねばならなかった。

　もう少し作業を続けたかったが、日が暮れたので仕方なく手を止めた。暗い部屋の中でひとり、手探りで寝床を広げ横になった。親父はその日、朝早く旦那様について新しい汽機を持って出ていき、三夜過ぎたら戻ると聞いていた。

　そのころは親父が一緒でないとまったく寝付けなかった。大きな屋敷に人気はなく風の音だけ響くので恐ろしかったのだ。折りあしく小便がしたくなった。何とか勇気を出して戸を開けて部屋を出た。中庭の隅で慌てて用を済ませて戻るときに、どこからか小さな悲鳴が聞こえて急に止まった。下人たちだけが使う裏門から男二人が袋を背負って出ていくのが見えた。はじめはこっそり米でも盗んでいるのかと思った。しかし、その袋がやたらとうごめいているじゃないか。

　一体どんな勇気が出たものか、どうしようというあてもなく、裏門を抜けて男たちの後をついていった。家々のあるあたりを抜けてから男たちは松明を点けた。暗がりを歩くので、儂は時に転んだり乾いた枝を踏んだりもしたが、男たちは重い荷物を、それもおとなしく運ばれまいと暴れている荷物を担いでいくので、周りを気にする余裕もない。

「もういい、このへんでやろう」

「わきまえがあって仕事もできる娘だったが……」

「儂らを恨まんでくれよ。どうにもならんよ。だから要領よく避けろと言っただろう」

儂の祖父の世代の下男頭と親父ほどの中年の男が袋から引っ張り出したのは、坊ちゃんの世話をし、儂が殴られたときに味噌を盗んできてくれたあの下女だった。

「旦那様のことをわかってないのか？　挨拶だけでよしておくんだよ、あんなにうれしそうな顔をどうして見せるんだ？」

「尻を振ってしゃなりしゃなり歩く後姿を見て不安だった、不安だったぞ」

「この大きな屋敷で女はおまえしか残っていないんだから、もっと注意深く行動しなきゃならぬのに」

「おまえのことを知らぬわけでもないし、儂らの手ではできんからな。苦しくても少しばかり辛抱しろよ」

中年の男が下女の首に縄をかけて太い木の枝に投げる姿がぼんやりと見えた。手足をくくられた下女がじたばたしながら命乞いをしている姿も……。あれほど哀願しているのに男たちは知らぬふうで、力を合わせて縄を引っ張る。下女は引っ張られまいとして力いっぱいかかとを地面に押し付ける。とうとうかかとが離れてからは、爪先立って耐えていた。男たちは石だらけの畑を耕す年老いた牛のように激しく息を吐きながら縄を引っ張った。下女のつま先まで浮いた瞬間、雷のように枝の折れる音が響いた。下男頭が中年の男の頭をひっぱたいた。

「この野郎！　丈夫な枝を選べよ。こんなことを何度もやらせるな。儂らもつらいし、この娘もつらいのがわからぬのか？」

「チクショウ、暗くてどれが頑丈なのかよく見えませんよ」

しばらく息を整えていた男たちは、松明を上にあげて太くて丈夫な枝を探した。その間、下女は体をくねらせて逃げはじめた。中年の男が縄を踏むと、首が締まって息の詰まる音がした。それでも下女は芋虫のようにもぞもぞと這って逃げようとしていたよ。中年の男がその腹を立て続けに蹴った。

「まったく、こいつときたら。せめてすっきりと送ってやろうとしているのに」

「おい、娘の腹には子がいるんだぞ？」

下男頭が止めた。

「クソッ！」

中年の男はもう一発蹴ろうとしていた足を止めた。下男頭は若い下女を見下ろして舌打ちをした。

「悪あがきはよせ、うん？　売られていったおまえの母親にも俺は兄弟みたいによくしてやったんだ」

そのとき、これ以上は見ていられないとでもいうかのように、天から怒鳴り声のような光が降ってきた。それまでは、ただ、話し声と力を入れている音、松明の明かりでちらりと見える人影、引きずられ踏みつけられる音から、それが誰でどんな状況か見当をつけていただけだった。だが、山中に浮かぶ太陽のように降り注ぐ光が、隠されていた真実をさらした。わずか十五になったばかりの若い下女の、折れて横に広がった鼻、真っ黒く痣になって腫れた目、くつわをべとべとに濡らし首元まで流れている血と唾液、ねじれた足首、ひとつ屋敷で食べて寝ていた人の手に握られていた縄、鍬、つるはし、心なく凶暴な顔まで一つひとつすべてを。

「おぬしら、天も恐れぬか！」

そのとき光の中から聞こえてきた声は女の声でも男の声でもなかった。人間の声ではなかった。それは彼らの悪行に激怒した山神の声だった。下男たちは腰を抜かして鍬とつるはしを放り投げて闇の中へ逃げて行った。悲鳴と地面を転がる音が聞こえたな。助けてくれ。俺も連れて行ってくれ！　下男頭を探す声。神様に祈る声。奥様の命令に従っただけだ！　などという絶叫が、続いては途切れた。

痛快だったかって？　いや、ただただ恐ろしかった。その光は下女のように無念の死を前にした者には救いの光だっただろうが、邪悪な者たちには八大地獄への道が開く閻魔《えんま》の光だった。儂の体まで光に照らされた。もう死ぬのだなと思って両腕で頭を抱えて地面に伏せた。悪を傍観していた罪もまた、悪行をなしたのと変わりはないのだから、生きることを望むなんてどうしてできようか。

しかし、何も起こらなかった。傍観していた儂の目玉が転がり落ちることも、止《や》めろと叫ばなかった儂の舌が切られることも、物見遊山か何かのようについてきた儂の足が折れることもなかった。顔を上げると、光の中で人影が下女を支えて連れていく後姿が目に入った。その後、光が消えて突風が吹きつけた。儂は風が吹いてくるほうを向いた。胴体の両側に翼のような腕が付いた飛船が天に上がっていった。噂だけがあふれていたあの飛船、語飛船だった！

下男たちは奥様に山神に会って下女を捨ててきたと告げた。肝をつぶして戻ってきた彼らの表情だけでも見ものだったから、信じるほかない。奥様は下男たちにそのことについては誰にも言うなと命じたが、儂は自分の目でしかと見ていて、奴婢の数が急に減ったこともあって、秘密にしておくのは難しかった。

儂が想像する事件の顚末はこうだ。旦那様が下女を嫁がせようとした。奥様は家門の興亡のかかったこの時期に下女の縁談などを気にするのを怪しんで医者を呼び、医者は下女が妊娠していると告げたのだろう。もしや下女が男児を産んで、儂のような邪魔者が増えるのではないかと恐ろしくなった奥様は、心配事の種を消してしまおうとしたのだ。父親が両班など賤民でなければ、母親が奴婢でも良人《ヤンイン》に身分を上げるべきだとか、庶子でも能力さえあれば官職を与えるべきだなどという上訴文がまれではあるが朝廷に寄せられていたので、奥様の心も穏やかでなかったろうな。

数日後、旦那様と親父が戻ってきた。旦那様は下女がいなくなっていることには何も言わなかった。

儂は親父に下女が売られていったといった。

「あの娘を？　いきなりまたどうして？」

「俺にわかるものか」

儂はぶっきらぼうに答えた。帰り道で買ってきた荷を解いていた親父は、ふとなにかに気づいた表情をした。それから儂を見た。儂は自分が見て経験したことを目に込めて、親父を見つめ返した。

「鉄のつなげ方を教えてやろう」

その日、親父から鉄と鉄の間から空気が漏れないようにする鋳掛《いかけ》の方法を教わった。鋳掛をしている間中、涙のように流れ落ちる汗の粒が熱された鉄に落ちては短い悲鳴を残して消えていった。それ以来、親父は二度と儂に手を上げなかった。もう殴る必要もなかった。儂が真実に気づいたからな。


儂の母親は売られていったのではなかった。下男頭はおそらく母親の一件にも関与していただろう。下男頭と中年の下男の二人とも、若い下女と儂のことを生まれたときから見てきた。奥様に命じられれば儂を打つには打ったが、後から痛くはなかったかと聞いてくれることも、似るにしてもまったくそっくりだな、とつぶやきながらずっと頭をなでてくれることもある。まったく知らない他人だったらあれほど恐ろしくはないだろう。

運が悪ければ、彼らが儂の立場になっていたかもしれぬ。運が悪ければ、彼らの妻や娘が、儂の母親や下女と同じ目にあっていたかもしれぬ。それなのに、彼らは徹底して他人事扱いで、奥様の言うことを大義としてそれに従った。

親父が儂に情けを見せず、儂が余計なことを考えないように殴っていたのも、大事にしている様子を見せれば奥様が儂にさらにつらく当たるかもしれないという恐ろしさからだろう。旦那様の子どもだからそれに見合った処遇をしてくれなどと言い出したら、あの木の枝に儂の首が吊られる可能性もあったのだから。

ようやく坊ちゃんに差し出すおもちゃの馬が完成した。奥の間に行くと、坊ちゃんは目を泣き腫らしていた。儂はすぐさま馬を差し出した。わしの太ももほどまで来る高さで、藁を編んで作ったたてがみと尾までついていて、かなりそれらしくできた。二《ふた》月三《み》月、丸ごとささげた力作だった。それまで泣いていた坊ちゃんは、新しいおもちゃに関心を見せた。このおもちゃはそれまでに作ったどんなものよりもうまくできていて、自信があった。儂は力いっぱいふいごを手で動かした。馬は前に進みはじめた。いつか実物の大きさで馬を作って蒸気を利用して坊ちゃんを乗せてやることもできると思った。坊ちゃんが近づいてきた。

「いかがでしょう、坊ちゃ……」

坊ちゃんは馬を足で蹴り飛ばした。馬は横に倒れたものの壊れたところはなく、鉄の胴体を蹴飛ばした坊ちゃんのほうは足が痛くて片足で跳びあがった。八つ当たりをしようとしてさらに腹を立てた坊ちゃんは、中庭を見回すと大きな石を見つけて指さした。

「壊せ」

いっそ儂を殴ってくれと言いたかった。螺子を締め、薄い蝶番を作った時間たちが通り過ぎて行った。

「代わりにおまえを打《ぶ》とうか？」

あの幼い年でどうしてあれほど残忍な表情をすることができたのかわからぬ。残忍な性質に生まれついたのか？　それとも身分が高い父母のもとに生まれて賤しい者どもは何でも命じるままに動くのが当然と思って生きてきた者には、思い通りにならないことが耐えがたかったのだろうか？　殴られるのは怖くなかったが、主人の命令なので石を手に取った。

あの馬は、ただ労を惜しまず作ったおもちゃなどではなかった。儂は下女が殺されかけたあの夜、光が完全に消える前に語飛船の姿をはっきりと見た。語飛船の主人は神仙かもしれぬが、飛船そのものは人の技術で作った物だ。儂は巨大な歯車と小さな歯車がかみ合って回っていく様子を見て、活塞《ピストン》が動く黄牛の鼻息のような音を聞いた。

あんな飛船を作ったなら、自分もこの家から飛んで行くことができるのではなかろうか？　坊ちゃんが大人になって手を付けた下女を若奥様にばれないように押し付けられて、自分の子ではない自分の子が旦那様と奥様に打たれる姿を見る人生から、それならばいっそのこと自分で殴らなければならぬ人生から逃げられるだろうか？

あの馬を作りながら、儂は自分の中でそんな夢を育てていたのだ。実力をつけてあんな飛船を作って……。親父に語飛船を見たと話さなかったのは信じてもらえないことを心配したからではなく、その夢がばれるのが怖かったからだ。あの日、坊ちゃんは儂に単に馬を壊せと命じたのではない、儂の夢を壊させた。身の程を徹底的に知らしめた。儂は自分の死体をかき集めるように壊れた破片を集めて坊ちゃんの部屋を出た。

その夜、寝床で寝返りを打っているときに気づいた。坊ちゃんは儂が何者かわかっているのだと。いつか奥様か坊ちゃんの命令で、蔵に閉じ込められて飢え死にするか、むしろで巻いて袋叩きで殺されるか、夜中に引きずり出されて木に吊るされるだろうということにも。

旦那様が死ぬ前に免賤してもらうことだけが、儂が生きる道だった。旦那様は儂を奴婢の身分から解放してくれるだろうか？　旦那様にとって自分はどんな存在だろうか？　坊ちゃんと奥様を含めても、家の中で旦那様から激しく叱責されたことがないのは自分ひとりだった。どう考えても使わない物でも所有者がいれば他人が処分することができないのと同じで、旦那様の目の前で儂を殺すことも売ることもできないだけだった。旦那様は、自分が死んだ後の儂のことまで気にかけてくれるとは思えない。

そのことは、親父と奥様にひどく打たれても耐えてきた自分の中の何かをへし折った。坊ちゃんはそれを知っていて馬を壊せと言ったのか、ただ八つ当たりをしたのかわからぬ。知っていてやらせたとしても知らずにやらせたとしても、結果的に坊ちゃんは儂という木の幹を切った。

坊ちゃんが呼べば駆けつけ、殴られる日々が続いた。毎晩垂木を見ては、いつか殴り殺されるより、今あそこで首を吊るのがましじゃないかと思ったよ。

いつものようにいやというほどぶん殴られて戻ると、下男頭が儂を呼んだ。

「旦那様たちの顔色をうかがうことはできんのか？　坊ちゃんの気分が良くないなと思ったら、避けることも考えろよ。呼ばれたからってどうして素直に行くんだ？」

「坊ちゃんにも、気分が良い日がありますか？」

「それでも怒りが一段静まってから行かなけりゃ。最近、この家がどうなっているかわからないのか？」

呆然と立ち尽くして眼だけぱちくりさせている儂のことがもどかしいのか、下男頭が儂を隅のほうに引っ張っていき家の状況を説明してくれた。

何年か前に、親父は若くない出産で腰痛に苦しんでいる奥様のために按摩器を作った。四角い板に人の形に水管を敷いて丸い玉石を入れたものだった。玉石は肩や腰のような敏感な場所に当たるようになっていた。蒸気を送ると玉石が振動して痛い部位を叩くのだが、奴婢と違って何時間でも疲れることなく使用できる。

田畑をほとんど人手に渡してしまって、働く奴婢も足りないので、奥様は親父に按摩器を作るよう命じて片っ端から売っていた。両班は商売をするわけにいかないので、親父の名前で売らせていた。旦那様は両班として按摩器を売って糊口をしのいでいる事実を恥じていた。それで坊ちゃんに期待をかけていた。国王の心は蝶の羽ばたきのようにどこに飛んでいくか予想もつかぬもの。いつかあらためて家門を立てる日が来るだろうと信じていた。しかし、坊ちゃんは勉強にはまったく関心がなかった。旦那様は優しくなだめてもみて、厳しく咎めもして、どちらも役に立たぬとわかると最後には仕置き棒を手に取った。

「按摩器を売るのがどうして恥ずかしいのですか？　食べていかなくてはならないでしょう？」

「両班と儂らのような賤しい者とが、同じ考えなものか」

下男頭が教えてくれた。蜻蛉《かげろう》が飛ぶ姿を見て雨を予測するように、家の中がどのように回っているか知らなければ旦那様と奥様、坊ちゃんの気分がわからないのだと、主人たちの気分を知ってこそ無駄に叱られずに済むのだと。

「役に立つ下男にならなければいかん」

下男頭が言った。

奥様は儂の母親を娶って儂を育てているという理由で親父を憎んでいた。しかし、親父を打たせることはなかった。親父が必要だったからだ。

下男頭が儂の母親を殺して若い下女を殺そうとしたことも、生き残るため、役に立つ者になるためだったろうか？　今は親切だが、奥様か坊ちゃんに命じられればいつだって夜中に引きずりだして儂の首を吊りかねない者から生き残る方法を教わることは、快感以上の愉悦を抱かせてくれた。

幹を切られた木はほとんどが死ぬ。しかし、まれにわき枝が太くしっかりとして新しい幹となる場合もある。下男頭とうまく付き合ってあれこれ要領を教わったことは、わき枝が育って新しい幹になるように、儂を生き返らせてくれた。

坊ちゃんは朝食を食べたかと思うと屋敷を抜け出して近所の子どもらと一緒になって遊び、もしも天気が悪ければ部屋でごろごろしていた。暇で身もだえしながらも、絶対に本を開こうとはしなかった。そうしているうちに夕暮れになると、一日かけて文字の一画も練習していないことに気が付いてがっくりと気落ちして旦那様のいる別棟《サランチェ》に行き、叱られて戻ってきた。

とうとう怒りを抑えきれなくなった旦那様は、奥様が止めに入るほどひどく打った。翌日、儂は坊ちゃんにそれまでに作っておいた新しい汽機をお披露目した。薪割機を応用した往復運動を使って、鋏《やっとこ》の形に作った手に墨を挟めば墨を磨り、筆を挟めば画を引く汽機だ。汽機はとっくにできていたが、旦那様が限界を超える日を待っていた。先に与えていたら、儂が必要な存在だと自覚してくれぬからな。

磨った墨は傾いていて、書いた画はくねくね曲がっていたが、旦那様は坊ちゃんが文字の練習を始めたことに満足した。坊ちゃんもよろこんだ。もう日が傾いてきても心配しなくていい。儂はより美しい線を引けるように少しずつ汽機を改善していき、旦那様は坊ちゃんもようやく分別が付いたのだと信じた。

尻尾が長すぎれば踏まれるもので、ある日坊ちゃんが谷川で近所のチビたちと裸になって水遊びをしている姿を、外出から戻ってきた旦那様に見られてしまった。坊ちゃんは旦那様に気づかなかったが、儂は旦那様に気づいた。もちろん坊ちゃんには何も話さなかった。

夕食を食べた坊ちゃんは別棟に渡っていった。儂はこっそりついていき、戸一枚隔てて二人の姿と会話を見聞きした。坊ちゃんは旦那様の前に座って、いつものように磨り減った墨と文字の練習をした紙を差し出した。旦那様は、おまえが一日中遊びまわっていたのはわかっているが、これはどういうことかと尋ねた。坊ちゃんは機知をきかせて、今日は遊ぼうと思ったので前日に二倍やっておき、それを持ってきたのだと答えた。ではなぜ昨日よりも墨が磨り減っているのかと旦那様に尋ねられると、午前中に墨だけ磨ったのだと言いつくろった。

　旦那様は仕置き棒で坊ちゃんのふくらはぎを打ち、坊ちゃんは一、二発打たれるとすぐに土下座をして悪うございましたと泣きながら許しを乞うた。何度も振り上げて最後には力なく腕を下した旦那様の姿が障子紙に映っていたよ。子を打つ気持ち、それ以上はどうしても打てなくなる気持ちがそのときの儂にはわからなかったが、それでも旦那様の声からはじれったい心情が感じられた。

「いっそ期待させなければ、失望することもないものを。おまえをどうしたらよいというのか」

　儂のことは存在を知った途端に捨てて、儂が奥様と坊ちゃんにあれほどひどく打たれている間に一度も心配してくれなかった人が、息子を胸に抱いて殴った自分のほうがつらいのだとすすり泣いていた。

　旦那様は、画はすでにある程度書けるので、文字の練習をするように坊ちゃんに言った。それはすなわち文字を書くことのできる汽機を作らねばならぬという意味だった。儂はわざと奥様の目に障《さわ》るようにふるまって、奥様は下男頭に儂を打つよう命じた。儂らは何年もの間、殴り殴られながら呼吸を合わせてきた。下男頭がよけろという意味で強く殴りかかってきたときに、儂はわざと腕をつき出した。骨が砕ける音が聞こえたよ。ひどく痛かった。下男頭はわけもわからず驚いていた。

　坊ちゃんは、どうにかして汽機を作り出せと儂をせっついた。しかし儂は、坊ちゃんに殴られてもつねられても蹴飛ばされても、左腕一本ではどうにもなりませぬ、とだけ答え続けた。

　夕方になると怒られるとわかっていながらも昼間に遊ぶことをあきらめきれない坊ちゃんのふくらはぎからは、痣が消える日がなかった。数カ月過ぎて腕を使えるようになると、本格的に活字機を作る作業に取りかかった。坊ちゃんは早く作ってくれと気をもんでいたよ。儂はすぐにできますと大口をたたいた。そして奥様が通り過ぎるときに庭を掃くふりをして箒を滑らせ、奥様に向かって土埃を巻き上げた。怒りで髪を逆立てた奥様が下男頭に命じ儂を打たせようとすると、坊ちゃんが駆けつけて、こいつはもともとぼんやりしているのだから大目に見てやらなくてはならぬとかなんとか、あらゆる言い訳を並べ立て、儂が怪我をするとこまごまとした仕事を命じる下男がいなくて不便なのだと言った。奥様はなんだか怪訝そうな目つきだったが、とりあえず乗り越えた。

その後もさらに二度、腕と足を折った。一度は儂の意図に気づいた下男頭が手伝ってくれて、一度は薪を拾いに行ってわざと坂道で転げた。苦尽甘来《くじんかんらい》という通り、儂の体を担保にした末に、坊ちゃんは儂をわきから離さず、ほかの仕事をさせないように仕向けることに成功した。

『千字文』を終えた坊ちゃんは『類合』、『明心宝鑑』などを覚えていった。それだけ複雑な文字を書くことができるまで儂が活字機を改善したということだ。旦那様は坊ちゃんが毎日まじめに文字を書いていながらも、意味を尋ねてみるとまともに答えることもできない姿を見てもどかしがっていた。ついにちゃんと勉強しているのか見ようと、坊ちゃんの部屋の前をうろつき始めた。

それまでの活字機は材木のような本体に腕だけついていた。旦那様の目を欺くには上半身をこしらえて肩の関節もそれらしく動かさないとならないので、必要な部品が多く、全体を大きくするほかなかった。坊ちゃんは年のわりに大きくてぽっちゃりしていたが、活字機に必要な部品をすべて詰め込めるほどではなかった。

そのころの朝廷の話を少ししておこう。亡くなった中宗の三人目の妃、文定王后《ムンジョンワンフ》は自分の息子を王世子としたがっていた。しかしすでに朝廷で定めた王世子がいた。儂らの旦那様はその王世子を支持する、いわゆる大尹派《デユンパ》だった。何度か危機もあったが、先王が崩御するとその王世子が王位に就いた。旦那様も子どもらを訓導する官職に任命された。

しかし家の中の雰囲気は相変わらず憂鬱だった。ほかの一家親戚たちは副知事や郡主の座に上った中で、旦那様の目からはいつもべたべたした涙が流れ、重くはないものの常に何かしら病気をしていた。せっかくの機会もつかめずにかろうじて訓導の職にとどまっているという剝奪感と、こうしているうちに官職からすっかり締め出されてしまうかもしれないという危機感のためだった。坊ちゃんに対する旦那様の期待は高まる一方で、それだけ厳しい叱責も仕置きも増えた。

坊ちゃんがまた打たれて戻ってきた日、儂は自分が坊ちゃんの服を着て旦那様に対面するのはどうかと提案した。儂のほうがずっと年上だったが、坊ちゃんは小さいときからよく食べて育って、こちらは死なない程度に食わせてもらって育ったので、身長も体形も似たようなものだ。顔は育つほどに双子のように似てきたので、奥様は儂の影を見るだけでも嫌がった。

儂は活字機を作る過程で文字とその意味を理解した。儂らは声まで似ていて、旦那様は視力がよくないので、夜、蠟燭のもとでなら騙すことができると思った。坊ちゃんよりもうまく読める自信があったので、坊ちゃんが叱責と仕置きから逃れられる妙案だった。これほどの妙案を考え出したことに我ながら感心して、坊ちゃんのところに走っていった。儂が話し終わらないうちに坊ちゃんの目に殺気が走った。坊ちゃんはイノシシのように突っ込んできて肩で儂を倒すと、馬乗りになってげんこつで左右の頰を交互に殴ると、両手で頭をつかんで持ち上げ後頭部を地面に打ち付けた。それから石を持ってきて儂の頭を狙って振り上げた。もう死ぬのだなと思って、我知らず右腕をあげた。何も起

こらなかった。すでに腫れあがって見づらくなってい

た眼を開けてみると、石を手にした坊ちゃんの腕が怒りを抑えきれずにぶるぶると震えていた。あのとき、坊ちゃんは明らかに儂を殺そうとしていた。しかし儂が腕で頭をかばった極めて短時間のうちに、この腕が折れたら毎晩のように旦那様の叱責を聞いて痣が消える暇もないほどふくらはぎを打たれることを思い出したのだ。坊ちゃんは儂の顔に唾を吐きかけて、数回蹴り飛ばすと一歩下がった。よくも奴婢の分際で主人の服を着ようなどと思ったな。坊ちゃんの言いたいことは、声を聞かずともわかった。これまでずっと道具に自分の代わりをやらせておいて、人間である儂ではだめだというのか？　あきれた言い草だ。

「それでは坊ちゃんはもう少し太るなりしてくださいませ。これ以上小さく作ることはできませぬ」

この言葉だけを何とか伝えると、立ち上がって久しぶりに親父のところへ行った。カビの匂いが鼻を突く部屋の隅に行って横になると、そのまま眠っていた。目覚めてみると親父は儂が殴られたところにぺたぺたと味噌を塗っていたよ。何年間も殴られずにいた儂が傷だらけの姿で来たのに、どうして殴られたのか尋ねもしなかった。奴婢が殴られるのは主人の気分次第で、尋ねる理由などない。

羞恥心と侮辱感でその晩はずっと眠れなかった。自分という人間はどうしてこんなにも愚かで情けないのか。それまで自分の中に坊ちゃんのことを弟のように大事にする気持ちが芽生えていたのだ。それどころか、愚かな主人に助言をする忠実な奴婢程度にはなったと信じていた。坊ちゃんが内心、自分のことを兄のように思ってくれることを、そうでなくとも信頼できて頼りになる奴婢程度に接してくれるだろうと錯覚していた。

銀杏のように高く中心の幹がそびえる木もあるが、梅のように特にどの枝が中心ともいえず、いくつもの

枝で形を作る木もある。儂は梅だった。そのときのことは、雨風の中でも丈夫に育った太い枝を折って均衡を崩した。簡単なことではなかったが、それまでも生き残ったように、この日も儂は耐え抜いた。

それでも、折れた枝には折られた跡が残るものだ。儂がいつも気力なく過ごしているのも、幼いころわけもわからず殴られて気をくじかれたからだ。痛くない打擲がないのと同じで、険しくない試練もなく、過酷でない主人もいない。奴婢に親切なご主人様などというのは、兎をやさしくとって食らう虎のように、矛盾した言葉だ。誠《まこと》の人間であろうと追求する者なら、はなから奴婢など置くべきではない。

旦那様は、坊ちゃんが努力してもできない様子を見て、自分は聡明だったのに母方に似たせいだと言い、奥様は旦那様が幼すぎるときから打ちつけたから坊ちゃんを駄目にしたのだとなじった。旦那様は坊ちゃんにあと一度でも外で遊んでいるのがわかったら、寺に預けると厳しく言い渡した。

家を離れるのが怖い坊ちゃんは、また儂のところにやって来て活字機を直すように命じた。同時に奥様には気力がなくて勉強がはかどらないと駄々をこねた。奥様はあらゆる薬を持ってこさせ、占い師を呼んで占わせてみて、食べたいというものは何でも作って食べさせた。

儂は、旦那様に見つかるのが心配で外に遊びに出られない坊ちゃんのために小さなおもちゃを作ってやった。傾斜をつけた低い木の板に壁をいくつかつけてやり、下に穴をあけた。球をいくつか上から転がすと壁にぶつかって跳ねては落ちてきて、そのときに穴の両側にある棒で球が穴に落ちないようにはじき返す遊びだった。

一日中食べて座って遊んでばかりいたおかげで坊ちゃんはむっちりと太って、おおよそ活字機と同じような体格になった。旦那様は時々やって来て部屋の外から坊ちゃんが本を読み文字を書く姿を見ていた。汽機が本のページをめくってゆくあいだ、坊ちゃんは自分の影が外に映らないように床にべたっとうつぶせになっていた。ばれるのではないかとぶるぶる震えながらも、絶対におもちゃを離さなかった。

新たに玉座に着いた国王はその座を一年も守れずに亡くなり、幼い異母弟が即位した。母親は大妃《テビ》という尊号を受けて幼い王の代わりに御簾《みす》越しに政治を行《おこな》った。大妃にとって大尹派は、刀を振り回して排除すべき長年の宿敵だ。旦那様は慌てて生きる道を探したが、たかが訓導の官職で、按摩器を売ってかろうじて両班の体裁を保って生きてきた旦那様に会ってくれる者はおらなんだ。たとえそれまでの情を口実に苦境を訴えて客間《サランチェ》に通してもらえたとしても、差し出せるものは何もなかった。洪水が起こることがわかりきっているのに、押し寄せる水を防ぐ堤を築く力も、逃げるあてもないという体たらくだった。

果たして大妃が垂簾聴政《すいれんちょうせい》を始めて二カ月もたたないうちに、大尹派の頭だった尹仁《ユン・イム》殿と側近たちは斬首刑に、彼らの子どもたちは絞首刑に処された。うちの家門も尹仁《ユン・イム》の側についてはいたが、目立った官職を得たこともなく、むしろ幸いだと思っていた。しかし、ことはそこで終わらなかった。

尹仁《ユン・イム》殿は亡くなった仁宗《インジョン》が王位についてからも小尹《ソユン》派《パ》にひどい扱いをしなかったが、大妃側は尹仁《ユン・イム》殿が死んでからも満足できずに血を求めた。旦那様は病に臥せっているのを言い訳に辞職してから、一家親戚たちに人目につかぬように固く命じた。しかし親戚たちはほとんどが財物を差し出して派閥を乗り換える道を選んだ。旦那様も差し出す財物があればそうしていただろう。

次の年には、やはり尹仁《ユン・イム》に仕えていた李霖《イ・イム》たちが暴動を扇動したという罪名で、死刑あるいは流配刑となった。すると垂簾聴政を行っていた大妃を批難する言葉が良才《ヤンジェ》の駅の壁に書かれる事件が起こり、かつて尹《ユン》・仁《イム》と少しでも近かった者たちは残らず引っ張られていった。旦那様まであとから捕まって、刑杖で打たれて流配されるほどだった。

それでも旦那様は、それまで取り計らってもらう余裕もなく、そこそこの肩書を何とかもらって、その職からもすでに退いていたからその程度ですんだのだ。官職を守っていた友人や親戚たちは流配刑に処されて、妻妾と九歳以下の子どもらは奴婢の身分に落とされた。この間までこの家にやって来れば、儂がひざまずいて世話をしていた坊ちゃんや嬢ちゃん、奥様方が奴婢となったのだ。

坊ちゃんはそのころ十六歳だったので、初めて旦那様の没落を経験した幼いころとは違い、状況を理解していた。旦那様が荒縄で縛られて犬のように刑杖で打たれてきて、いとこたちやおばたちが奴婢に転落した。これまで坊ちゃんがあれほど軽蔑して、ないがしろにしてきた儂と同じ境遇に自分もなるかもしれない。彼らが奴婢になったのは自分の意志ではなかったのと同じで、坊ちゃんも運よく逃れただけだった。坊ちゃんは一日中部屋の隅に転がって儂が作ってやった物で遊ぶばかりだった。怯えきって、恐怖から逃げるために遊びの中に隠れていたんだろう。狩人を見ると地面に頭を突っ込んで、自分からは狩人が見えないから狩人からも自分が見えないだろうと信じている哀れな雉《きじ》のように、な。

坊ちゃんが悪いわけじゃない。雉が地面に頭を突っ込むのは愚かだからか？　自分の死を直視できる者が世の中にどれほどいるだろうか。逃げられないものの最後の悪あがきだよ。坊ちゃんを不憫に思う暇もなく、下男頭が走って来て儂に言った。

「おい、親父さんが売られていくぞ」

儂は山火事に遭った兎のように飛び上がった。親父は見たこともない二人の奴婢とともに大門を出ていくところだった。この家で生まれてこのかた住み込みの奴婢として生きてきた親父が、永遠に家を出ていくといって準備したのは腰ひもにぶら下げた予備の藁沓《わらぐつ》一足がすべてだ。口がきけるようになって以来その日まで、儂が親父と呼んだのはその人だった。旦那様ではなく、彼が父親だった。

儂らが親子だと状況から察した二人の奴婢は、挨拶の時間をやるとばかりに立ち止まった。親父は荒れた手で儂の頭を一度すっとなでると背を向けた。あのときの親父の顔と、儂の頭に触れたごつごつした荒い手つきを今でもはっきり覚えているよ。

親父が消えていった路地を見て呆然自失で立ち尽くしていると、下男頭に肩をつかまれた。

「旦那様がお呼びだ」

儂は旦那様の別棟《サランチェ》に行った。別棟の中に通されるのは、生まれて初めてだった。旦那様と一対一になるのも当然初めてだ。

親父は小柄で痩せこけていて風が吹くだけで飛んでいきそうな危なっかしい感じがする人だった。旦那様は恰幅がよかった。儂が粗末なものを食べて育っても体格がよかったのも、坊ちゃんがすぐに肥えるのもすべて生まれつきの体質だ。ああ、おまえも肉付きよく育ったな。血は隠せないものだよ。

縁石に履物を脱いで上がるだけでも恐縮して、ずっと顔を上げられなんだ。戸を開けた瞬間、部屋の中の空気が季節の変化を知らせる風のように、旦那様は以前の旦那様ではないことを知らせてくれた。打擲は両班にとっても奴婢にとっても同じだ。旦那様は弱っていた。儂は文机《ふづくえ》の前に膝をついて頭を下げた。どんなに弱ったとしても畏れ多くて、旦那様の顔をまっすぐ見るなど考えもつかなかった。

「おまえは、今年で二十三歳だったか?」

「へえ、旦那様」

「もうすっかり大人だな」

「へえ、旦那様」

「汽機術をずいぶん学んだそうだな」

「へえ、旦那様」

「おまえを連れてゆくことにした。師匠なしに技術を身につけるのは簡単ではないだろうが、世の中には苦難を克服して自らの力で大きなことを成し遂げた多くの聖人たちがいる。これからはおまえが我が家で任された役割をする時が来た。おまえがうまくやりさえすれば、私が死ぬ前に必ずおまえを免賤してやろう。約束しよう。どういうことか、わかるな？」

「へえ、旦那様」

「行きなさい」

「へえ、旦那様」

　儂は後ずさりして部屋を出た。戸を閉めると、旦那様が絡んだ痰を力いっぱい吐き出す音が聞こえた。儂はふらふらと厠のほうに向かいしゃがみこんだ。旦那様の言葉を聞いている間、ずっと頭の中で響いていた考えはひとつだった。ああ、この家はお終いだな。かつては功臣で、家勢が傾いたとはいえどうにかもちこたえていたが、もう回復する見込みがないほど没落したんだ。

　儂の話がわかるか？

　ああ、そうだ、その通りだ。親父が家の生計を支えていた。儂の技術ではまるで親父に及ばない。そんな親父を売り払ったということは、来年植える種芋まで食べつくしたという意味だ。もう、この家に希望はない。

　旦那様の流配地は全羅南道《チョルラナムド》の霊岩《ヨンアム》だった。旦那様は家族も連れて行くことにした。親戚がみな散りぢりになってしまって、流配地でもついて行かなくては奥様も坊ちゃんも頼りにできる人はいない。しかし流配地まで行くのにも金が必要だ。だから、旦那様は家族を連れていく足代と、霊岩の郡主へ自分たちをよろしく頼むと一筆書いてもらうのと引き換えに、以前から親父に目をつけていた人に親父を売り渡した。そうして、これまでずっと存在しないかのように扱っていた僕を呼びつけ、面と向かって免賤してやろうとかなんとか言い出した。それほど切迫していたわけだ。

糞の匂いがぷんと漂う厠《かわや》の横に座って、旦那様の口から飛び出した〈必ず〉やら〈約束〉やらという言葉を刻み込んだ。忘れてはならぬぞ。〈自分は約束を必ず守る人間だ〉と言ったなら、それは約束を守らない人間だ。商人が〈自分の秤《はかり》にやましいところはない〉といったなら、その商人は秤をごまかしている。狼に出くわしたノロ鹿は、すぐには逃げ出さずにその場で跳ねることがたまにある。自分はよく跳ねるから追いかけてきても無駄だぞ、と虚勢を張っているのだ。人間もそれと同じで、自分の弱点を隠そうとして誇張してしまうものだ。旦那様も同じだった。断言するが、旦那様はどんなことがあっても僕を免賤しないからこそ、僕を働かせるのに免賤という言葉を使った。旦那様は主人に過ぎず、父親ではない。決して父親になることはできぬ。牛が仔を産むのと同じで、奴婢の子として僕が生まれたのは財産が増えたということに過ぎなかった。以前からくだらない期待だとわかっていたが、それを認めるのはまた違ったよ。

旦那様は少しでも多くの金を集めておこうと、親子代々住み込みの奴婢として働いてきた下男頭を含めて残りの奴婢をすべて売り払った。親父を売り払ったあとで、手放せない奴婢などいなかった。

奴婢の運命は主人によって左右されるものだ。主人の家門が栄えれば両班の前でも胸を張れるが、主人の家門が傾けば家族と生き別れ、聞いたこともないところへ山羊一頭の値段で売られていき、買った家の奴婢たちが嫌がるあらゆるきつい仕事をすべて引き受ける羽目になる。下男頭が「自分のように役に立つ奴婢になれ」と偉そうに言っていた姿が思い浮かんだが、親父が売られていくというときには、彼を笑う気力もなかった。

儂でもあれほど遠い道のりを出かけたことはなかったのだから、杖で打たれた旦那様と、坊ちゃんと奥様はさぞかし大変だったろう。言葉では言い表せない苦労の末に霊岩に到着して、郡主に書簡を差し出した。まだ死ぬべき時ではなかったのか、霊岩の郡主は祖父が功臣だった者同士、きちんと世話するつもりだと言ってくれた。

儂らは郡主が用意しておいてくれた屋敷に向かった。旦那様は坊ちゃんに、郡主にちゃんと会えてよかった、いつか流配刑が終わるから、そのときのためにどうか準備しておくのだぞと言った。坊ちゃんはようやく手足を伸ばして休めると思って、ただうなずくばかりだった。

官奴婢が儂らの滞在する屋敷に連れて行ってくれた。瓦は割れ、腐った柱にはひびがはいり、軒下には蜘蛛の糸がだらりと伸びていた。大門を開けた瞬間、寝たきりで何もできず死を待つばかりの老人のような衰退の臭いが吹きつけた。旦那様は敷居をまたいで今から始まりだと誓ったようだが、坊ちゃんは開いた門戸の中から吹いてくる死の臭いに最後の希望まですべて吹き飛ばされた様子だ。

うん？　儂か？　ああ、これは親父の値段なのだなと思ったよ。親父は技術があったから高く売れたんだな。一間しかない藁ぶきのあばら家で生き延びている流配人も多いそうだから。

水と米だけでも肥える坊ちゃんは漢陽にいたときのように、機械を座らせて勉強しているふりだけした。坊ちゃんは夕方になって旦那様に勉強の内容を尋ねられる時間になっても心配しなくなった。坊ちゃんは旦那様に叱られることを、儂が朝になれば起きて中庭を掃いて焚き木を拾ってくるような日課として受け止めたのだ。

儂は坊ちゃんに言われたとおりに、屋敷の裏に小さな壕を掘ってそこに布団などを持って行った。坊ちゃんは食べて寝るとき以外は、一日中そこに隠れておもちゃで遊んでいた。

そうして数年が過ぎた。時折り郡主が米や木綿の生地などを送ってくれたが、古くなって虫の卵でも湧いていそうな麦を食べて生き延びることも少なくなかった。そんななかでも旦那様は小さな縁でもあるところに書簡を送っては、坊ちゃんが学ぶための本と墨と、質の悪い紙でもいいから送ってくれと頼んでいた。

そこまで苦労して、坊ちゃんも一日中くっつくように机に向かっているのに、朝教えたことは夜には忘れてしまい、夕方教えたことは寝て起きれば消えてしまうのだから、旦那様としてはあきれるほかなかった。旦那様は自分の隣で文字を学ぶように命じた。坊ちゃんは奥様に、父親が怖くて勉強どころではないと泣いて訴えた。流配されてきてから涙なみだで過ごしてきた奥様はただすすり泣いているばかりで、旦那様を止めてはくれなかった。

幸か不幸か、その夜になって旦那様は腹の膨れる病で寝込んでしまった。坊ちゃんは安堵して、儂に活字機を改良しろ、おもちゃはもう飽きるほどやったから別のものを作れと言ってにらんできた。そんな時間はなかった。この家に住んでいるのは四人だが、働くのは儂ひとりだ。小さな畑を耕すことから、水を汲んできては飯を炊いて屋根の雨漏りを直すことまですべて儂の仕事だ。仕事はすべて儂がやるのに、ないなりに良い食べ物は主人に行き儂は釜に残ったおこげをかき集めてふやかして食べているのだから、世の中にこんな道理があるものかと思ったよ。大妃が高麗時代のように僧侶にも科挙を受けさせたがっていると噂に聞いて、逃げ出して僧侶になろうかとも思った。しかし、この案には両班たちの反発が激しく、かなわなかった。

旦那様と奥様は流配されてきてからも、占いをさせて坊ちゃんと家門の行く末を尋ね、僧侶が来るたびに一握りでも布施をして同じ質問をした。この家だけでなく、多くの両班たちがそうしていた。そうしながらも、仏教や巫俗は表立って信仰してはならなかった。先王が亡くなってこの家が没落したように、大妃が死ねば僧侶たちが殺されるのもわかりきっていた。

そうだ、師匠をつけてやるからおまえはぜひ囲碁を学ぶがいい。囲碁は一手を動かせば十手先を読む方法を教えてくれるだろう。もちろん、あのとき儂が逃げなかったのは十手先を見ていたからではなかった。今、生きられないのなら将来の対策など何の意味もない。奴婢が逃げ出して僧侶になるのは、彼らが愚かで先が読めないからではない。今すぐ死ぬか、十年後に死ぬか選べと言われて、十年後を選ばない者はいない。

朝、目を覚ませば、今日予定されている苦しいことを考えて逃げ出したくなり、夜になると恐ろしさに押しつぶされた。奥様は儂の母親を殺させて、旦那様はそれに知らぬふりをして、この家族の食い扶持を稼いでいた親父を売り払った。それでも、この家で生まれて育った儂には、別の生き方をする勇気が出せなかった。

坊ちゃんは活字機を早く改良しなかったら仕置き棒でぶん殴るぞと脅してくるので、儂は畢竟《ひっきょう》、逃げるほかないと結論を下した。今夜こそ必ず逃げ出そうと心に誓って焚き木を拾って戻ってくると、坊ちゃんが隠れている壕から聞きなれない者の声が聞こえてきた。慌てて行ってみると、六十を超えると思しき男が立っていた。男は鼻が高く目が深くくぼんでいて眉が目につきそうだった。儂は男の奇異な顔に驚いてしばし固まり、少したってから男が笠《カッ》を被り外套《トゥルマギ》を着た両班姿だと気づいて、頭をぺこりと下げて挨拶をした。坊ちゃんは儂を見てにこにこと笑った。両班の息子が壕に隠れているところを知らない人に見つかったというのに、にこにこしている姿を見てあきれてしまったよ。

「こちらの都老《トロ》殿が、私によい贈り物をくださるそうだ」

　都老《トロ》が何か言う間もなく、坊ちゃんが浮かれて説明したところによれば、ずいぶん前に奥様がある僧侶から購入した品物があるのだが、都老《トロ》はその品を探していた。そこで、その品と新しいおもちゃを交換しようと言ってきたという。儂は都老《トロ》に、どんなおもちゃを作ってくれるのか尋ねた。

　彼は儂が作ったおもちゃを確かめると原理を説明して、そこに「ヨンスチョル」を追加すればもっと面白いおもちゃが完成すると言った。合わせてほかのおもちゃももっと作ってくれると提案した。「ヨンスチョル」だと？　初めて聞く名前だった。こちらが「ヨンスチョル」が何かわからない様子を見ると、彼はらせん状に巻いた針金を見せてくれた。儂が驚いたのは、細い針金がもつ弾力そのものよりも、両班が汽機術に明るいどころか儂も知らない部品を利用した技術を知っているということだ。

「その品がどこにあるか知っておるか？」

　坊ちゃんは嬉々として尋ねた。儂は息を止め、坊ちゃんを引っ張って儂らの声が都老《トロ》に聞こえないところまで行った。坊ちゃんがおもちゃ一つに惑わされてすぐに奥様の品物を渡してやると答えたおかげで、都老《トロ》のほうでも自分の手の内を簡単に見せてくれた。都老《トロ》はその物を長いこと探してさまよい、何とか糸口を見つけてここまで来た。それほど貴重な物品だという意味だ。

「たかがおもちゃ一つで手放してよい物ではございません」

　その言葉に、坊ちゃんは正気を取り戻した。怠惰で遊ぶことしか頭になかったが浅知恵は働くので、もっと多くのものを引き出せることを即座に理解したのだ。

　儂らは話を終えて都老《トロ》のもとに戻った。

「あれは坊ちゃんの将来に大きな福をもたらす品であると、奥様がご苦労なさって手に入れて大切にしている品でございます」

「望みは何じゃ？」

都老《トロ》が儂に尋ねた。取引相手は儂だと見破って、面倒な礼儀など捨てようと伝えている。驚くことに、その態度には儂が奴婢だからと雑に扱うのではない、取引相手への尊重があった。礼儀など、都老《トロ》にとっても儂にとっても時間の無駄だからな。

儂は都老《トロ》を連れて裏門から入ると活字機を見せてやった。

「とんでもない話に聞こえるでしょうが、わたくしはこの活字機が歩き、言葉を話せるようにしたいと思っています。それを手助けしてくださるなら望みの品を差し上げましょう」

都老《トロ》は軽く首を振った。

「汽機に、音声を作り出すことはできぬ」

「できます」

確信に満ちた儂の声を聴いて、都老《トロ》は不思議なほどに感情の見えない目で儂を見た。

そのとき突然、都老《トロ》という名前を聞くのは初めてではないと悟った。ずいぶん前、機工たちと親父から聞いたことのある名前だった。機工たちは語飛船はあると言ったが、親父はないといった。しかし、語飛船は実在した。機工たちは語飛船を作ったのは都老《トロ》だと言っていた！　語飛船を目撃して、下男頭と中年の男、若い下女の姿に大きな衝撃を受けたせいで、それ以前に聞いた話をすっかり忘れていたのだ。

時間が止まったような静けさの中で、儂は今自分の目の前にいる者がまさにその都老《トロ》であり、本当に彼が語飛船を作ったのだという事実を悟った。足の力が抜けて、転ばないように一歩下がるとかえって大きく転んでしまった。

どうしてそんなに驚いたかって？　儂が秘密を知っていたからだ。秘密は力を持つ者にとっては武器になるが、力のない者には毒になる。力を持つ者はその秘密でより大きな力を得るが、力のない者は秘密とともに消えてゆく。

「語飛船を見たのか？」

「へえ、旦那さま」

儂は立ち上がることもできずに答えた。

「いつ、どこで見たのじゃ？」

儂は都老《トロ》に、語飛船を見た日の出来事を一つ残らず告げた。話している間ずっと涙が止まらなかった。旦那様の血筋だから生まれてこのかたこの家で生きてきたが、いつか殺されるだろうと恐ろしく、誰も自分を助けてくれないだろうことに絶望していること。母親は死に、父親は売られたうえに嫁を取ることもできない自分が死んでも、悲しむ人のひとりもいないこと。自分が死んだとしても、坊ちゃんは変わらず怠惰なままで、旦那様はどこかで召使いをひとり見つけてきて連れてきて自分の代わりにするだろうから、自分の存在などないのだということ。それらのことがあまりに無常で、涙が止まらないのだと思っていた。ずいぶん時間が過ぎてから、あの日の涙に隠されていたまた別の理由に気が付いた。

儂はもっと早く泣くべきだった。奥様が下男頭に母親を殺させたとわかったとき、味噌を塗ってくれた若い下女が殺されかけたのを見たとき、親父が売られていったとき、儂はそのたびに泣くべきだった。どうして泣けなかったのか、なぜ見守ることしかできなかったのか、なぜ何もできなかったのか……

話を終えると、つつくだけで崩れてしまう落ち葉のように体の力がすっかりなくなっていた。ようやく顔を上げて彼を見たが、儂のことを哀れに思っている様子はない。不思議なことに、同情してもらえないこと自体は寂しくなかった。本能的に自分の疑問に対する答えを知っていたから。すべて自分が奴婢だからだ。日照りになれば祈雨祭を行い、長雨が続けば祈晴祭を行う。奴婢である儂は主人が殴れば殴られ、売れば売られていくだけ、何もできぬ。四肢があっても自由はなく口がきける牛に過ぎない奴婢の泣き声に、どんな意味が込められようか。泣けば死んだ母親が戻ってくるか、泣けば旦那様が親父を買い戻してくれるか、泣けば儂を免賤してくれるだろうか。泣いたところで自分が疲れるだけで、生きる気力が漏れていく。だから泣かなんだ。だから泣けなんだ。そうして長い歳月、蓄積された涙があの日、臨界点を超えてあふれたのだ。

ふと都老《トロ》が口角を上げて笑っているように見えた。立派だと何かに感心でもしているかのように。儂に向かって笑っているのではない。どんな意味だったのか、今でもわからない。ただ、彼に儂を殺すつもりがないとわかって安堵した。

儂らが新しい活字機を作るために悪戦苦闘している間、坊ちゃんはどうしたら奥様の部屋から問題の品を盗み出せるか頭をめぐらせていた。奥様は霊岩までくる道で弱った体が回復しておらず、部屋を空ける時間がほとんどなかった。坊ちゃんは、近くに霊験あらたかな寺があるという話を奥様の耳に入れた。高麗時代から続いている寺という言葉を聞いて、奥様は参拝して仏功を納めなくてはと言い出した。体調が戻っていない奥様が一人で行くには骨が折れる道なので、坊ちゃんが奥様のお供についていくと言った。坊ちゃんが奥様のお供をして祈りを上げに行くと聞くと旦那様はよろこんだ。坊ちゃんがしゃんとするきっかけになると思ったようだ。

奥様が出発すると、儂は奥様の部屋の簞笥の一番奥まで引っ掻き回して問題の品物を探しだした。開いてみるとまるで地図のようだが、そこに書かれた文字は漢字でもハングルでもなかった。読めない文字と、布のようでもあり紙のようでもある初めての感触は、畏敬の念と恐ろしさを引き起こした。儂は地図を大事に手にして、都老《トロ》に言われたとおりに白粉箱から白粉もかすめておいた。

奥様と坊ちゃんが出発して旦那様と二人きりで残ることになると、いきなり捕まえられてきた盗賊の巣窟で手下として働かされているかのように、不安な気持ちになった。朝食を準備して旦那様の部屋に入ると、口がカラカラになり手が震えて膳をひっくり返しそうなほどだった。儂はほとんど出ていない声で朝食の膳を持ってきたと挨拶を申し上げて、旦那様を支えて立ち上がらせた。旦那様は生まれてからずっと必要な時には鐘を鳴らして下人を使ってきた人間らしく、当然のように儂に世話をされていた。

人生でただの一度も儂を自分の子とみなしてくれなかった人間を前にこんなに胸を痛めているなんて、一体、血筋とは何なのか。坊ちゃんのことなら指にとげが刺さっただけで自分の足が折れたかのように心を痛める人が、儂のことは人間として見てくれないとは、賤民でない人間たちの道理とは一体何なのか知りたいものだ。

惨嘆たる気持ちを抱いて都老《トロ》の家に行った。彼は活字機を作るために小さい規模の瓦ぶきの屋敷を借りてあった。都老《トロ》はその別棟の仕切《サランチェ》りをすべて外し、台を入れて作業場にしようと言った。彼は儂にやらせて監督するのではなく、自ら袖をまくり上げて仕事をともにした。働く手つきもしっかりしていて、きっとこれまでにどこかの党派争いに巻き込まれて流配と上京を経験してきたのだろう、と思った。それにしても客間となるべき別棟を工房として使うという発想や、仕事をやらせる奴婢がいるのに自分の手で仕切りを持って運ぶ行動など、実に両班らしくない人だ。

作業台を置いて各種部品を置くべき所に置き、仕事の準備がすっかり整うと、都老《トロ》は儂の顔を正面から見すえて尋ねた。

「よくないことがあったか？」

「いいえ、旦那様」

儂は目を伏せた。

「嘘じゃな」

両班に嘘をついたことがばれて胸がドキリとすると同時に、どうしてこんな些細な質問にこだわるのかと訝しく思った。違うと答えれば、それきりでいいではないか。

「悪うございました」

箸匙の向きを間違えただけで打たれるのが奴婢だった。奴婢が間違いを犯したからと殴り殺した両班が、財物よりしきたりを重視する立派な人物だと褒められる世の中なので、どんな罰を受けるかと気が気でなかった。

「私がどうしてわかったか知りたくはないか？」

「へえ？」

人の気分がよいかよくないかなど、顔色を見ればわかることだ。それなのに都老《トロ》の表情は、新しく作ったおもちゃを試してうまくいったときの儂の表情と同じだった。

「最近になって私は朝鮮で排除されている者たちに関心を持つようになった。おぬしを見ていて自分が奴婢にも関心がなかったことに気づいた。少ないときでも十人に一人は、多いときには十人に五人が奴婢である朝鮮で、目にしながら見ずに過ごしてきたことに気づいた。奴婢は自分の仕事に何の役にも立たないと考えていたからだな」

「へえ、旦那様」

「もともと私は活字機だけ作ってやって出ていこうと思うておった。しかしおぬしが知りたいのなら、どうやって私がおぬしの気分を当てたのか教えてやろうか。それをどう使うかはおぬし次第じゃ」

「へえ、旦那様」

都老《トロ》は外套を解くと、胸から横が一指尺、縦が二指尺ほど（一指尺はここでは二十五センチほど）、厚みは小指の関節分くらいの金属板を取り出して見せてくれた。

「おそらくおぬしは、人の気分を把握するのが汽機を作らねばならぬほど難しいものかと思うだろう。おぬしにとっては息をするように自然なことだろうからな。それは生まれにもよるが、限られた人にしか会ったことがないからじゃ。朝鮮の両班たちは見た目と内心が異なっておる。好きでも嫌いだと言い、嫌いでも好きだと言っては、それが礼儀だと根回しをする人間たちは、こちらからその内心を把握しなくてはならぬ。

私は長い間、どうしたら人の本当の心の内を読めるか研究してきた。はじめは表情から読み取ろうとしたが、それは自分が持っている技術では不可能に近い。一人ひとり生まれ持った人相が違う上に、年を重ねて絶え間なく変化する。区別すべき数もきりがなく、この私でさえもその情報をすべて処理することはできなんだ。長い研究の末に声を利用すればよいと気づいた。声は表情ほど隠せないものだ。私は声の高低、大きさ、速度、言葉と言葉の間の間隔から相手の真意を把握する汽機を作った。それがこの汽機じゃ。さきほどおぬしの気分がよくないことを見破ったのも、いつもより口数が少なく声も小さく低かったからじゃ」

「へえ、旦那様」

何を言われているのかもわからずに、へえ、へえ、とばかり言っていた。

「おぬしは親父さんから汽機術を学んだと言ったな？しかし薪割機を活字機に発展させたのはおぬしじゃ。たかだかこんな旧式の技術でもって複雑な漢字を書くほど精密な機械を作ったとは、その技術と発想には自然とため息が出るな。これまでたくさんの機工たちに会ってきたが、おぬしほどの可能性を持った者はおらぬ。技術に運用力が加われば驚くほどの汽機を作ることができるだろう。私が教えてやる技術でおぬしに何ができるか知りたいものじゃ。学んでみるか？」

恥ずかしいことに儂の目に見えたのは涙だった。打たれずに叱られずに過ごせば幸いな一日いちにちを生きてきた儂の生涯で、初めて聞いた褒め言葉だ。都老《トロ》が話し終えるとその後ろにあった壁が戸のように開き、その戸から光が湧き出して幻影が見えるかのようだった。

都老《トロ》が去って行った後も、時おり彼の噂を聞くことがあった。ある機工は、都老《トロ》は山神の息子で代々にわたって同一人物だなどと言っていたが、それは根拠もないでたらめだった。儂は目の前で見た。彼は明らかに肉を持ち血が流れる人間だった。人間がどうやってそんなに長い間生きられるというのか。しかしあの日、儂は彼から直接自分が山神だと言われたら信じていただろう。死ねといわれたら腹をかっさばいて五臓六腑を見せて死ぬこともできた。都老《トロ》は儂を一人の人間として扱ってくれた。そんな人のためであれば、できないことがあろうか。

「学んでみます。旦那様、なんでも教えてくださ い!」

都老《トロ》の薄い唇の両の口角が上がった。笑い方を練習した人の笑みのようだったことを覚えている。

朝夕は旦那様の尿瓶を磨いて食事を作って部屋に運んでから、都老《トロ》の工房に走って行って活字機を作るのに全力を尽くした。当然、畑を耕すなどのことはおざなりになった。旦那様は儂がほかのことをしていると思っても、病気で不自由な自分以外に家族もおらず、家に残った下男は儂だけなのでうかつに咎めるわけにもいかなかった。まともに目を合わせたことすらなかった旦那様が儂の顔色をうかがっている姿は、見ているこちらが気の毒になったよ。

最初の目標は活字機を歩けるようにすることだった。民百姓を教える用途に使われる教化機を通じて、すでに汽機を歩かせる技術があるということは知っていたが、自分で直接作ってみたことはなかった。しかも歩き方がぎこちなくても許される教化機とは違い、儂の活字機は本当の人間のように動かなくてはならぬ。

しかし都老《トロ》が言う通り、すでに活字機を使うほど織細に動く関節を作ったことのある儂にとって、人間のように歩かせることくらいは朝飯前だった。何度かの試行錯誤の末にかなり本物らしく歩く汽機を作り出した。

　自分自身に満足していたのもつかの間、肉声分析という難関にぶつかった。都老《トロ》自身が使っている汽機を儂が使うことはできないので、儂の分はあらためて設計からしなくてはならぬと言われた。彼は士人《ソンビ》の仮面をつけていたが、中身は機工だった。都老《トロ》は約束を守るためではなく、自分自身に心酔して汽機を作った。彼に助けてもらいながら横に一指尺半、縦に二指尺、高さが指の関節二つ分ほどの肉声分析機を作り出した。機械の中には薄紙を巻き付けた人差し指の倍ほどの管と空の管がひとつずつと、墨汁を入れた針が入っている。人の声が聞こえると紙が二つ目の管に巻かれていって、その間に針が人の声を記録する。声の高低によって曲線が現れ、声の大きさに合わせて線の太さが変わり、線が途切れた余白は話が途切れた時間を示す。

　肉声分析機は都老《トロ》の手伝いがあったものの、儂が作ったと自負できる。しかし音声機はどこから始めたらいいのか見当もつかなかった。奴婢が免賤されたら良民になれる。しかし、奴婢が両班に、さらに大臣になるなど大それたことは夢にも思うまい。それと同じくらい、肉声分析機を作る技術から音声機を作る技術に進むのは格の違う問題だった。都老《トロ》は明らかにその違いがわかっていた。それまで肉声分析機を作るのに迷走していた儂を見守って、時には自ら答えを見つけるのを待ち、時には糸口を投げかけては道案内をしてくれた都老《トロ》が、音声機の作り方は教えてくれず、都老《トロ》自ら作ってくれたのだから。もちろん儂はすべての過程を横でしかと見守っていた。しかし、文字の読めないものに書き順を見せてやっても文字が読めるようにはならぬ。どれほど見てもまったく原理が理解できなんだ。音声機を作る部品はほとんど都老《トロ》が最初から持っていた。

彼の肉声分析機も実に霊妙な代物だった。一度だけ彼が自分の肉声分析機の内部を見せてくれたことがあるが、蜘蛛の糸のようにかけられた金属線と儂には見当もつかない精巧な部品が整然と並んでいた。

都老《トロ》が完成させた音声機を活字機に取り付けた。活字機は「はい」「いいえ」「ううん」の三つだけ話すことができた。そこに抑揚にだけ変化をつけた。彼は現在の朝鮮で作ることができる道具と技術で、人の大きさの汽機が音声を発するのはこの程度が限界だと言った。そして語飛船は本体が大きいために、多くの言葉を発せたのだと言った。

活字機だけでは「はい」というべきか「いいえ」というべきか判断できなかった。儂はとりあえず無作為に出てくるように設定した。

一番難しい峠を超えれば、そのあとは一瀉千里《いっしゃせんり》だった。顔は牛革を脱色して整えて作った。牛の革で人の顔を作る都老《トロ》の腕前には驚いた。彼はある機工の肩越しに身につけたといいながら、学んだ技術を使う機会が来たことに満足していたよ。坊ちゃんが留守だったので儂の顔をもとにして、白粉も塗った。

顔の核心は目だ。目を作る過程はそもそも見ることもかなわなんだ。都老《トロ》は完成品を出しながら、残り少ない目だと言っていた。

坊ちゃんは出発してからほぼ四月《よつき》過ぎてようやく戻ってきた。奥様に、せっかくここまで来たのだから旦那様の病気が治り、家門が栄えるように百日祈禱を奉じようと言ったそうだ。そして本当に百日間、一日も漏らさず仏功を奉じたそうだ。坊ちゃんの本音は見当がついた。きっかり百日だけ苦労をすれば、今後苦労する必要はないのだから、と自らを励ましたわけだ。もう一度やれと言われてもできないだろう。

都老《トロ》は、坊ちゃんが来る前に立ち去っていた。儂は坊ちゃんに活字機を見せてやった。坊ちゃんはのどちんこが見えるほど大口を開けて笑っていたよ。

坊ちゃんの服を着せた活字機を旦那様のいる別棟に連れて行った。活字機は杖をついてのろのろ歩く老人の速さで動いた。儂は棟の外ではらはらしながら旦那様と活字機の会話を聞いた。旦那様は無事に帰ってきたのか、行った先で暇を見つけて勉強をしたかなど尋ねて、活字機は時おり「はい」「ううん……」と答えた。

「誠とは即ち無妄だともいい不欺だともいう。違いを言ってみよ」

まったく幸いなことに活字機は「いいえ」ではなく「ううん……」と言った。

「この程度の質問にも答えられぬのか？」

旦那様は腹を立て、今すぐ出て行けと怒鳴った。最も心配していた瞬間だったが、幸い活字機は立ち上がり部屋を出た。儂は旦那様の声を真似て「もうよい、出て行け」「今すぐ去れ！」などの言葉を覚えさせ、その言葉を聞いたら、立ち上がって出ていくようにしておいたのだ。

毎日旦那様が話す音声の類型を分析して、どんなときに「はい」と「ううん……」「いいえ」と答えるか入力した。「いいえ」と答えるべき時は極めて少なかった。活字機は時とともに人間っぽくなっていった。

旦那様は慢性的な目の病気が再発して視野がぼやけているので心配する必要はなかったが、絶対に奥様の目についてはならなかった。赤ん坊のときから乳を飲ませ襁褓《おしめ》を替えて育ててきた母親と、育っていく姿を見守るだけだった父親は違う。奥様は騙すことができなかった。坊ちゃんもその点は理解していて、奥様には直接朝の挨拶に伺った。一、二度、後姿を見られたことがあるが、幸い正面から汽機を見られたことはなかった。

危険な瞬間はその後にもあった。郡主が訪れた日もそうだった。旦那様は少し前から「はい」「いいえ」

「ううん……」だけでようやく答える息子を見て、やり方を変えた。答えられない問題は直接教えることにしたのだ。

「国は中から内実を固め、外に向かっては外敵の侵入に対抗せねばならぬ。外敵の侵入に対抗するにはどのようにすべきか？」

「ううん……」

「仁者は敵無しという。多くの軍人と強い武器だけで敵を追い返すことはできぬ。漢の文帝が徳によって匈奴を導き戦争を避けたように、臣下は王を聖君と成し、聖君は徳によって国を治め、敵を感化させ最初から誰も侵入しようなどと思わせぬようにせねばならぬ」

「はい」

旦那様は、続けて民百姓に対する政治と教化の違い、政治と教化の方法を教えた。そこに郡主が来たので「もうよい、出て行け」と言った。活字機は丁重に頭を下げ、部屋を出た。ほかの人に活字機を見られるのは初めてなので心配になって戸の外で覗き見ていたが、なんと郡主が活字機を褒めるじゃないか。朝な夕なに病気の父親の部屋に挨拶に来て、恭《うやうや》しく教えを受ける姿が印象よく見えたのだ。儂は自分が褒められた気がして、つま先から頭のてっぺんまで痺れるような快感が駆け抜けた。

「毎日文字を学んでいるのに、内容の理解が追い付かず心配です」

「誠実と愚直は君子の手本です。もととなる品性がよろしいのですから、道さえ開けば多くの者に尊敬されることでしょう」

郡主の言葉からは、真心が感じられた。

先の見えない歳月が流れた。旦那様は気が詰まって占い師を呼んで坊ちゃんの名前を二度も変えた。名前を替えれば品性も変わり明晰になるのではないかと期待したのだろう。時おり奥様が鋭い目つきで儂をじっと見ている気配を感じたが、唯一の奴婢なので面と向かって手出しをすることはなかった。

乙卯の年に倭寇が侵入してきた。達梁《タルリャン》城が陥落したという知らせが入ったかと思うとあっという間に唐津《カンジン》県、加里浦《カリポ》が倭寇の手に落ちた。霊岩は目の前だ。郡主はその前年に漢陽に戻っていた。その際に次の郡主に旦那様たちの世話を頼んでくれたが、新たな郡主には関係のないことだった。奥様と旦那様は逃げ出したくても体がついていかなかった。旦那様は儂に坊ちゃんだけでも連れて避難しろと命じた。霊岩まで来たときの険しい道のりを思い出した坊ちゃんは、どこにも行かないと意地になって動かなかった。まったく幸いなことに、倭寇は霊岩城を攻めきれずに引き上げていった。

明宗《ミョンジョン》が崩御し、新たな王が即位した。この日だけを待ちわびていた臣下たちが、前回の党派争いに罪なく巻き込まれた者の身元を改めるように要請した。王はその意に従ったが、尹仁《ユン・イム》殿は含まれなかった。内心期待していた旦那様はかなりがっかりされていた。

ところが、霊岩の郡主だった者が儂らに救いの手を差し伸べてくれた。彼は漢陽に上京してから国王の事務処理を担う承政院《スンジョンウォン》の書吏となっていて、ほかの者たちの身元を改めるときにこっそり旦那様の名前を挙げてくれた。

科挙制度の弊害を訴える声が上がったのも、儂らが生き延びるのに一役買った。科挙は文章で官員を選ぶ制度なので、官僚たちは見栄えのよい文章を作るだけで徳と治定の原理も知らぬ。そのため、近くで見ている人の推挙によって官員を任命すべきという論理だった。当時の新進勢力である士林派《サリムパ》の中でも一番頭角を現していた栗谷《ユルゴク》という者が強力に進めると、多くの者が彼の意見に倣った。書吏はその流れに乗って、自分が霊岩郡主だったときに旦那様と坊ちゃんを見ていたが、ふたりは三人の先王の命日のたびに斎戒沐浴しては食を断って祀り、さらに坊ちゃんは朝な夕なに両親の部屋への挨拶を欠かさず、真心を込めて具合の悪い両親のそばに仕えていて、これこそ孝と仁を兼ね備えた人材であると、積極的に坊ちゃんを推挙した。

旦那様の流配が解かれると、坊ちゃんは承文院《スンムンウォン》の官吏に任命された。そのとき儂の年が四十一、旦那様は七十に近かった。旦那様はこの日を見るために自分はこれまで死なずに生きてきたのだと言って、深く刻まれたしわで涙を受け止めた。

郡主として流配地での生活を支えてくれていた書吏は、旦那様と奥様、坊ちゃんが不便なく上京できるように足代と下男を送ってきて、漢陽に屋敷も準備してあると言った。旦那様は恐縮至極だったが坊ちゃんは死んだような顔色をしていた。儂は書吏にどんな思惑があるのか知りたくなった。

旦那様と奥様は漢陽に行く途中で体調が悪くなり、慶尚北道《キョンサンブクド》の聞慶《ムンギョン》にある書吏の親戚の屋敷で療養することにし、坊ちゃんと儂だけで京に上った。漢陽に到着すると、当然のことのように書吏の一人娘と坊ちゃんの縁談が進められた。奥様はそこまで世話になるわけにはいかないと言って反対したが、おそらくそれは言い訳で、官職についた一人息子を婿養子に出すよりも、もっとよい相手を望んでいたのだろう。しかし地方にいて、それも書吏の親戚の屋敷に世話になっている中で、拒み続けることはできなかった。

書吏の思惑もわかった。書吏の娘は性格が獰猛で、すっかり婚期を逃して結婚できずにいたのだ。書吏の娘は、縫物の目がそろっていないからと下女の指を斬り落とし、よそいきの履物に土埃がかかったからと中庭を掃いていた幼い下男を殴り殺した。どちらも直接、自分で手を下したのだ。さらに酒と肉を好んで昼からしょっちゅう酔っぱらっていて、近所の見合い婆もみなお手上げだった。書吏は一人娘が二十五歳になってもこれでは永遠に結婚相手を見つけられないと思って気がせいていた。血筋が絶えかねない。書吏は、坊ちゃんは未熟ながら心が広く、自分の娘にちょうどよいと考えた。

儂は坊ちゃん、いや若旦那様の夫人を一目見るなり、死にたくなければべったりと額ずくほかないと感知した。奥様のように旦那様の顔色をうかがう理由もない人だった。若旦那様には守ってもらえそうにない。

若奥様は欲深い人だった。以前霧と消えた結婚話のことはまったく惜しんでいなかった。もっと家門のよい男に嫁ぎたがっていた。しかし、親たちが今度また破談になったら娘は尼寺に送り、養子を迎えて祭祀を任せるとまで言い出すので、仕方がなかった。若奥様は、若旦那様が幼弱で自分の思いどおりにできると一目で看破した。どうにかして若旦那様を動かし出世させて丞相《チョンスン》夫人になろうと決意したようだった。

若旦那様は流配に行ってから、二十年近く壕に隠れて遊んでばかりで過ごしていた。奥様と儂以外にはまともな話し相手もいなかった。若旦那様は、まるで登庁日が棺に入れられる日であるかのように、恐怖に怯えて夜は眠れず、昼も食事が喉を通らなかった。若奥様がやきもきするので、無理矢理に何匙か食事を口にしたものの、消化不良を起こし何日か苦しんだ。若旦那様が食事を拒否して食べたものも消化できない姿は、見ているこちらがつらくなった。年寄りは昨日までぴんぴんしていても今日ガクッとくれば一瞬であの世に行ってしまうことがある。若旦那様も、少し動いただけでそうなってしまいそうだった。

とうとう登庁前夜になった。若旦那様は、旦那様からふくらはぎを打たれるたびに奥様のところに行って父親が怖いと泣いたように、若奥様の前で大声をあげて泣きながら自分には死んでもできないと言った。千字文もまともに身についていない自分に、官員の役目が務まるはずがない。若奥様は、それでも勉強は誠実にしていると父親から聞いているが、何を言っているのかと問いただし、窮地に立たされた若旦那様はすべて洗いざらい話してしまった。奥様もおらず、儂も若奥様の顔色をうかがっていて奥の間までは入れず、若旦那様は結婚してからずっと孤立していた。若旦那様は、若奥様にすべて打ち明けるほか生きるすべがなかった。

若奥様はすぐさま儂を呼びつけた。儂は若奥様に活字機を見せてやった。若奥様は汽機をあれこれ眺めては動きを確かめた。

儂はそれまでもずっと、たゆまず活字機を改良してきた。ばね《ヨンスチョル》を利用して関節に弾力を与え、歩く姿もはるかに滑らかになった。都老《トロ》に教わった潜熱を利用して、以前よりも少ない熱でもより長く動けるようにした。

うん？　この日に備えていたのかって？　そうでもない。ただ儂に才能があると褒めてくれた都老《トロ》の言葉が、儂の胸で太陽のように永遠に消えない動力源になってくれたようだな。

若奥様はいけると思ったのか、自分の白粉を出してきて、これで活字機をきれいにして登庁させろという。若旦那様の父親は年老いていて、若旦那様と若奥様にはまだ跡継ぎもいなかった。若旦那様が道を切り開き家系を作れなかったら、そのうち名ばかりの両班に転落しかねない。うちの家門が紐の切れた凧になってから実に二十年近くも、進展もなく淀んだ水になって腐っていったことを思うと、若奥様が必死になったのも理解できる。

若旦那様は霊岩を発って以来初めて、山盛りのご飯を平らげてぐっすりと眠った。儂は活字機がばれたらどうしようと恐ろしく、実際に活字機に官員の仕事が務まるか見当もつかず、また活字機を多くの人たちにお披露目するということに興奮し、気持ちが交錯して朝まで眠れなかった。

翌日の朝、若旦那様は出かけるふりをして裏門から戻り奥の間に隠れた。儂は奴婢として活字機についていった。気づく者も疑う者もない。人は他人に関心などないうえに、自分の前にいるのが人間ではない汽機だと想像する人などおらぬ。

うん？　どうしていきなり都老《トロ》殿の話になるのだ？　都老《トロ》殿が本当に人間だと思っているのか、だと？

そうだな……。思い出してみると気にかかるところがなくもないな。彼はたまに人間のことを他者のように話すことがあった。まるで自分は人間ではないかのように。彼にもらった目玉は、本物ではないと知っている儂の目にも本物の目に見えたよ。

今に至るまで儂はひっそりと汽機術の研究を続けてきた。研究をすればするほど都老《トロ》が見せてくれた技術に近づけるわけではなく、彼の技術がどれだけ神妙な境地に達していたのか実感している。汽機術の発展を繰り返しても、彼の技術と現在の朝鮮の最先端の技術の間には大きな開きがある。一人の人間の成長であれ、技術の発展であれ、這ってから立ち上がり、それから歩いて、その次に走るのが順序だが、朝鮮がまだ手足をついてもたもた這っているのに、都老《トロ》は走っているようなものだった。

だから、もしかして……みなが活字機を人間だと信じていたように、儂も彼の本質を見誤っていたかもしれぬ。

しかし、そんなことは重要ではない。重要なのは儂が生まれてこのかた出会った人の中で、都老《トロ》だけが儂を人間として接してくれたことだ。

誰も活字機のことを疑わず、官員の勤めも容易かった。官員たちは事実上何の仕事もしていなかったからだよ。栗谷《ユルゴク》が科挙制度を批判して言った言葉は事実だった。官員たちは儒教の経典はすらすらと諳んじて討論しては、性理学の正当な大家は誰か、君子にふさわしいのは誰か、器が小さいのは誰かを質《ただ》すのみで、本当の仕事をするすべを知らなかった。できるだけ高い官職をどれだけ多く持っているかが権力の尺度で、一人が儀礼担当の礼曹、財政担当の戸曹、軍事担当の兵曹を兼任することもあるのだから、たとえ仕事についているとしても彼らが一人ですべてをこなせるはずがない。実際に仕事に当たるのは、その下で働く吏員、つまり儂のような奴婢たちだった。朝鮮は官僚制からなる国だが、その官僚制を支えているのは禄俸も出ない奴婢だというわけだ。もちろん彼らは普通の奴婢ではない。実質的な権限を持っているので、賤民ではない者達もその前では頭を下げて両班も雑に扱うことはできなかった。軍役と刑罰を担当する兵曹や刑曹で働く吏員たちは、罪をごまかして罰を軽くする対価として金を受け取るのでその辺の両班に負けない富と権勢を享受していた。吏員たちは世間知らずの官員たちがぼんやりとした指示を下すと、はた目には恭しく指示を仰いで、裏では鼻で笑いながら自分たちのやり方で処理をして報告書だけそれらしく仕上げた。

仕事がこんなものだから、活字機が登庁してすることといえば動力を供給するために熱い茶を飲み続けることと、報告書を読むふりをしながら「ううむ……」とうなずくことがすべてだった。儂や若旦那様にとってはたいへん幸いなことだった。

時間がたつにつれて、官員たちの間で活字機の評判が上がった。誰がどんな話をどれだけ長々と話しても、嫌な顔ひとつしないで耳を傾けてくれるからだった。みなは活字機と酒を交わしつつ、器の大きな男だといって持ち上げた。

世の中に口数の少ない人はいない。自分よりも口数の多い人が存在するだけだ。また、人は聞くことよりも話すことを好むが、それは人間を機器だと考えるなら、耳を傾けて聞いて頭で理解して心で共感するという行為は、多くの動力を消耗するからだ。官員たちは話を聞いてくれる活字機のことを真の友だと考えた。それに人は何でも自分にとってよいほうに解釈する存在なので、活字機が何の意味もなく声を発すれば自分の言葉に賛同していると、活字機の意味のない動きは自分の意見に共感している仕草だと信じた。活字機は特に上位の人から愛されて、正式に副正字となり、間もなく正九品の官職、正字《チョンジャ》の座に上った。

しかし活字機がみなに愛されるからといって安心はできなかった。誰を好きか嫌いかは重要な利害関係だから。当時、みなは老党と小党に分かれていた。どちらにも与しないことも重要だが、立場をはっきりさせねばならぬ時もある。

儂は毎晩、肉声分析機の改良に力を尽くした。大勢がどちらにあるのか知っていなくてはならない。より多くの情報を処理するには肉声分析機はより大きくなるほかない。若奥さまは昼の間も随時、茶と間食の膳を準備し若旦那様に食べさせた。部屋に隠れて一日中食べてばかりの若旦那様の体は簡単に膨れ上がった。

若旦那様は活字機が退庁すると部屋から出てしばし外の風に当たったが、舅である大旦那様の部屋に挨拶に上がるときも最低限の言葉しか言わなかった。活字機には表情というものがなかったので、若旦那様も常に無表情を維持して、騒ぎがあっても驚かずに冷静を保った。

士林派の元老だった退溪《テゲ》、老党の領首だった李浚《イ・ジュン》慶《ギョン》、小党の領首だった奇大升《キ・デスン》が世を去ると老・小の対立は一段落したが、自分は正しく相手は誤っていると思うのが人の本性なので、残った者たちは東人と西人に分裂した。

活字機は礼曹の正六品、佐郎《チャラン》に出世し、さらに二つほどほかの官職も得た。地位が高くなるほど墜落の危険も大きくなるというものだ。儂は活字機が上官と下の者たちの言葉にどちらも耳を傾け分析できるように肉声分析機の回転管を十に増やし、各人の今の地位と親しい人との関係をもとに点数を付けた。それぞれ別の意見が入ってきたら点数を合わせて一番高い意見に従った。

儂が最も警戒したのは栗谷《ユルゴク》だった。聡明な分、みなの耳目が集中するので、諍いを被る可能性が高かった。近づいて何かあれば追いやられてしまうのではないかと恐ろしく思った。栗谷《ユルゴク》は当時朝廷の中で多くの支持者を持つ徐敬徳《ソ・ギョンドク》、退溪《テゲ》、曺植《チョ・シク》に対しても批判的だったので、王の寵愛を失った瞬間に趙光祖《チョ・グァンジョ》と同じ身の上になる危険があった。一方、士林派で称えられている人物でもあるので、距離をおくのもよくなかった。

活字機は栗谷《ユルゴク》が若い官員たちに囲まれているとき、対面する機会を得た。儂は活字機が栗谷《ユルゴク》に近づき、丁寧に挨拶をしてその話を聞くように仕向けた。栗谷《ユルゴク》は話を止めてしばし活字機の礼儀を注視した。かつて中庭で草むしりをしている際、奥様に少し前から見られていたことに気づいた時のように、心がひやりとした。栗谷《ユルゴク》は活字機が発する「はい」と「うむ」が何の意味もない声であること、首を振って聞いている態度にまったく魂が宿っていないことを看破した。栗谷《ユルゴク》は、活字機など相手にする価値すらないという様子で目をそらした。活字機が虚ろな存在であることに気づいた唯一の人だった。それからは絶対に活字機と栗谷《ユルゴク》が遭遇しないようにした。

活字機では代わりを務められないこともあった。大旦那様が若旦那様を呼んで酒を飲もうという時だ。大旦那様は婿が酒豪だと噂になったのが誇らしかったようで、若旦那様と酒を飲むときにはあらかじめ部屋に甕《かめ》を準備させておいた。若旦那様が酔って失敗すると困るので、若奥様と儂とで工夫をして、酒を飲むふりをして服の中に仕込んだ袋に捨てる方法を若旦那様に教えた。

大旦那様はそのときどきの情勢について質問することがあるので、予想できる質問に対する答えも覚えさせた。もしも準備したのとは違う質問が出てきたら、大旦那様の意見を聞くという意味で「うむ……」とだけ答えるように言った。怠惰な若旦那様もこういうときには百日祈禱を奉じた時のように全力を尽くして頭に叩き込んだ。

当時、朝廷で行われていた重要な議論の一つが、まさに軍事政策だった。流配の時に体験したように、倭寇はしばしば海岸線に侵入していたが、名簿に載っている軍卒の名前はほとんどでたらめで、守る兵士がいなかった。犬や鶏の名前まで名簿に載っているほどだから、たいがいなものだ。儂は近いうちに軍事政策について質問されるだろうから、答えをよく覚えておくように頼み込んだ。

案の定、少しして大旦那様は若旦那様を呼んで軍事政策について質問した。若旦那様は大旦那様が自分の考えを答えるのを待って取りあえず「ううむ……」と時間を引き延ばしたが、大旦那様は婿の答えを聞かずにはおかないという勢いだった。若旦那様は咳払いをして口を開いた。

「人材を選ぶのが重要です。民をなだめて安定させる優れた役人を地方に置けば、戦に武臣は不要でしょう。兵器は人間を傷つける凶器で、軍事が起これば我らが民百姓の命も失われます。内外に徳を行って敵をなくし、民百姓をよくなだめて父親を思うように王に従うべく教化するのです。そうすればたとえ生活が苦しいとしても、外敵が攻め込んできたときに自ら命がけで戦うでしょう。これこそ、君子が追求すべき道でございます」

儂は別棟の外で二人の話に耳を傾けていた。若旦那様は教えたとおりにゆっくりと話しながらも、詰まったり躊躇したりすることはなかった。若旦那様も生まれ持った才能がまるっきりなかったわけではないのかもしれない、とふと思ったたな。成長過程で元気いっぱいの子が、自ら進んでおとなしく座って勉強に集中するはずがないからな。若旦那様も儂と同じで成長の途中で折られたのだ。しかし、新しい枝を柱に育てることをせず、細枝の何本かを被せて息をするだけだった。

自分もそれに一役買ってしまったかもしれないという思いにハッとした。

「おまえも栗谷《ユルゴク》につくのか？」

若旦那様の言葉は栗谷《ユルゴク》の軍政策と、彼が普段話していることを儂が要約したものだ。若旦那様はまだ答えを準備していない質問をされて「うむ……」と言葉を濁して酒の器をあおった。大旦那様も酒を飲み、酔っぱらっては、僧侶だったことのある栗谷《ユルゴク》が重責を任されているという現実を嘆いた。

若奥様は、儂に十九歳の下女を娶らせた。一種の贈り物だった。儂だって結婚したくないわけがない。しかし、結婚して自分のような子どもを作るかと思うと恐ろしかった。わずか十九歳で儂のような年を取った男に嫁ぐことになったおまえの母親も哀れだった。

結婚といっても言葉だけで、工房の戸口に体一つで荷物も持たずにもじもじしているおまえの母親を連れて中に入ると、朝一番に汲んだ井戸水を間において向かい合ってお辞儀をしたのがすべてだった。それでも結婚だからな、顔もきれいに洗ったよ。

そのころ若旦那様は中庭を一周するだけでも息が切れるほど太って、目鼻立ちもほとんど肉に埋もれていた。おかげで儂らは以前のように誰が見ても兄弟だとわかるほど似て見えることはなかった。あの家の人たちは儂の出生の秘密を知らなかったから、わざわざ儂と若旦那様の顔を見比べる理由もなかった。それでも隠し事をすれば、ぼろは出るものだ。誰かに目ざとく気づかれないかと心配した若旦那様は屋敷の外に工房を作って、儂もほかの人の目につかないようにと命じた。ああ、そうだとも。だから儂が若旦那様に会う時には顔に灰を塗っていたんだよ。

おまえの母親はよく儂の顔をちらちら見ていたな。儂は気づかないふりをして、何も言わなかった。わかったところでどうする。しかし、おまえの母親も最後まで気づかなかったわけでもない。ある日、ある時、気づいていただろう。

若奥様が息子を産んで、一週間後におまえが生まれた。大きくなるにつれて儂に似てきたが、若奥様に知られたらどんな出方をされるかが恐ろしくて、おまえが若旦那様に近づくだけではらはらした。

今聞こえたのは、子《ね》の刻（深夜の十二時）を告げる太鼓の音か？　一日が一刻のように過ぎるのと同じで、月日も一瞬で過ぎるものだな。

数年後に栗谷《ユルゴク》が死んだ。東人と西人を仲裁していた者がいなくなって、血の嵐が吹いたのも当然のことだった。党派争いに巻き込まれるのは、突風に木の葉が飛ばされるのと同じで、誰も安心できなかった。儂の活字機は当時優勢だった東人を選んだが、西人の一部とも悪くない関係を維持していた。偏りを警戒する儒者たちの意図とは違う。しかし孟子が「知恵ありと雖ども勢いに乗ずるに如かず（知恵のある者も勢いのある者にはかなわない）」というように、どれだけ頭を振り絞って身の振り方を考えても時勢が助けてくれなければ生きるすべがないものだ。この言葉が難しいか？　そうか、では少し話してみよう。種が弱くても、春に地面に落ちて暖かい日差しと十分な水を与えれば発芽して実を結ぶ。しかし種がどれだけよくても、真冬に蒔けば凍って枯れてしまう。東人と西人は互いに、相手を出し抜こうと虎視眈々と機会を狙っていた。一日でがらりと情勢が変わってしまうので、活字機の肉声分析機でも分析するのに限界が来た。

この後のことは、おまえももう大きくなっていたから覚えているだろう。旦那様が亡くなったという書簡が来た。ひどく患って息をしているだけの棒切れのようになってから十年経っていた。この瞬間のためだけに、それまで踏ん張っていたように感じられたよ。活字機は父親の喪を口実として官職から身を退いた。

若旦那様が奥の間に隠れて過ごしている間、儂は墓に置く誌石を選び、活字機に喪服を着せた。墓の隣に小屋を建てて、活字機とともに三年間そこで過ごしながら墓に生える雑草を刈り、毎月の祭祀と二周忌、三周忌もすべて一つ残さず行った。

　ある冬の夜が忘れられないな。牡丹雪が降る夜にはふくろうも鳴かず、四方すべてが静寂に包まれた。ふいに、ひとりで飲む酒が寂しくなった。一度も活字機に人間として接したことなどなかった。役にも立たないことで動力を浪費すれば、儂ばかり苦労することになるとわかってはいても、活字機を前に座らせて盃を満たした。

「誰に見られているでもないのに、どういうつもりで買ってまで苦労しているのかわからんよ。父親らしいことをしてもらったこともないが、やはり息子らしいことをしたくなったみたいだな」

　儂は盃を空けた。都老《トロ》が作ってくれた目が儂を見つめると、黙ってうなずいた。

「はい」

　活字機に関するすべてを知っている儂が、その短い音節に慰められてしまった。愚かなことだ、だから何だ。儂の気持ちを。儂の気持ちを誰が何と言うのか。誰もいないのに、誰の目を気にしているのか。自分の心の反響に高笑いをしては涙があふれた。儂は金輪際、旦那様を憎むことも恨むこともないのだな。儂は、旦那様を憎んで、恨んでいたのだな。

　ずいぶん驚いたようだな。大旦那様は小屋で過ごす婿を気にかけて、時おり布や食べ物を持たせてくれた。そうだ、おまえが会った人は若旦那様ではなく活字機だ。若旦那様、儂、若奥様以外には誰も知らない。若旦那様の子である小さい坊ちゃんも知らないことだ。

　二年後に鄭汝立《チョン・ヨリプ》の謀反が起きた。鄭汝立《チョン・ヨリプ》を捕まえるために空には十機の飛船が天盤山《チョンバンサン》に向かって飛び、地上では馬に乗った将軍や兵士たちが土埃を上げて走っていき、それだけでも壮観だった。

　ことが起こってから前兆があったことに気づくこと

もある。鄭汝立《チョン・ヨリプ》は危険な人物だった。天下は公の物で定められた主人はいないのだから、能力のある者が治めるべきである。庶子を低く見る法を廃止すべし。こういった発言に明け暮れていた。こんな発言を優しく聞き流してくれる国王はいない。ましてや、先王が生きているうちに直接後継者として指名されていないという事実が、荷札のようについて回った王にとってはいかばかりか。

数百人の東人が引っ張られていき、取り調べを受け、死刑か流配刑となった。以前だったら奴婢に身分を落とされるだけですんでいた罪人の幼い子どもや老母も、刑杖で殴られ死ぬまで取り調べを受けた。一つの党派争いであれほど多くの人が死ぬことは以前にはなかった。儂は毎日旦那様の墓に額づいて、どうかうちの家門がこの争いから免れるよう見守ってくれと祈った。

朝鮮の王権は臣権を凌駕できず、国王の多くが夷《い》を以って夷を制するように臣下たちを抑えていた。国王は鄭《チョン・チョル》澈の力を大いに借りて、鄭汝立《チョン・ヨリプ》と東人を打ち負かした。その反動で西人が優勢になると、今度は鄭《チョン・チョル》澈を責めて西人の力をそいだ。

旦那様は一瞬たりとも儂を息子として扱ったことがなかった。その点、旦那様には最小限の原則があったといえる。しかし、国王には何の原則もなかった。儒者たちが言うには、国王とは人間のすべての気が結集した存在で、その方が正しく立てば少なくとも朝廷と国が正しくなり、ひいては天地万物が穏やかな気運に満ちて日照りも洪水も起きないということだったが。

三年の喪が明けて間もなく、若奥様はまた懐妊した。子孫が少ない家門なので、みな慶事だとよろこんだ。若旦那様は老産になる若奥様を思って、やつれるほど心配した。若旦那様が誰かを心配する姿は初めて見た。それは杞憂で終わらず、若奥様は子を産んで死んだ。それでも男児で不幸中の幸いだと慰めたのもむなしく、生まれた子は七日《なのか》もたたずに死んだ。大奥様はずいぶん前に死んでいて、娘と生まれたばかりの孫まで亡くした大旦那様は急激に気力を失い、保身に努めた。

家の中には霧のように憂鬱な静寂が漂っていたが、外では鄭澈《チョン・チョル》が都に戻り活力を取り戻した東人たちによって大騒ぎだった。友人たちが、若旦那様を訪ねてきて父親の喪も明けたのだからそろそろ官職に出てこいと誘った。若旦那様は若奥様が死んでから儂のほかには誰とも顔を合わせようとしなかったから、すべて活字機が対応した。別棟には儂のほかのどの下男も入れないようにして、活字機も若旦那様の部屋で過ごした。夜になると若旦那様は活字機を布団に横たえて、自分は部屋の隅に丸くなって寝た。

活字機は会いに来た人たちに「ううむ……」とはっきりした答えを避け、儂は帰る人たちに若旦那様は三年喪に服して体調がよくないと伝えた。しかし病を言い訳に官職につかないにしても周りの目が気にかかる。ともすれば無駄な疑いを買って目を付けられることもある。悪いことは重なるもので、大旦那様は自分の婿に新しい嫁を取らせたい様子だった。まさに四面楚歌だった。

亡くなった若奥様は活字機を積極的に受け入れたが、次の夫人にそれを期待するのは難しい。小さな梅の一枝に何十もの花が咲くように、秘密を知る者がひとり増えるたびに秘密が漏れる穴は幾何級数的に増えるものだ。だから儂はおまえにもおまえの母親にも隠していたのだ。秘密を知るものはたった一人でも多いくらいだ。

そしてとうとう若旦那様に慶尚南道宜寧《キョンサンナムドウィリョン》の郡主につくよう辞令が下った。儂は若旦那様が官職を辞退する方法を考え出せとしつこくせかしてくるだろうと思ったが、意外なことに若旦那様はすんなりと受け入れた。この家に居続ければ、新たに嫁を貰えという大旦那様から逃げきれないからだろう。むしろ地方へ行って、活字機を官職に出したほうがましだと思ったようだ。

飛船に乗って行けるよう力を貸してくれる人たちもいたが、若旦那様は自分はめまいがひどいうえ、たかが郡主として地方に向かうだけでお国の金を浪費するわけにはいかないと言って、退けた。飛船には重さの制限があるが、活字機の重さは三百斤（約一六〇キロ）を超える。どうしてこんなに重いのか、何に使う物なのか尋ねられたら答えに窮する。

宜寧に出立する前日、みなが寝静まった真夜中に、儂は若旦那様と中庭を歩いてみた。若旦那様は久しぶりに活字機のように歩く練習をした。活字機は若旦那様を模倣して作ったものだが、完成してからは若旦那様が活字機を模倣することになっていた。

活字機は下半身に重心を置いていた。若旦那様は腹がせり出していて活字機よりも重心が高かった。若旦那様は重心が下にあるように、ゆっくりと歩いた。若旦那様の歩き方は、ひと息でも揺れる蠟燭の炎の影のように不安定にぐらついていた。

若旦那様は儂だけを連れて旅に出た。儂一人で足りるのか、もっとほかの下男も連れて行けという大旦那様の言葉を固辞した。あの時が、若旦那様が最後に自分の役割を果たした日だった。直接、舅である大旦那様に別れの挨拶を申し上げ、小さい坊ちゃんをよろしく頼むと言った。

小さい坊ちゃんは時々書堂をさぼって遊ぶのがばれては、大旦那様に枝で打たれて、そうなると何日かはおとなしく勉強するふりをして、また怠惰になるのを繰り返していたが、若旦那様ほど怠惰ではなかった。年頃になって縁談を考えようとしたところに祖父である旦那様の喪に当たってしまった。若旦那様は宜寧に行ってから書簡を送って、占い師によれば遅く結婚してこそ将来が明るいというから縁談は急がずともよい、自分のように大器晩成なのでしばし遊ばせておけ、あまり咎めてはむしろ将来を駄目にする相なので、心行くまで遊ばせてやれば後は自分で目が覚める日が来るだろうというのだった。おかげで小さい坊ちゃんは漢《ハン》城試《ソンシ》（首都で行われる官員試験）だけようやく受けて、今になるまでずっと物見遊山して過ごしている。

夜が明けてきたな。昨日が過ぎれば今日が来て、一人の王が死ねば別の王の時代が開くように、儂の月日は過ぎておまえの月日が始まる時となった。奥様の書簡をおくれ。

うん？　どうしてそんなに手を叩いて大喜びしているのか、だと？　奥様は儂とおまえを二人とも殺せと言っておるな。おまえも読んでみろ。

息子よ、あなたがこの手紙を受け取るころにはわたくしはこの世の人ではないでしょう。おそらくこれが、この母があなたに残す最後の手紙となりましょう。

わたくしはあの奴婢が作った見苦しい汽機であなたがしていた企みに、早くから気づいていました。幼い子というのはみな大人をたばかるもの、大きくなれば自然と分別もつくことと思うていました。

流配地で、あなたがあの見苦しい代物を父上の部屋に入らせるのを見ました。奴婢の身分に落とされて生きている姉上やその子どもたちを思うて涙に明け暮れているうちに、あなたをきちんと正す時を完全に逃してしまったかと思うと、目の前が真っ暗になりました。

父上に仕置き棒で打たれたあなたがこの胸に飛び込んですすり泣いたときに、あなたを甘やかすべきではなかったのでしょうか。あなたの父上と同じように、わたくしも厳しく叱るべきではなかったでしょうか。わたくしは、あなたの前に子を二人も亡くしています。腹の中で感じていた胎動が、ある日消えてしまう虚無感と喪失感、筆舌に尽くしがたい自責の念。自分が食べた物、食べなかった物、したこと、しなかったことを思い出して、何が悪かったのかと繰り返し考えては、考えては自分を責めました。奇跡のようにあなたを身籠ってからの十月《とつき》は、やつれるほどに心配し、あなたが無事に生まれてくれたことだけで天地神明に感謝し、健康に育ってくれるだけで、それ以上望むことはなかったのです。ですから、大切なあなたの体に傷をつける父上を恨みました。自分の罪で二人の子を亡くしたことで目がくらみ、あなたをまともに育てられなかったのです。あなたのことをどうしたらよいか、どうしたらよいかと数えきれない夜を幾夜も眠れずに悩みました。

ある晩、ふと父上——あなたのお爺様が、結婚の前日にわたくしに言い聞かせてくれた言葉を思い出しました。子というものは歩き始めてからは親の思い通りにはいかないものだ、一日中追いかけまわしても子が転ぶのを防ぎきれないのと同じで、子の将来はその子にかかっているのだから、うまくいったら感謝して、うまくいかなくてもあまり焦るでない、と申されました。

いとこの兄さまは流配地へ向かう途中で病に倒れ死んだというが、亡骸を誰がどのように片づけたのか知るすべもない。姉上は年をとってもきれいだったのでこれまでどんな目に遭ってきたか、これからどのように生きていくのか考えると目の前がかすんで膝ががくがくする思いです。彼らに比べれば自分は夫がそばにいて、郡主が世話をしてくれ、息子も両班として暮らしているではないか。これ以上望むのは罪深いことだと思いました。

あなたが勉強をすると言ってちゃんとした自分の部屋を空けて壕に隠れなければいけないというなら、それを誰がどうできましょう。父上もあなたのために気運を使い果たして病が深まるばかり。姉上の人生をわたくしがどうにもできないのと同じく、あなたの性質とそれをもとにしたあなたの人生もまた、あなたのものだと受け入れました。

流配刑が解けると、あなたが官職を得て結婚までもすることになりました。舅殿はあなたを気に入ってくれたのでしょうか、いいえ、あの見苦しい代物を気に入ったのです。自分のいるべきでない場に欲を出せば災いを呼びます。ですからわたくしは、あの結婚に反対したのです。しかし、飛ぶ鳥を落とす勢いを享受する者たちも一瞬で奈落に落ち、時には国王さえも自分の立場を守り切れないのに、一介の女にすぎないわたくしに思い通りにできることがありましょうか。結婚というものは一度すれば後に引くのは難しいもの、舅殿があなたの真の姿に気づいたとして、哀れに思ってくれるように願っていました。

とうとうあなたが登庁するという話を聞いて、あなたが舅殿まで騙していることがわかりました。

そのことが今にもばれて、あなたをはじめ相手の家門も我が家門も首を切られたり、奴婢の身分に落とされたり、刑杖で打たれて死んだりする夢を、毎晩のように見ました。もう終わりにしなさいと一日に何度も手紙を書いては、それでもあなたが地位をつかまなくては、将来、孫の力になれぬと思うて、書きかけの手紙を火にくべることを繰り返しました。そのうちにあなたが出世したとか官職が増えたという手紙を受け取り、わたくしまでも騙されて、あなたが成し遂げたことのようによろこびました。

死ぬ日が近づいて、天が恐ろしいのです。わたくしが受ける罰ではなく、あなたに災いが及ばないか怖いのです。閻魔大王に会ったら、すべて子をまともに育てられなかったこの母の罪だと、謝罪しておきますから、あなたはもう官職から身を引きなさい。あなたの子を正しい方法で育て、自分の力で官職に就けるようになさい。たとえ官職が得られずとも、それもまた子の運命ですから、欲をかいてはなりませぬ。

死を目前にした母の最期の願いです。あの奴婢と、この手紙を持っていく奴婢の息子を殺すのです。必ず殺さねばなりませぬ。あの奴婢が面妖な汽機を作ってやることさえなければ、あなたが間違った道に陥ったでしょうか。事がここまで及んだでしょうか。どうか、この母の遺志を聞き入れておくれ。

もう、儂の話を終えるときが来たな。活字機を乗せる丈夫な荷車と力のある牛を探すのにずいぶん苦労した。荷車には汽機術を適用するのが難しい。汽機術を適用するとなれば全体が大きくなるほかないのだが、朝鮮の八割は山で、道は狭くくねっていて大きな荷車が通ることができない。汽機の荷車を使おうとすれば、山道を広くならさねばならぬが、それは大変な工事になる。

牛が引く二台の荷車に若旦那様と活字機を乗せて出発した。一台には若旦那様と着る物などの荷物を乗せて、もうひとつの荷車には活字機を乗せた。力の強い黄牛《ファンソ》も、活字機の重さはこたえるようで荒い息を立てた。

儂は一日に二度、三度牛を交代させて一頭だけに無理をさせないようにし、泥道に出くわせばともに荷車を押し、危うい道では牛をなだめながら引いた。若旦那様は儂が活字機を作って改良している間も遊んでばかりいたように、平らな道でもぬかるんだ道でも儂がきしむ荷車を修理して疲れた牛に飼い葉と水を与えているときも、他人事のようにただ座って半ばうとうとしていた。赴任地へ向かう道も、それまで生きてきた人生と変わらなかった。

伽倻山《カヤサン》を越える途中、何に乗り上げたのか荷車が大きく揺れたと思ったら車輪が外れ、活字機が重心を失った。横に倒れた活字機は荷車を壊しながら坂の下に転げて行った。慌てて下りていってみると、活字機は重さで加速して関節が折れ、胴体も曲がり、ずいぶん前に若旦那様が儂に直接壊せと命じたおもちゃの馬のように、使い物にならなかった。胴体なら作り直せばいいが、ばらばらになった音声機と割れてしまった目玉は都老《トロ》に作ってもらった物で、儂の力ではどうすることもできなかった。音声分析機だけでも無事だったのを幸いに思って手にすると、坂を上って戻った。

「若旦那様、これからどうしましょう?」

「ううむ……」

　若旦那様の声がまるで活字機の声のように聞こえたよ。

「やはり旦那様が登庁なさらねばならないようですね」

「うむ……」

　若旦那様は軽くうなずいた。それもまた活字機のようだった。もしかして可能かもしれないと、期待した。しかしそれは儂のむなしい願いだった。旦那様はそのときから死ぬまでただの一度も口を開かなかった。夕暮れに日差しが弱まれば影が薄まるように、一日過ぎれば一日分、二日過ぎれば二日分弱っていった。

　儂らは真夜中に宜寧まであと少しの宿場に到着した。儂は若旦那様に何日か休んで体調を整えようと言った。若旦那様が服を脱ぐのを手伝い、活字機を横たえるように若旦那様を布団に横たえた。朝、顔を洗う水を用意して若旦那様の部屋に入ると、何やら背筋がひんやりとした。膳を置いて膝歩きで近づき人差し指を鼻に当てると、若旦那様はもう息をしていなかった。

「こんなふうに、逝かれるのですか?」

　儂は旦那様の隣に座ってつぶやいた。活字機と同じで、若旦那様も儂が作り上げたも同様だった。虚しいだけで、驚きもしなかった。漢陽を発った時から、心の深いところで遠からずこんな日が来るだろうと予想をしていた。

「どうか、安らかに」

若旦那様の顔は、ようやく人間の八苦から抜け出したように安らかだった。

儂は顔と手をきれいに洗うと、若旦那様の服が脱げて身に着けた。若旦那様には儂の服を着せ、顔に灰を塗った。若旦那様は来る道すがらずいぶん痩せて儂と変わらない体格になっていて、たとえどこか違いがあるといっても、昨夜少し会っただけの人を誰が覚えているだろうか。奴婢の顔に関心を持つ者などいない。

儂は宿場づきの役人に、下男は持病があって昨夜急死したと伝えた。役人は自分たちで計らって土葬してくれると言い、宜寧まで一人でどうやって行くのかと官奴婢を一人、同行につけてくれた。

儂こそ活字機を丸ごと真似できるのだから、郡主の仕事は難しくない。儂は肉声分析機を服の中に隠して

「そのようにせよ」「うむ」を適当に使った。時にどうすべきかわからない場合は、活字機だったらどのようにしたかと考えてあいまいな身振りをした。

それればかりか、儂は儒教の経典などをまる覚えしているだけのほかの官員たちとは違い、以前は同じ奴婢だった者として、吏員たちが儂をいつ、どうやって、どれだけ騙して何を望んでいるのか腹の中がわかっているので、程よく騙されてやる一方で自分の利益も蓄えることができた。儂をうまくくすぐれば仕事がやりやすくなると気づいた者たちのおかげで、楽に生きてきた。

小さい坊ちゃんは今、漢陽の仁王山《イナンサン》にある寺に住み込んで、思う存分遊んでいるだろう。ああ、そうだ。大旦那様に小さい坊ちゃんの縁談は遅くしろと、経典を覚えろとあまりせかしてはいけないと書簡を書いたのもすべて儂だよ。

若旦那様の服を脱がせて身に着けたその瞬間から、

儂はこの日だけを待ちわびていた。儂の話をよく聞いて、そのまま実行するのだぞ。仁王山に行って小さい坊ちゃんにお婆様が亡くなったことを知らせ、一緒に聞慶に行け。これを受け取れ、砒霜（ヒ素を含んだ鉱物。毒にも漢方薬にもなる）だ。機会をうかがって茶さじ一つ分を溶かして飲ませ、服を取り換えるのだ。ただし、人気《ひとけ》のある宿場ではだめだ。おまえと小さい坊ちゃんもよく似ているが、体格が違う。小さい坊ちゃんはおまえより肥えているから、人がいる場所ではすぐにばれる。必ず山道でやるのだぞ。

聞慶に到着したら、下男が来る途中で熱病にかかって死んだと言えばよい。奥様は死んで、おまえは聞慶へ行ったことがなく、小さい坊ちゃんもまた十歳以来久しぶりに聞慶に行くのだから、誰も疑わないだろう。あとはできる限りたくさん食べて、小さい坊ちゃんよりも太らねばならん。そうすれば、もしも小さい坊ちゃんを知っている人がおまえを見ても、太って印象が変わったと思うだろう。

葬式を済ませたら宜寧へ来い。大旦那様は病が重いので、長くとも一、二年だけ会わずにいればすむだろう。大旦那様が亡くなったら屋敷に戻り、おまえの母親に状況を説明するのだ。母親は息子を捨てることはないから、おまえを守ってくれるだろう。奴婢だから儂の妾にするほかないな。それでもおまえは息子として母親にできる限りの孝行をするのだぞ。ただし、二人きりでいるときにも父親の妾として接して、どんなことにも警戒を忘れるな。

儂がおまえを殴ってまで文字を教えたのは、もしかして小さい坊ちゃんも若旦那様のように怠惰だったら、おまえが助けてやらなくてはならぬかと思ったからだ。遠くへ売り飛ばされたり、殴られたりするのがいやだったら、価値のある下男でいなくてはな。しかし、ようやくここまでこぎつけてみると、天は自ら助くる者を助くという言葉は実に正解だな。

先日、日本に行ってきた通信使たちが日本の朝鮮侵略の意図をめぐって相反する主張をしている。おまえも佩玉《ペオク》を身に着けるような官職につけば、どちらであっても立場を明らかにすべき瞬間が来るだろう。この本を持っておけ。これまで肉声分析機を通じて影響力が大きい人を中心に周りの関係を描き、それぞれの人ごとに点数を付けた本だ。力の均衡は時々刻々と変わるから、これを参考にしておまえだけの指標を作るのだ。臣権が王権を凌駕するといえど、臣下たちの権勢は結局、国王から生まれてくるのだから、どれだけ多くの功を立て、名望の高い者でも国王が警戒している相手を警戒しろ。

うん？　両班の仕事はどうすればよいかだと？　怖がらずに落ち着いて君子らしく行動すればよい。音声分析機が一度に記録できる声には限界があるから、自分の言葉を惜しんで他人の言葉に耳を傾けよ。奥様が迷信を信じて地図を買ったおかげで、儂とおまえに道が開けたのだから、人の前では性理学を尊びながらも、世間の信心を捨てるでない。活字機の言った意味のない音に多くの人が意味を認めたように、他人の誤解をよろこんで受け入れ、万が一にも失敗しないように酒は絶って、食べ物はあふれるほど楽しみ、常に大きな体を維持するのだ。

うん？　儂が笑っておるだと？　そうか。笑いが止まらないのだな。奥様が儂に若旦那様の世話をさせた理由を覚えているか？　通りすがりの僧侶に言われたそうだ。金の気運を持つ子を厄災払いとしてそばに置けば、将来大運をもたらすと。占いでは若旦那様にも金の気運があった。厄災払いになったのは、若旦那様の方だったのだよ。

「朴《パク》氏夫人伝」

박씨부인전

キム・イファン

김이환

朝鮮王朝の中期には、中国から輸入された漢文物語のほかに、『洪吉童伝《ホン・ギルドン》』や、ハングルで記された創作など様々な物語が旺盛を極める。識字率は高くなかったため、それらの物語は歌に乗せた「パンソリ」や、本作に登場する話売りの語りを通じて音声化され、庶民から両班にまで広く愛された。本作中に登場する作品名はすべて実在する朝鮮王朝時代の古典小説である。

その中に「朴《パク》氏夫人伝」――夫婦別姓のため、朴《パク》氏の夫人ではなく、誰々の妻の朴《パク》氏の意味――がある。李時白《イ・シベク》の妻、朴《パク》氏は見た目が醜いため姿を見られないように垣に囲まれた館にこもって過ごしていた。彼女は不思議な力で夫を助け、あるとき美しい姿になって帰ってくる。その後、夫は出世して大臣となる。西国が朝鮮に攻めて来たときも、彼女の館に集まった女性たちは無事だったとも、彼女が木の葉を兵士に変えて戦ったともされる。「朴《パク》氏伝」と呼ぶこともあり、様々なヴァージョンが存在する。

なお、厳しいことで有名な韓国の大学入試に出題されるため、これらの古典小説は今でも認知度が高い。（訳者）

私《わたくし》は伝奇叟《チョンギス》でございます。伝奇叟とは、みなさんに話を聞かせて金を受け取る話売りです。二十年このかた、市場や通りを渡り歩いて道行く人たちに話を聞かせては、銭を稼いでおります。本日は、何年か前に江原道《カンウォンド》で体験した奇異なできごとをお聞かせすることにいたしましょう。

その日は日柄がようございませんでした。市場の片隅、人々が多く行きかいする場所に陣取って本を開きましたが、反応はいまひとつでした。はじめに本を開き、話を始めた時には人が少し集まりましたが、間もなく話を続けていくうちに客が去り始めました。そのうちにちびっこいのが一人だけ残って私の話を聞いておりましたな。話が面白いかつまらないのかは、聞いている人の表情を見ればすぐにわかります。しかし客がおらぬのでは、表情を見るも見ないもありますまい。それでも、読んでいればまた人が集まってくるかと思い、話を続けましたが、相変わらず聞いてくれる人はおりません。そのうちに、私も興が醒めて声が小さくなり、そのまま本を閉じてしまいました。伝奇叟がどのようにして金を稼ぐかご存知ですか？　まるで見てきたかのように語りを聞かせて観客の心をもてあそんでは、彼らが一番気になるところで、いきなり中断します。そして客が金を払うのを待つのです。みんな先を争って葉銭を投げるので、私どもの前にはすぐに銭がどっさりとたまります。そうやって金を集めてから、再び本を読み始めては決定的な瞬間に中断する、これを繰り返します。ですから、話の先を聞きたがる人がいなければ、金にもならないのでございます。ちびっこいのは、そのときまで私の話を聞いていました。こちらがしゃがみこんで、子どもの顔と向かい合って尋ねました。

「話は面白いかい？　つまらないかい？　それでどうなったか気になるかい？」

すると、そこに突然現れたおかみさんが、ちびっこいのを叱りつけましたねえ。一緒にいなくちゃ駄目でしょう、こんなところにいてどうするんだい？　そして衣《チマ》の裾で包《くる》んで連れて行ってしまいました。子どもはこちらを振り返りましたが、それがその日の終《しま》いでした。結局、私は子どもひとりにも最後まで話を聞かせてやれませんでした。

その晩、酒幕で伝奇叟仲間の朴守三《パク・スサム》に会って、さらに気が滅入りました。守三《スサム》は、一日中仕事がうまくいって銭をたんまり稼いだと、浮かれていたのです。市場のどこにいたのかと尋ねたら、もっといいところだ、とだけこっそり耳打ちをしてもったいぶるのです。どうも両班《ヤンバン》の屋敷に行ってきたようでございます。どうやって両班屋敷に入ったのか好奇心がわきましたが、守三《スサム》は私が尋ねても、まともに答えようとしません。もともと、ほら吹きなところがあるので、まともな返事を聞くのは難しいでしょう。実のところは、ただ、私と同じで仕事などなかったのかもしれません。しかし、守三《スサム》のほら話は聞くだけでも面白いので、信じても信じなくてもよいのです。守三《スサム》は酒屋のおかみさんを捕まえて、今日は金をたんまり稼いだと大風呂敷を広げて、忙しいおかみさんは聞くともなく聞かぬともなく、面倒くさそうな顔で酒とチヂミを出してくれましたなあ。

「本当に両班屋敷に入ったのか？」

私が尋ねますと、守三《スサム》は両班屋敷の奥の間まで通されたと言います。親戚でもない男性がお屋敷の奥の間に通されるなど、実にたやすいことではありません。

ましてや最近のようにお国が伝奇叟をよく思わない時代には。どのようにして通してもらったのかと聞くと、守三《スサム》は間をおいて、すぐには答えないのです。伝奇叟が生業《なりわい》だからなのか、相手が金を出さない限り答えてやらないとばかりに話を途切れさせるのです。私は嫌味半分に尋ねました。

「妖術でも使って入ったのか？」

「妖術よりもすごいことだぞ。女装して入ったんだ。チマチョゴリを着て女装して、頭から上着を被って入れてもらったんだ。奥様の前で本を読んで、銭をたんまり受け取ってきたよ。それに、銭以外にも面白いことがあってだな……」

守三《スサム》はまたしても話を途切れさせ、時間稼ぎを始めました。私はあきれて皮肉を言いました。

「話を止めれば、銭でももらえると思ったのか？　それにしてもおまえが女に化けただなんて、そんなの誰が信じるんだ？　おまえの女装に化かされる人がいたなら、それこそお笑い種だね」

守三《スサム》も一緒になって笑いました。しかし、彼が両班屋敷に招かれたのは確実でした。何か考えているようで、少しして『水滸伝』をやったのだと、この先も、何度も呼んでもらえそうだと打ち明けたのですから。守三《スサム》の『水滸伝』は、私の知る伝奇叟の中でも最高のものです。聞くものを笑わせては泣かせ、焦らしておいては痛快にさせて……一番得意な題目をやったのだから、さぞかし受けただろうな、と言うと、守三《スサム》は否定せず、それとなくこちらに尋ねてきます。

「重業《ジュンオプ》、おまえはどうして一番得意な本をやらないんだ？『蘇大成《ソ・デソン》伝』（神異な能力を持った蘇大成が危機を克服し成功に到達する過程を描いた英雄小説）や『林慶業《イム・ギョンオプ》伝』だよ。最近やっていないのは、どうしてだい？」

毎日同じものをやって飽きたのだと、遠回しに答えました。それは本音ではありません。私は、自分の物語をしたかったのです。伝奇叟を始めた時から、自分で作り出した物語を聞かせてやりたいという気持ちがありました。しかし、誰かが作った物語を暗記して語ることは簡単ですが、自分で作って聞かせるのは難しいのですよ。おかしなことに恥ずかしさがこみあげて、興が乗らないのです。どうしてでしょうね？　守三《スサム》は伝奇叟が話に飽きるだなんて、そんな話があるかと尋ねてきます。

「特に『蘇大成《ソ・デソン》伝』は、おまえほど上手な奴はいないじゃないか」

「そうさ。一度など、あまりに真に迫っていたからか刀で斬りつけられるところだったよ。『蘇大成《ソ・デソン》伝』が佳境に入り、蘇大成《ソ・デソン》が刺客に襲われるところで、聞いていた客が急に怒り出した。どうして蘇大成《ソ・デソン》を殺すんだ、と鎌を振り上げてとびかかってきて、危うく殺されるところだったよ。運よく、何とか鎌を避けたがね。それからは両班の服を着て冠を被ることもやめて、内容も暗記するのではなく本を持って読むようになった」

「でたらめ言うなよ。はじめは刀だったのに、どうして途中から鎌になるんだ？　だいたいそれはおまえじゃなくて、仲間の李業福《イ・オッポク》が経験した話じゃないか」

　実のところ、李業福《イ・オッポク》が体験したかも定かではなく、そんなことがあったという噂が広がっていただけです。守三《スサム》は、ずけずけと尋ねてきます。どうしておまえは、両班のように上着《トゥルマギ》も着ずに両班の角笠も被らないのか、文章を全部暗記しているのに本を持って読むのか、というのです。伝奇叟どもは、そうするのです。士人《ソンビ》のような服装をして、本は持っているだけで、内容は暗記しているので読みません。私も内容はすべて暗記していますから、本など見ずとも話はできるのです。しかし、そうはしません。恥ずかしいのです。自分の話を聞いてもらうときになると、不思議なほどに羞恥心が生まれます。それで他人の話のように、本を読むふりをしながら話を聞かせるのです。そのせいなのか、客の反応は良くありません。あの日も、退屈そうな子どもひとり、最後まで聞いてもらえませんでした。

「また、心ここにあらずだな」

何が問題なのか考えていると、守三《スサム》にそう言われました。そして守三《スサム》は、用ができたと言って急に行ってしまいました。もうすぐ夜になるのに、どこに行くというのでしょう？　まだ誰かに話を聞かせにいくこともあるし、あるいは、こちらの気を引こうとして、なんとなくどこかに行くふりをしたのかもしれません。

ひとり残って酒を飲みながら考えてしまいました。どうして、みな「おまえの話はつまらない」と言うのでしょう？　私は主に英雄の話をしますが、自分で作った話も英雄の話です。豪快な英雄が朝鮮八道をまたにかけ、妖術を使うくだりを入れておけばみんなよろこぶと思っていたのですが。妖術の場面では、客はかえって飽きてしまうようで、ひとりふたりと座を離れてしまうのです。なぜでしょう？　私の物語の中の妖術が退屈だからでしょうか？　すっかり考え込んでいるところに、見知らぬ男が話しかけてきました。

「さっき市場にいらした、伝奇叟殿でいらっしゃいますね？」

見知らぬ男が同席を求めてきました。私は少し酒に酔って、男を見上げました。男は都老《トロ》と名乗りましたが、聞いたこともないような珍しい名前です。服装から見るに市場を周る平凡な行商人なのですが、言葉遣いはえらく上品でした。

「私《わたくし》は李重業《イ・ジュンオプ》と申します」

彼が、市場で私の話を聞いていたというので、よく考えてみたのですが、顔を見た覚えはありませんでした。客はいくらもいなかったのですから、思い出せそうなものなのですが。彼に話は面白かったかと尋ねたところ、はじめは面白かったが聞いてみるとおかしなところがあったと言います。

「あのとき、お持ちの本は『趙雄伝《チョ・ウン》』でしたが、話しているのは『趙雄伝《チョ・ウン》』ではありませんでしたねえ」

「自分で作った話です」

　正直に言いました。自分で作り出した文章なのに、自信がないので本を読み上げるふりをして、それなのに聞く人もいなくなって、興ざめしてやめてしまったのだ。妖術の部分がだらだらと長いばかりでつまらないのかと、悩んでいるところだ、と。ところで、本当に妖術の部分は退屈でつまらなかったかと尋ねると、都老《トロ》が答えました。

「真に迫った妖術なんてものが、本当にあるのでしょうか？」

　返事を聞いて、また考え込んでしまいました。彼の言葉は正しいのです。妖術を実際に見た人などいないのですから。だとしたら、何が問題なのでしょう？　そのとき、こんな言葉が耳に入ってきました。

「妖術でも使うのだろうよ」

　振り返ってみると、外の平台で二人の農夫が手鍬についで話しているところでした。農夫は新しく買った手鍬を前に、李氏《イ》の手鍬が実によくできていて、まったく質が違う、どうやって作ったのかわからない、などと話していました。その流れで、妖術を使って手鍬を作ったのかという話になったのです。

「鍛冶場が山中にあるそうですよ」

　都老《トロ》は、私が農夫の会話を聞いているのに気付いて、こう言いました。鍛冶場が山にあるなんて、おかしなことでした。山中にある鍛冶場に、誰が訪ねていくでしょうか？　すると、今度は農夫が私たちの会話に入ってきました。確かに、鍛冶場は山の中にあって、鍛冶屋の李氏《イ》が市場に下りてきて品を売ることもあるが、来ないときにはわざわざ山を上っていかなくてはならない。鍛冶屋は李時白《イ・シベク》という名前で、無口な人で少し怖いが、その手鍬は本当に驚くほどよいのだと言います。そして、農夫たちはこう言いました。

「李氏《イ》には夫人がいるのだが、誰も夫人の顔を見た人がいないんだよ」

「誰も見たものがいないとは、またどういうことですか？」

好奇心が生まれました。どうして、見た者がいないのでしょう？　農夫と都老《トロ》は、夫人にまつわる噂を交互に聞かせてくれました。ひどい醜女で、外に出てこないのだと言う人がいるかと思えば、夫人が妖術を使って手鍬を作っているので、人前に出てこないという噂もあるそうです。そんな話を聞いていると、すっかり笑ってしまいました。手鍬ひとつ上手に作るからといってそんな噂まで広がるなんて、ばかばかしい話です。しかし、農夫たちは、本当に李氏《イ》は妖しい鍛冶屋なのだと、行けばわかると言いました。

「気になりますか？　もしかして、李氏《イ》の夫人の朴氏《パク》に会えば、妖術について聞けるかもわかりませんよ。真に迫った妖術の話をしたいとおっしゃったではありませんか。どうなさいますか？」

＊

山を上りながら、自分は鬼神《きしん》にでもとり憑かれたのかと考えました。通りすがりの人の言葉を聞いて、夜中に鍛冶屋を訪ねていくなんて、酔ったからでしょうか？　それとも、本当に何かにとり憑かれたのでしょうか？　都老《トロ》とかなんとかいう人が、私をたぶらかしてとんでもないことをさせようとしているのでしょうか？　私に向かって、行ってみろとそそのかした都老《トロ》も、ついてきてくれるわけではありません。ひとりで鍛冶場を探しに行きました。最大の問題は、農夫たちに教えてもらった道をどこまで進んでも鍛冶場は現れず、ずっと迷い続けたことです。空に月が浮かんでいて、夜道も暗くありませんでした。しかし、どれだけ行っても同じ道がまた現れて、同じところをぐるぐる回っているんじゃないかと思うこともありました。物語の中の主人公が山で道に迷う話を思い出すと、恐ろしくなりました。知っている話では、夜中に山を歩いていると木々が山をまたいでいき、坂道が盛り上がり、虎が人を取って喰うこともあります。夜が深くなるにつれ、だんだん寒くなってきて酒も醒めて、それでさらに恐ろしくなりました。

「妖術が気になるなどと言って、何も考えずにここまで来て、俺はいったい何をしているんだろう」

そのとき奥山の向こうに立ち込める霧が、こちらに向かって流れてきました。稜線の木々をゆっくりと越えてやってくる霧が、すぐ自分に届きそうでした。ギクリと怖くなって、歩みを早めましたが、どうにもならず周囲を霧に包まれて、文字通り五里霧中です。後ろから足音が聞こえてきたのも、そのころからです。はじめは風の音だとばかり思っていたものが、次第にはっきりしてきました。明らかに人の足音でした。ドシンドシンという足音と合わせて、金属のぶつかるガシャンガシャンという音が聞こえましたから。ビクリと震え上がりました。誰だと尋ねようとしたのですが、怯えていたからかうまく声が出せませんでした。そのときすぐ目の前に人影が現れたので、ギャッと声を上げてしまいました。

その人影が、尋ねました。

「何の御用で、こんな遅くにいらしたのですか？」

風が吹きよせて、霧が次第に晴れると、家が見えました。門の中から話しかけてきたのは、平凡なおかみさんでした。息を切らせて、汗を流しながら、こう答えました。

「妖術……のことで……」

＊

手鍬でも鎌でもなく、妖術のために鍛冶屋に来たと答えるなんて、その時の私はまともな精神状態ではなかったようです。たしかに、夜中に手鍬を買いに来たと言ったところで、気が触れた人に見えていたでしょう。私は鍛冶屋に入るとすぐに土間にへたり込んで、彼女が持ってきてくれた水を慌てて飲むと、息を整えました。そのころには霧も完全に晴れて、気持ちも次第にしゃっきりしてきました。まさか、霧の中で自分についてくる人がいるはずがありません。おそらく先ほどのは幻聴か、朴《パク》氏の足音を聞いて錯覚したのでしょう。

そうです、私を迎えてくれた女性が鍛冶屋の李時白《イ・シベク》のおかみさんである朴《パク》氏でした。その顔を見た人はひとりもおらず、ひどい醜女で、妖術を使うという噂があふれていた朴《パク》氏は、平凡な女性でした。頭に頭巾を巻いて、木綿の上衣《チョゴリ》の袖をまくり上げた、平凡な見た目のおかみさんでした。噂というのは、そんなものでしょう。わかってみればなんてことないのです。伝奇叟もまた、噂に苦しめられます。荒唐無稽な話で民心を乱すだとか、両班屋敷の女児たちに淫行をはたらくとかいった噂のせいで、ひどい目にあうこともよく知っています。私はようやく落ち着いて話すことができました。この鍛冶屋は腕がいいと聞いたので手鍬を買いに来たのだが、道に迷ってしまったのではないかと心配だった。近いと聞いていたのに、すぐに何かに取り憑かれたように道がわからなくなった、と説明しました。

「それにしても、どうして山奥に鍛冶屋があるんですか？」

「面倒なことが多いので」

朴《パク》氏は答えて、しばらく待つように言って消えていきました。おそらく、夫の李《イ》氏を呼びに行ったのでしょう。その間、鍛冶場を見回したのですが、これといって特別なところはありませんでした。金床《かなとこ》があって、ふいごがあって、炊きつけ口には火種がちらちらしています。変わったところがあるとすれば、鍛冶場を取り巻いているおかしな騒音でした。水のような、風のような、唸るように流れるいくつもの音がごちゃ混ぜになって聞こえてきます。そして、山奥にあるにしては鍛冶場の規模が大きいこともわかりました。

鍛冶屋の李時白《イ・シベク》が出てきて、私を迎えてくれました。

「何の御用でしょう？」

彼も平凡な鍛冶屋ですが、どこか動きが不自然に見えました。体のどこが不自由なのか正確にはわからないのですが、動きがぎこちなくて、右腕がうまく動かないようでした。どうして鍛冶屋を訪れたのか説明したときには、疑っているような顔でしたが、伝奇叟だと名乗ると興味を見せましたね。隣で見守っていた朴《パク》氏も、同じ様子でした。伝奇叟の語りを直接聞いたことがないからと、聞いてみたいというのです。私には朝飯前です。

「せっかくここまで来たのですから、物語を一つご披露するのはいかがでしょうかな？」

と、申し出ると李時白《イ・シベク》はうれしそうに笑いました。土間にしゃがみこんで、そんなことを言う私の姿が面白かったのでしょう。

李時白《イ・シベク》に案内されて、客間《サランチェ》に入り、酒を飲みました。布団が敷かれ、小さな膳がひとつあるだけの端正な部屋でした。どんな話をすべきか悩んでいて、もてなしに出てきたイノシシの肉と酒が喉を通りませんでした。堅い雰囲気を和らげるには、面白い話をするに限ります。目の前の客が少なければ、主に『李春風伝《イ・チュンプンジョン》』を語ります。寝起きでも語れるほどに身に馴染んだ物語で、ちょうどよい長さです。風呂敷包みから煙草を出して吸いつつ、しばらく息を整えてから、間もなく語り始めました。はじめのうちは少し、言葉が詰まったり、早口になったり、節の合わないところもありました。しかし、続けていくうちに硬さも解けて、私はもちろん、李時白《イ・シベク》も夫人の朴《パク》氏も物語に集中しました。主人公がへまをすれば面白がり、緊張しては、再び笑います。特に李春風《イ・チュンプン》が妻に叱られる場面では、手で口を覆って笑っていた朴《パク》氏の明るい笑い顔が、今でも思い浮かびます。男装した李春風《イ・チュンプン》の妻が、彼の前に現れる一番の聞かせどころで、私はこう言いました。

「本当でしたら、ここで銭をいただくのですよ」

はらはらとした表情で次の話を待っていた朴《パク》氏は、その言葉で噴き出して笑いました。もちろんお代はもらわずに、物語を終えました。物語の最後までかみしめるように聞いていた朴《パク》氏は、こう言いました。

「李春風《イ・チュンプン》が自分の過ちを後悔する場面は、聞いているこちらの胸が詰まりましたよ」

語りをうまく終えると、私も気が楽になって酒を飲みました。あれこれと話が続いていくなかで、市場で聞いたおかしな噂を用心深く切り出しました。ふたりは嫌がるだろうと思っていましたが、違いました。李《イ》時白《シベク》はこれらの噂は全部知っているといいますし、朴《パク》氏は隣で笑いをこらえています。理由がわかる気がしました。二人とも、妖術など使わない平凡な鍛冶屋でしたから。

ですが、都老《トロ》という人に会い、彼の話を聞いてここに来ることにしたと説明したところ、急に驚いて聞き返してくるのです。

「都老《トロ》ですか?」

「ご存知なのですか?」

李時白《イ・シベク》が都老《トロ》の顔つきと身なりを尋ね、私は夕方酒屋で見たままを説明しました。李《イ》氏が知り合いだと答えた時には、こちらのほうが驚いてしまいました。都《ト》老《ロ》と李時白《イ・シベク》がもともと知り合いだったなんて。だとしたら、どうして鍛冶場について知らないふりをしたのでしょう? ここに行ってみろと言った意図は何でしょう? 私にも、わざと接近したのでしょうか? 本当に、自分は都老《トロ》にたぶらかされてここまで来たのでしょうか? だとしたらいったいどうして? 急に混乱しました。

李時白《イ・シベク》は、彼はただいたずら好きな人だから大したことではないと言いつつ、言葉を濁します。

「いつどこに現れて、何をしでかすかわかりません」

ただのいたずらだったのでしょうか？　私も守三《スサム》にいたずらをしますからね。しかし、どれほど考えてもおかしなことでした。李《イ》氏と朴《パク》氏が、目を合わせて何か合図を送りあうと、間もなく李《イ》氏が言いました。

「私たちはただの鍛冶屋とは違います。もしかして、すでにお気づきかもしれませんが……」

言われてみると、鍛冶場は広いほうなのに、夫婦を除いてほかの人の姿が見えません。李《イ》氏と妻の二人で管理するには、異常なほどに規模が大きいのです。当然、仕事を手伝う小僧でも一緒にいるのだと思っていましたが、そうではありません。

「実は、妖術だと思われるようなことがあるにはあるのです。あの、蒸気を使用した技術をご存知ですか？」

「知っていますとも……蒸気とは……蒸気なら知っています。元《げん》の国から入ってきた技術で……蒸気機械の使用はもう、禁止されているのではありませんか？」

二人が言うには農機具を作るのに蒸気機械を使っていて、農機具が妖術で作られたかのように素晴らしい理由は、蒸気技術だというのです。夫婦二人だけでさまざまな農機具を簡単に作れるのは、蒸気のおかげでした。蒸気で何かを作るところが存在するなど、まったく聞いたこともありません。李時白《イ・シベク》は、以前は蒸気技術が今よりはるかにたくさん使われていたのだと言います。もちろん、私も過去に使われていた汽機人については、よく聞きました。行商人たちもたくさん使っていましたが、蒸気の獄以後はその技術が禁止され、今は当然使われていません。ところがこの鍛冶屋では使っていたのです。

「これがばれて官衙《かんが》から役人でも来たら、大事《おおごと》ですよ」

厳重に監視されているので、今蒸気で農機具を作っていることが表沙汰になってはまずいのだと言います。そのため、鍛冶場は山奥にあり、李《イ》氏も朴《パク》氏もあまり人に会わずにいたのです。朴《パク》氏に関するおかしな噂もやはり、彼らが自分で広めたものかもしれないな、という疑問が生まれました。

「都老《トロ》とも、蒸気がきっかけで知り合いになったのです」

李時白《イ・シベク》が私に、蒸気技術を打ち明けたのは都老《トロ》のためでした。彼のことは以前から知っていて、都老《トロ》がいくつかの技術を教えてくれたのだと言います。はじめのうちは親しく過ごしていて、彼から蒸気技術を学び、議論することもあって、そのうち意見が合わなくなって距離を置き始めたそうです。それで別れてからはしばらく交流がなかったのに、突然訪れた見知らぬ客人の口からその名前が出たのです。もしや、李時白《イ・シベク》に私は都老《トロ》にそそのかされていると怪しまれたらどうしようかと、どうにも心配になってこう言いました。

「私は話売りでございます。語ってはならぬ言葉と語ってもよい言葉を区別できる人間です。特に、最近のようにお国が伝奇叟を嫌う時世にはなおさらです。ですから、私どもは体験したことをすべて作り話のように話すこともあります。他人の作り話など、すぐにお見通しです。このように、ともかく、お二人が妖術を使わないとわかり、安心しました」

私が笑顔で話すと、夫婦は安心した表情になり、そうして会話は終わりました。

＊

二人は、時間が遅いので泊まって行けと、寝床を用意してくれました。私は客間にひとり残って、眠ろうとしました。明日、守三《スサム》に会って前の晩はどこに行ってきたのか説明するときの空話でも準備しておかなくては、と考えながら目を閉じました。疲れてはいても、頭の中は複雑で、すぐに眠れそうなのに緊張が解けません。外から聞こえる風の音と、山の獣の鳴き声の間に正体不明の低くうねる音が聞こえてきて、何の音なのか気になりました。ガシャン。部屋で金属のぶつかる音が鳴りだしたのはそのころです。外から聞こえる音ではなく、あきらかに部屋の中から聞こえています。驚いて飛び起きると再びゴトゴトという音が、風呂敷包みの中から聞こえてきました。風呂敷を広げてみると、初めて見る長刀がありました。

伝奇叟が長刀を持ち歩いているわけはなく、自分の荷物のはずがないのに、ゴトゴトと音を立てて動いているのです。しかも、その刃が立ち上ると私を狙ってくるので、生きた心地がしませんでした。布団を蹴飛ばして部屋から中庭に転がるように飛び出しました。私が部屋から飛び出す音を聞いて、李《イ》氏が農機具を置いてある鍛冶場から飛び出してきました。宙を舞っている刀は、明らかに私を通り過ぎて李《イ》氏へ向かいました。刀が李《イ》氏の体に刺さろうかという瞬間、李《イ》氏が素手で刀をつかみ取るとぎゅっと握りしめるので、私は驚いて口をぽかんとしてしまいました。そして、刀はそれ以上動きませんでした。

李《イ》氏と目が合ったとき、彼の顔に浮かんだ疑いの表情が忘れられません。私は体面もなく、ぶるぶると震えて言いました。

「私は、何も知りません。ただ、市場をめぐる伝奇叟でございます。このような妖術を使う術など知らず……刀を持ち歩いたことも……」

「妖術ではありません。まるで妖術のように見えますが、妖術ではなく、これは蒸気です」

鍛冶場から、夫を追いかけて出てきた夫人の朴《パク》氏が言いました。そのとき、刀をつかんでいた李《イ》氏の右手から少しずつ蒸気が漏れ出してきました。驚いている私を見ると、李《イ》氏は左手で右手を握りしめました。すると逆に、蒸気が漏れ出す音が大きくなりました。朴《パク》氏が彼の手を広げて傷を確認している間、刀で切られた手からは血ではなく蒸気が漏れて、やがて止まりました。

「それは……どういうことですか？　なぜ手から……傷も自然と治って……」

驚いてしどろもどろになっていると、朴《パク》氏が言いました。

「こちらにおいでませ」

＊

どこかに閉じ込めようとしているのではないかと怖くなりましたが、とりあえずついて行きました。土間に敷かれたむしろを持ち上げると、その下に木戸があり、李《イ》氏がその戸を開けました。いつ地面を掘り返して隠れ部屋を作ったのか気にする暇もなく、李《イ》氏と朴《パク》氏に押されるようにして、私が先頭になり下に降りていきました。梯子に苦労しながら降りていくと、熱気と蒸気がぐっと感じられました。木が燃える臭いが漂うその場所には、鉄の鈍い音と鋭い音が同時に聞こえています。あの、うねるような音、客間で横になっていた時に風音の間に聞こえていた音でした。その瞬間、部屋の中に蒸気がぶわっと満ちて消えました。慌てて閉じた目を開けると、そこには見たこともない光景が広がっていました。

鍛冶場よりも広い部屋でした。あちこちに灯りがついていました。蠟燭とも松明とも違う、変わった灯りですが、ずいぶんと明るくて、何の灯りなのか気になってしばらくまじまじと見ていると、目がすっかり痛くなるほどです。部屋の中央には巨大な機械がありました。明々と燃える炎を中央に抱き、鉄の棒が上下に動き、管から蒸気を噴き出し、カンカンと音を立てながら、くねるように動いている真っ黒な機械を見て、驚いてぽかんと開いた口を閉じることもできません。

李《イ》氏が灯りに近づくと、刀をかざして言いました。

「これを渡そうとしたのだな」

李《イ》氏の言葉に、私も近づいて長刀を詳しく見ました。彼が柄をひねると、中に隠されていたかんざしのような小さな鉄の棒が飛び出してきました。親指ほどの長さに複雑な凹凸のあるその部品を、李《イ》氏はしばらく眺めていました。

「それは何ですか？」

私が尋ねると、部品を見ている李《イ》氏の代わりに朴《パク》氏が答えました。

「都老《トロ》が送ってきたのです。警告と、助けてやろうという意志と、どちらの意味もあります。都老《トロ》はそんな人なのです」

これを都老《トロ》が送ったのだとしたら、私が酒に酔っているときに包みにこっそりと入れたのでしょうか？　どうして、そんなことをしたのでしょうか？　李《イ》氏と朴《パク》氏が机の上に部品を乗せて地面に座るので、わたしもおずおずと横に座りました。二人は部品を探るだけで、何なのか説明してくれないので、その様子を見て私のほうから尋ねました。

「こんな機械を動かせるなんて、蒸気にはどんな力があるのですか？」

「蒸気には押し上げる力があるだけです」

朴《パク》氏は巨大な機械についている、上下に動く棒の一つを指しました。蒸気の力が棒を押し上げると、その棒が別の棒を押し上げて、それがまた別の棒を押し……それが全部なのだと説明しました。一つの棒を押し上げることで二つを押し上げることもでき、棒ではない管が動き、複雑な歯車が回ってより多くより複雑な動きを作り出すのです。単純な動きの一つ一つが相まって、説明できない驚くべき仕事を為すように見えるのだと言います。

鍛冶師は、鉄を焼き入れしては鍛錬し、また焼き入れしては鍛錬する面倒で力のかかる動作を反復します。人間がやればくたびれて失敗も起こりますが、機械を使用すればその動作も疲れずに繰り返すことができると言います。

「大きな機械はそうだとして、しかし、小さい刀が飛び回れるのはどうしてですか？」

「機械を、極めて小さく作ればどうでしょうかな？　手のひらよりも小さく、指よりも小さく」

あの大きな機械を、極めて小さく作るとしたら……。

私はわからない、と答えました。想像するだに難しいことでした。極めて小さく作ったとしても、刀が飛び回ることができるでしょうか？　朴《パク》氏が李《イ》氏の手を差し示しました。

「例えば、指の動きはどうでしょう？　指が物をつかんでは放す、あるいは握ったりつかんだり持ち上げたりなど、複雑な動作も、単純な動作が組み合わさって行われるのです。ですから、極めて小さい機械で指と腕の動きを真似れば、本当の手と腕がするのと同じことができるのではありませんか？」

朴《パク》氏が答えたとき、李《イ》氏は左腕で自分の右腕肩の下をつかんでぎゅっと押しあげました。そして左腕で引っ張ると右腕が肩から離れて机の上に落ちました。袖の下から、腕がすっと離れて出てくる様子にどれだけ驚いたかわかりません。びっくりして後ろに下がった私に、李《イ》氏が腕を持ち上げて断面を見せてくれました。小さく、複雑な鉄の部品が中にぎっしり詰まっていました。

「機械で作った義手です」

つまり、肩までは人間の腕ですが、肩から下は鉄でできた腕だったのです。腕の動きが不自由に見えるとは思いましたが、本物ではないなど想像もできませんでした。李《イ》氏は事故で腕を失って、朴《パク》氏が作った義手を代わりにはめていたのだそうです。刀をつかんでできた傷を李《イ》氏がなでると、指が自然と動き出しました。

私がぼうっとして見ていると、朴《パク》氏は一度触ってみないかと尋ねてきました。私はしばらくためらいましたが、好奇心には勝てずにそっと手でその腕をいじってみました。鉄の感触とは違っていて、完全に柔らかな皮膚でしたが、そのかわり人の体温がなくてひんやりと感じました。

李《イ》氏が言いました。

「私が作り出した技術ではありません。過去に存在していた技術を発展させただけです。中宗《チュンジョン》の御代には、汽機人のように複雑な動きが可能な蒸気機械がたくさんあったのですから。私たちが使っている多くの技術が、汽機人の技術を応用したものです」

「しかし、汽機人は人間を雑に真似た大きな機械に、服を着せただけだと聞きました。鉄で皮膚の真似をすることはできないのではありませんか？　今、この感覚は鉄を触っているのとは完全に別物です。しかも、指が動くのと刀が宙を飛び回るのとは、同じ原理だとは思えません」

私の質問に、思いがけない答えが返ってきました。

「私たちが危険に陥っているのと、理由は同じですよ」

李《イ》氏が言いました。彼は蒸気技術を研究しているうちに、避けられない事情があって身分を隠し、鍛冶屋になったそうです。表沙汰にならずに蒸気技術を研究するには、鍛冶屋の仕事がぴったりなのだとも言いました。今は迫害されているけれど、蒸気技術はいつかお国を助けることになると信じているというのです。今、技術を使用すれば、民百姓の生活がどれだけ便利になるかわかるか、と聞かれました。蒸気で兵力を補塡すれば、丙子胡乱《ピョンジャホラン》（一六三六年、清と朝鮮の戦。降伏した朝鮮は屈辱的な条約を結んだ）のようなことも起こらなかっただろう。そして、蒸気技術をあきらめることができず、技術を研究している過程で都老《トロ》と出会ったのだと。李《イ》氏は金属の部品をいじりながら言いました。

「どうやらこれは、私たちに送ってきた警告のようですな」

その瞬間、地上からドスンドスンと音が聞こえてきました。音を聞いてまず朴《パク》氏が外に出ましたが、誰かが地上を行きかう音が聞こえるだけで、朴《パク》氏は戻ってきません。間もなく、李《イ》氏と私も外に出てみました。明らかに誰かが鍛冶屋に来たのだろうと思いましたが、中庭には李《イ》氏と朴《パク》氏以外には、誰もいませんでした。

そこで、私を待っていた朴《パク》氏が言いました。

「もう、お帰りいただかなければならないようです」

＊

都老《トロ》が送ってきた鉄の棒は、朴《パク》氏もまだ完成できずにいる技術の込められた部品だといいますが、どんな技術なのか教えてはくれませんでした。都老《トロ》が自ら持参せず、あえて私の風呂敷包みに入れたのは危険が近づいていることを知らせる警告だと説明しました。そして、危険というのは当然、蒸気技術を使っていることがお上に知れたという意味でした。李時白《イ・シベク》は私に向かって今すぐ、山の入り口まで下りて身を隠すのがよいと言い、私は鍛冶場に隠れているのはどうかと尋ねました。しかし、李時白《イ・シベク》は官員たちが山を隅々まで探すだろうから、下りてしまったほうがましだろうと言います。私はためらいなく鍛冶場を後にしました。

問題は、来た道を引き返すのではなく遠回りをして下りようと思ったのに、来るときにも道に迷った私が、思い通りに帰り道を見つけられないということでした。山には相変わらず霧が立ち込めていて、私はまともに道を見つけられませんでした。そして、霧の中から足音が聞こえだしました。ドスンドスンと地響きのする足音でした。鍛冶屋へ向かうときに聞いた、あの音でした。あのときは幻聴だと思いましたが、そんなはずがありません。はっきりと霧の中から近づいてくる足音を、しかと聞いたのですから。どうして幻聴だと思ったのか、今になってようやくわかりました。まったく何かにとり憑かれていたようです。急に近いところからドシンと音がしたかと思うと、しばらくして遠くからドシンと音がします。足音は近寄っては遠ざかり、右からと思えば左から聞こえるのです。どれほど驚いたことでしょう。

　私は立ち止まると、振り返って霧の中に言いました。

「どなたですか？　どうしてついてくるのですか？　人間だったら答えてください。人間でなければ……」

　獣や鬼神だったら、どこかに行けと叫びたかったのですが、ぶるぶる震えて声が出せません。足音がだんだん近づいてくると、霧の中にその姿を現しました。それはぼろぼろになった服を着て、顔と手を布でぐるぐる巻いた人間の形をしていました。目は闇の中でも松明のように黄色く輝いていて、私は息をハッと飲み込みました。近づくたびに鉄がぶつかる音がして、熱と蒸気が次第に強く感じられます。首に巻いている布の間から金属が見えたとき、私は驚いて一歩下がりました。

「汽機人？」

　李時白《イ・シベク》と関係のある汽機人でしょうか？　汽機人は何も答えずに両手で私の胴体をぐっとつかみました。そしてびょーんと跳ねて天に飛び上がりました。まるで妖術のように、です。驚いて大声をあげようとすると、すぐに口をふさがれました。汽機人の手を包んだ布の奥に、かっちりとした金属が感じられました。汽機人は私をつかんだまま、空中に飛び上がっては地面に下りて、またびょーんと跳ねることを繰り返しました。私が山を登っているときに、そして鍛冶屋で、そして、山を下りるときにずっと聞こえていたドシンドシンという音は、汽機人が地面を踏みしめる音だったのです。汽機人が動くたびに、体から蒸気が噴出して霧に混ざっていきます。もしかして山を覆っていた霧は汽機人が作り出した蒸気ではないか、彼の手にしがみついて飛びながら、そんなことを考えました。

＊

汽機人は私を再び鍛冶場に下ろしました。空を飛んできたせいで、胃腸がひっくり返るようで胸がドキドキし、足はガクガクしてまともに立つこともできませんでした。そのとき誰かに手をつかまれたせいで、驚いて叫び声をあげてしまいましたが、振り返ってみると李《イ》氏でした。

「静かになさいませ。大声を出してはいけません。これは私が作った汽機人ですから、ご安心を」

そして、夫人の朴《パク》氏も中庭に出てきました。なぜだか、男装をした朴《パク》氏が汽機人に近寄ると、汽機人は口を開いて話し始めました。人の声を出そうと頑張っても出せず、ただ鉄の塊の間から蒸気が抜け出す音と、鉄と鉄がぶつかる音の間にぽつりぽつりと、人間の声に似たざらざらとした音が出てきました。私には聞き取れない言葉を、朴《パク》氏はうまく聞き取りました。

「官員たちがすでに山裾を包囲しているそうです。残さず山狩りをするでしょうから、ここに隠れているほうがまだましだと思って、また連れ戻したそうです。物置に隠れてください。夜が明けるまで隠れていれば、支障はないでしょう」

しかし、朴《パク》氏は私を機械がある地下へ連れていくのではなく、鍛冶場の裏にある物置に連れて行きました。私は物置にいれば大丈夫なのか、逃げたほうが良いのではないか、李《イ》氏と朴《パク》氏はどうするつもりか聞き返しました。すると朴《パク》氏が答えました。

「山が完全に包囲されたというのに、どこに行けるでしょうか？」

私は物置の床に座り、図体のでかい汽機人は隅に体をかがめて座りました。古びた布を巻き付けた汽機人の顔と、布の間から見える黄色い瞳と向かい合いました。よく見れば、擦り切れて破れた服の下に鉄でできた体が見えました。山中を跳ね回ったなら、服が破れるのも当然でしょう。それから、朴《パク》氏が汽機人のほうに体を傾けて首の周りを確かめると、都老《トロ》から送られた鉄の部品を取り出して首に押し込みました。キイッと鉄がぶつかる音とともに、しばらく喉から蒸気が漏れ出し、汽機人の体から鉄の音がひっきりなしに続きました。私は何も言えずに座っていて、朴《パク》氏も何も言わずに外に出ていきました。外から騒がしく動き回る李《イ》氏と朴《パク》氏の足音、風が吹く音、汽機人の体の中から鉄がぶつかる音ばかりがしばらく聞こえました。

ある瞬間、汽機人の瞳がどこか変わったと思うと、そのまなざしは私を突きさすように感じました。

「伝奇叟だとききました」

汽機人に話しかけられたとき、私はハッと息を飲みました。明らかに私をまっすぐに見つめて、話しかけています。その声は中庭で聞いた蒸気が漏れる音ではなく、人間の声でした。完全に人の声というわけではありません。高低差も不明瞭で、抑揚もなく、顔に巻いた布の下で唇がこまめに動いていましたが、発音は人間のように滑らかにはいきません。金属の音がまだ混ざっていました。それでも聞き取ることのできる声でした。人間ではないものが人間の真似をする感じが、とても恐ろしかったのですが、今私を守ってくれているのは、その汽機人だということをあらためて考えました。

「そうです」

「物語を聞かせていただけませんか？」

そのころ、外からは人の叫び声が聞こえだしました。官衙の役人たちが押し寄せたのです。李時白《イ・シベク》！　お国で禁止した蒸気技術を使用して、国の秘密を敵に売り渡したな。荒唐無稽な技術で民心を乱した罪人、すぐさま出てまいれ！

それなのに、汽機人は悠然としています。

「物語を聞きたいです。聞かせていただけませんか？」

「物語ですか？　今？　今話すのですか？」

李《イ》氏が自分たちの言葉に従わないとわかると、すぐに役人たちが屋敷に入ってきて、物置の外からは人々の怒鳴り声、互いにぶつかっては倒れる音、刀が当たるガチャンという音、悲鳴、物が壊れる音が聞こえました。私は恐怖に青ざめて両手で頭を抱えました。しかし、汽機人は静かに見ているばかりで、少しも動揺していませんでした。代わりに静かに戸に近づくと、そっと戸を開けて外を見せてくれました。霧の中に朴《パク》氏が見えました。腕と足を鉄で包んでいました。まるで鉄で作った甲冑《かっちゅう》を着ていると言いましょうか、いや、甲冑よりも厚みがあって、腕と足の代わりをするものが体を巻いていました。朴《パク》氏は体全体に甲冑を巻いて、官員たちと闘い、朴《パク》氏の腕や足に触れた人たちは、みな吹っ飛ばされるか地面に倒れて伸びてしまいました。霧の中から聞こえてきた悲鳴は、官員たちが朴《パク》氏にやられて倒れる音でした。その間にも、甲冑は絶え間なく蒸気を噴き出していました。

汽機人は戸を閉めると、心配することはないと言いました。

「私が身を潜めているのは、あまりに強すぎるからです。私まで出ていったら、何人か命を奪ってしまうかもしれません。官員は奥様に任せておいて、私たちはおとなしくしておけば済むのです。待っているのも退屈ですから、物語を聞かせていただけませんか？」

困った願い事でしたが、特に断ることもできませんでした。不思議なことに、断れなかったのです。汽機人が語ってほしいというのですから、語ってやらねばならないようです。得意な『蘇大成伝《ソ・デソン》』をやろうとしました。今のように落ち着かない状況でできるのは『蘇大成伝《ソ・デソン》』しかなさそうです。しかし、最初のくだりを始めると、汽機人が首を振ります。

「『蘇大成《ソ・デソン》伝』なら知っています。『林慶業《イム・ギョンオプ》伝』も、『劉忠烈《ユ・チュンニョル》伝』も知っています。『趙雄《チョ・ウン》伝』と『洪吉《ホン・ギル》童《ドン》伝』と『沈春《シム・チョン》伝』も知っています。『三国志』も知っています。ほかのものはありませんか？」

　それでは、もうできるものがないと言いかけて、少し考えました。今後、汽機人に出会うことなどないでしょう。これが、汽機人と話をする最初で最後になるでしょう。初めて出会い、これから先会うこともない珍しい観客に、どんな話をしてやればよいでしょうか？

「この話なら、ご存知ないと思います」

　私は、ただ汽機人のための話を始めました。もともと知っていた物語の退屈な妖術の代わりに、汽機人がよろこぶ蒸気技術を入れてより面白く変えた物語でした。物語を聞かせている間、汽機人は最初から最後まで興味を失わず、黄色く灯る瞳は私に集中していました。外では霧が吹きすさび、人が倒れる音と機械が動く音、ズシンズシンという音、怒鳴り声が続いたかと思うと間もなく、沈黙だけが残りました。そして、李《イ》氏と朴《パク》氏の忙し気な足音、機械が動く音が聞こえだしました。それでも私は何もかも忘れて、語りにだけ専念しました。

　物語が終わると、汽機人が言いました。

「面白いですねえ」

　彼はまるで人間のように考えに耽って目を閉じていて、まもなくその目を開きました。

「『蘇大成《ソ・デソン》伝』とも似ているし、『田禹治《チョン・ウチ》伝』にも似ていますね。英雄の話は大体似ています。非凡な人間が試練を乗り越えて英雄になる。しかし、どちらの話とも違います」

「客たちは試練が好きですからね。その部分があってこそ、英雄の行動がより面白くなるというものです」

「どうしてでしょう」

「それは私にもわかりません」

「客がよろこぶとわかって先に入れるのですか？　それとも入れてみたら客がよろこぶので、次も入れることになったのですか？」

私は、それもわからないと答えました。深く考えてみたことがありませんでした。試練を乗り越える場面をよろこぶと思って入れたのか、入れたところその反応に気づいたのか……はじめは知らずに入れたものが、誰かは反応に気づいて意図的に入れるようになったのでしょう。だとしたら、私はわかって入れたのでしょうか？

汽機人はさらに話します。

「妖術ではなく蒸気技術だったと明かされる場面が面白かったです。あの部分で、ほかの英雄の話とはずいぶん違いが出ました」

人間ではない汽機人が、物語がどうだったのか、あだこうだと話すことが不思議でしたが、よかったというのでそれは気分の良いことでした。しかし、その次に汽機人が言ったことはあまり理解できませんでした。

「蒸気が入ったせいで物語が変わったのでしょうか？　それとも物語が変わるように蒸気が入ったのでしょうか？」

どういう意味かわからずに黙っていると、汽機人が言いました。

「英雄が試練を乗り越えるたびに、みんながよろこぶと言ったではありませんか？　妖術も同じで、みんながよろこぶから出てくるのですし。しかし、伝奇叟殿の物語には、妖術の代わりに蒸気が入っています。それで話が変わります。蒸気が入って、物語が変わったでしょうか？　物語が変わったせいで、蒸気が入ったのでしょうか？」

客たちが妖術を面白がってくれないので、いま、妖術の代わりに蒸気を使う部分を入れたのでした。しかし、蒸気を使用する主人公のせいで、その後の物語の流れが変わってしまったようでもあります。あるときは蒸気が先で、あるときには物語が先なのです。物語全体を突き詰めるとしたら……どうなるでしょうか？

外から奇怪な音が聞こえてきました。巨大な機械が動く音でした。鉄がぶつかる音ならずっと聞こえていたものの、今回の音は完全に違いました。本当に大きかったのです。まるで巨大な岩が転がってでも行くような音でした。汽機人は首を回して戸を見つめると、ゆっくりと体を起こしました。

「行かねばなりません。別れの挨拶もきちんとできそうにありません。日が昇るまでは、お出になりませぬよう」

汽機人が出ていくときに戸がサッと開き、私も外を見やりました。中庭の霧の中に、何か巨大な鉄の塊のようなものがゆっくりと歩いていました。巨大なそれは騒音とともに蒸気を噴き出していました。汽機人はそれに近づいて、間もなく蒸気に隠れてしまいました。巨大な物体もまた、蒸気なのか霧なのかわからない白く煙る空気の中に消えました。音も、次第に遠ざかり間もなく聞こえなくなりました。

＊

私は生真面目な汽機人の言葉通りに、日が昇るまで物置から出ませんでした。途中でうつらうつらしましたが、そのせいでこのすべてが夢なのか現実なのか、ごちゃ混ぜになりました。朝になって中庭に出てみると、鍛冶屋には李《イ》氏も朴《パク》氏も、汽機人も官員もいませんでした。鍛冶場の地下に下りてみると、機械もありませんでした。鍛冶場には何もなく、ただ昨夜の騒動を証明するかのように何もかも壊れた痕跡だけがありました。

これで物語は終わりでございます。この後、李時白《イ・シベク》や都老《トロ》の消息は聞いたことがありません。蒸気を研究する人を見たこともなく、汽機人に関する噂を聞いたこともありません。私が鍛冶屋に行ってきたことを知る者がなくて、幸いです。私は朴守三《バク・スサム》にも一言も話しませんでした。そして、その後、私は誰かが作った『朴《バク》氏夫人伝』という話を語り始めました。よく知っている話だったので、士人の衣冠を身に着けて、本を手にしていますが開きもせずに語ります。市場や通りで、人々を集めておいて物語を始めれば、みんな妖術ではなくて蒸気を使う英雄の話だなんて不思議だと言って耳を傾けます。私が重要な場面で語りを止めると、先を争うように葉銭を投げては話の続きを待ちます。物語はこのように始まります。江原道《カンウォンド》に李時白《イ・シベク》というものがおりまして、見た目の醜い朴《バク》氏を夫人に娶《めと》ります……

魘魅《えんみ》蠱毒《こどく》

염매고독

パク・ハル

박하루

朝鮮王朝は首都の「漢城府《ハンソンブ》」と全国に八つの「道」を敷き、行政区分とした。現在でも半島全土を表すときに「八道《パルド》」という言葉を使うが、中には、「江原道《カンウォンド》」のように三十八度線の南北に分かれている「道」もある。朝鮮王朝時代には「道」をはじめ、その下の「郡」「県」など地方行政にあたる地方官もすべて中央から派遣された。漢城府は現在のソウル特別市よりも規模が小さく、漢川《ハンガン》の南は含まれていない。

十六世紀以降、地方官の行政を監督するために国王が直接任命した官職が「暗行御史《アメンオサ》」である。彼らは平民の服装で地方に赴いては民情を聞き、地方官の不正があればそれを摘発した。駅馬を使うための「馬牌《マペ》」を持ち、全国を巡る正義の味方として時代劇では大変人気がある。

交通手段も通信手段も限られていた時代なので多くの迷信が存在し、民心を惑わすものとして書物にも記録されている。『星湖《せいこ》僿説《さいせつ》』は、一七六〇年ごろに出た一種の百科事典。厭魅《えんみ》は呪い全般を指し、日本では呪いの藁人形などがこれに当たる。

（訳者）

……よその家の幼子を盗んできてわざと飢えさせ、かろうじて死なない程度に食べさせる。……その子どもはげっそりと肉が落ち、ガリガリに痩せてほとんど死ぬ寸前に至る。これによって食べ物を見るだけで慌てて飛び付いて食べようとする程になる。このようにしてから竹筒に美味しい食べ物を入れておき、子どもが竹筒に這って入っていくようにさせる。子どもはその美味しい食べ物を見て腹いっぱい食べようと思い、じたばたと暴れて竹筒を割らんばかりに入っていこうとする。この時に、鋭い刀で雷のように素早く子どもを刺し殺す。そして子どもの精魂が竹筒に飛び込んでから、竹筒の口を固くしめて精魂が外に出られないようにする。その後に、竹筒を持って富豪の家を探し歩いては、美味しい食べ物で子どもの鬼神を誘いだし人々に病気をもたらす……。

――『星湖僿説』第五巻「萬物門」魘魅《えんみ》蠱毒《こどく》

1

「おぬしらの王家は呪われているぞ！　王朝は三代以内に滅亡し、この地の民百姓らは、もう二度とこの国の外には出て行けないだろう。王の子孫は病を得て短命で亡くなり、無能な王を怨みながら、戦乱と貧しさと疫病に巻き込まれ死んでいくのだ！」

呪術師、金壽彭《キム・スペン》は血涙を流して叫んだ。果川《クァチョン》の県監《ヒョンガム》である崔強意《チェ・ガンヒ》は、その不敬な声を黙らせようとしたが、それが金壽彭《キム・スペン》の最後の言葉だった。その男は、それきり、垂らした首を再び上げられなかった。両班の真似ごとで官服のように上に羽織っていた白衣の裾は、すでに余すところなく赤黒く染まっている。噛み締めた歯はすでにすべて砕け、膝骨は元の形が分からないほど壊されて、一人では歩けない、いつ死んでもおかしくない姿だ。

「片付けよ。次の問責は明日だ」

県監は言った。

ここ数日、官衙《かんが》からは悲鳴と血の匂いが離れない。崔強意《チェ・ガンヒ》は、人を拷問するのをあまり楽しまない。実のところ、こんな行為に何の意味があるのかわからない。再び獄舎に戻してから間もなく、金壽彭《キム・スペン》が死んだという報告が上がってきた。崔強意《チェ・ガンヒ》は深く悩み、それから客舎の奥の部屋に足を向けた。その中にこの事態の原因がいる。

「死にましたか」

揺れる蠟燭の炎のもと、笠《カッ》の影の中に、背を伸ばして座っていた男が言う。

「御使殿《オサナリ》」

崔強意《チェ・ガンヒ》は、彼の前に向き合って座る。

「解せませぬ。たかが民街の噂です。王命だと申されましたが、ここまですべき理由がございますか」

帳簿を見ていた暗行御史《アメンオサ》、趙栄世《チョ・ヨンセ》が言った。

「蠱毒は、我が国の開祖様より直接禁じられた重大な罪であり、恩赦の対象にもなりませぬ。反逆罪と同等に扱うべき罪でございます」

もちろんそうである。それは、崔強意《チェ・ガンヒ》もよく知っているところだ。しかし、依然として納得がいかなかった。

「なにゆえ、今、それを調査するのか、という話でございます。確実な証拠や被害者など、ないではありませんか。噂は到底、道理に合わず、また理由もなく勝手に広まることもございます。ましてや無知蒙昧《むちもうまい》な者どもが好き勝手に騒ぎ立てた話ではありませんか。それを聞いた者も、広めた者も正確にはわからない可能性も大きゅうございます」

御使は目を細めた。

「県監殿は王命に疑問を挟むおつもりか？」

「もちろん、王命はお受けいたします。しかし、何を探り出せるか、わかりませぬ。あのような荒唐無稽な話は、口にもするなときつく脅すこともできましょう。されど、はたして誰が真実を知っているのか、誰が満足できる答えを出せるのかわかりませぬ。呪術師、金《キム・》壽彭《スペン》こそ世人を惑わした当人ゆえ死んで当然ですが、はたして命を賭してまで秘密を隠しぬこうとしたのか、よくわかりませぬ」

崔強意《チェ・ガンヒ》は、うつむいて告げた。

「私は冬至の使いとして清国に行き、戻ってまいりました」

御使はかすかに微笑を浮かべて言った。四十歳を少し超えている。しかし、彼の風貌は長い風波に耐えて生き抜いた船乗りのように、頑強でほころびなく見える。

「はい」

「途中で二月《ふたつき》早く告訃使《コブサ》（王の逝去を中国に知らせるための使い）として出発していた、李頤命《イ・イミョン》殿の御一行と出逢いました。朝廷に波乱が起きるだろうという知らせを抱えていらした。まもなく血の嵐が吹くであろうと。誰にも止める事はできますまい。朝廷は緊張で張りつめています。殿下がどのようなお考えか、殿下だけがご存知です。何のことか、おわかりですか？」

崔強意《チェ・ガンヒ》は口を固くつぐんだ。

「県監も、おそらく伝え聞いたものがおありでしょう。今、この政局では、何も考えずに任されたところを全うするのが、賢明な処世です。県監は、これまでどおりでようございます」

崔強意《チェ・ガンヒ》は再びうつむくと、身を引いた。

＊

「父上」

崔強意《チェ・ガンヒ》の息子、報警《ポギョン》が縁石の下で待っていた。

「戻ってきたのか」

崔強意《チェ・ガンヒ》は、履物を履いて、息子を裏門側に連れていった。

「やはり、穴蔵には何もありませんでした。怪しい呪術道具と絵とお札、お香、鈴などがありましたが、蠱毒に使うという竹筒のようなものはありませんでした。金壽彭《キム・スペン》にはどうやら咎《とが》はないようでございます」

崔強意《チェ・ガンヒ》は低く唸り、声を漏らして言った。

「金壽彭《キム・スペン》は、死んだ」

「そうですか」

県監は、今にも獣が飛び出してきそうな暗い山を、遠くに眺めながら言った。

「すべからく牧民官というものは、その根幹に哀憫がなくてはならぬ。民百姓に不満なきよう、私情を挟まず、公正でおらねばならぬ。されど、今、儂がやっていることは何であろう。何の咎もない者を殺してしまったのではないか」

報警《ポギョン》は、しばし考えてから言った。

「ご自分を責めることはございません。父上もこれが重大な事とおわかりでしょう」

「いや。不当な王命であるとわかっていながらも、首を賭して忠言できなかった儂の弱さが問題なのだ」

「不当な王命、とおっしゃいましたか？」

報警《ポギョン》は、まったくわからないと言った目で父を見上げる。

「ここには、おまえにはわからない朝廷の問題が絡んでおる。儂らは利用されているのだよ。おそらく、国王の意志は定まっているのであろう。私が噂の真相を明らかにしようが、しまいが」

「かつての、蒸気の獄のような……」

「そんな言葉は、口にもするでない。儂が、秘密裡におまえに調査させた理由がわかっておるか。おまえは官員よりも一足先に、真実を探り出さねばならん。何もわからないでは対処もできぬ。しかし、それが何であるか、朝廷が探っているのが何なのかわかれば、対処すべき方法も生まれる」

「承知いたしました。では、あの者を呼んでみるのはいかがでしょうか？　以前しばらく館に留まり、霊妙な技を見せてくれた者がいたではありませんか。名前は都老《トロ》と申したかと」

「朝鮮八道を股にかけ、一走りで軽々と南北を行きかい、行く先々で民百姓たちに讃えられているという、あの者のことか。儂は席を外して会えずにおったが、その者が、あっという間に蒸気唐臼と蒸気水車を直し、古くからの訴えごとを望み通りに解決して去って行ったという話は聞いておる。しかし、その者と連絡がつくというのか」

「今、漢城にいる私の親しい友の家に世話になっているそうです。最近では、官職も持っていないのに、宮中にまで出入りしているようですが、詳しいことはわかりませぬ」

「宮中に？　ううむ。本当に訳がわからぬな。しかもいくら流浪の客人といえども、漢江《ハンガン》の南の噂までは知りえまい。後で考えてみよう。それより、おまえにまた行ってもらう所ができた」

「はい」

報警《ポギョン》はうつむき、表情を隠す。

「これまで、近くの呪術師と巫堂《ムーダン》、僧侶たちまで調べ尽くしたが、何も見つけられなんだ。しかし、噂と言うものはもともと舌先から出て行くときと、耳の中に入っていくときには変わっているもの。この噂の始まりは、違っているかもしれぬ。元来、言葉というのは狐のように姿を変えるが、最初に出てきた根源があるものだ。この噂が禍々しいのは、子どもをさらって飢えさせてから殺し、その恨みのこもった魂を連れ回すところだ。魂など荒唐無稽な話だが、その根源にある子どもの殺害はあったかもしれぬ。どうかしたら、それがこの噂を暴くべき理由かもしれぬ。おまえは、民家を回って子どもをなくした親がいないか、探ってみよ。それから納得できぬことや、話の前後が不明なところがあれば、逃さず報告するように」

2

報警《ポギョン》は早速、翌日から探聞に出た。果川県の戸数は四千戸ほどであったが、噂が広がったのは漢江近郊だったので、調査範囲は多少狭まる。しかし、相手は民百姓たちである。父親の命令とあれば従うほかなかったが、雑草のように勝手に生え育ったような民家は訪問するだけでも一苦労だ。人間が、どうしてあれほど汚く臭い場所で生きられるのか。

報警《ポギョン》は、適当に聞くべきことのみ急いで聞きながら、家を一つひとつあたっていった。子どもは元気にしているか、おかしな噂を聞いたことはないか。官衙で死人が出たという噂は、当然あっという間に広がっていた。県監の息子が、直接出向いて聞いてまわるのは、その件と関係があるだろうこともわかりきっている。みんな地べたにべったり額をつけて大雑把に答えた。

へえ。子どもは元気です。儂らは何も聞いておりませんです。

山鳩が鳴く明け方に始め、田畑まで追いかけ回して丸一日かけても、聞けたのはそれが全部だった。何かを得られるだろうという考えは、とっくに手放した。そもそも、子どもがいなくなったら官衙を訪れてくるだろうものを、このように聞きまわって何の役に立つのかという思いがかすめたが、今さらやめるわけにもいかぬ。

日が傾きかける頃、報警《ポギョン》はのんびりと牛の陰で休んでいる老人の隣にしゃがみ込んだ。村の出来事なら、何にでもしゃしゃり出てくると噂の老人だ。

「落ち着かないことでございますなあ」

老人は、土にまみれた顔で言った。

「そうなのだよ」

「聞くところによると、子どもがいなくなった家を探していらっしゃるとか……」

老人は、探りを入れるように言った。

「もう噂になっているのか？　言葉は足もないのにどこまでも進むともいうが、まったく」

「官衙が調べまわっているのはどの噂のせいなのか、村中の者が知っております。ですから、その噂をふれまわっていた者どもも、口をさっとつぐんで知らぬふりをしておるのです。人をあのように絞り上げるのですから、何か知っている者でもすっかり隠れてしまうでしょうよ」

報警《ポギョン》は、老人にさっと近づいた。牛が尻尾で糞のかけらを飛ばしてくるが、そんなことを気にしている場合ではない。

「それゆえに、だ。何か方法はないだろうか？　私も胸が痛いのだよ。関係ない者を苛《さいな》んだところで、何が出てくるわけでなし」

報警《ポギョン》は、老人をくすぐる。

「これは、王命で始まったことではないか。父上も罪なき者をいたぶって、うれしいだろうか。しかし、方法がないのだよ。糸口がまったくないのだから。何か知っていたら耳打ちでもしてくれないか。そうでもしないと、この騒ぎが終わらないではないか」

「その噂は、儂らも聞いておりますよ。しかし、儂だってそれ以上は知りませぬよ」

「ええい、そう言わずに。今回の調べが御老体に及ばぬようにするので」

老人は、しばらく鼻の先に報警《ポギョン》を見下ろしてから、切り出す。

「金壽彭《キム・スペン》、という者なのですが」

報警《ポギョン》は金壽彭《キム・スペン》？　と聞き返した。金壽彭《キム・スペン》は、無念のうちに死んでしまったのではなかったか。

「あの者は流れ者の道士で、この村に来てから三月《みつき》ほどになります。誰も知らないようですが、あの者には子どもがいたのです」

「子ども？　私が聞いたところでは、あの者はひとりでここに入ってきたというが」

「ですが、見たものは、見たのですから」

「息子か、娘か？」

「それは、わかりませぬ。しかし、儂は見ました。九つか十ほどになりましょうか。ざんばら髪に、薄汚い男児の服を着ていましたが、顔立ちはきれいなもんでした。ともかく、あの者はその子を自分が作っておいた穴蔵に隠して、どこかに出るときには何かを固く言いふくめているのをはっきりと見ました。さらってきた子どもではありません。あの者を頼りにして従っているところを見るに、実の子に違いありませぬ」

「子どもがいたとは。だとしたら、竹筒を持っているのはその子どもか？」

「それはわかりませんなあ。そんなものが本当に存在するのか。儂に言えるのはこれだけでございます」

報警《ポギョン》は、銅銭を一両投げると、その場を発った。

＊

報警《ポギョン》は、さらに何軒か適当に周って、再び官衙にもどった。父親に会って新たに得た情報を告げ、調査の方向を変えるよう勧めた。すぐに承諾を得た。報警《ポギョン》は、次の日から見慣れぬ子どもについて聞き込みを始めた。

金壽彭《キム・スペン》の穴蔵は漢江の南の冠岳山《クァナクサン》にあった。その山の北端から近くの民家を周りながら、ひとりでうろついている子どもがいないか尋ねた。近くでは見かけたことがない子ども。十歳前後。まったく手入れされていない髪。下の者たちまで動員した捜索は、三日目に成果を出した。

　子どもは、山の中にぽつんと暮らす薬草屋の家で発見された。薬草屋の夫婦には子どもがなかったが、どこからか女児の服を手に入れて子どもに着せてある。

薬草屋は、額を地面に擦り付けて言った。

「て、手前どもは、この子がそんな子だったとは、夢にも思いませんでした。ただ、山の中をひとりでさまよっていたところを獣に襲われはしないかと、心配して連れてきたのです。て、手前どもには言葉ひとつ話さないもので、生まれつき口がきけないか、足りない子だとばかり思っておりました。すぐにでも官衙に申し上げるべきところですが、何日か食事もしていないようでやつれていたので、充分に食べさせて、ぐっすり寝させてから山を降りるつもりでした。本当でございます！」

　子どもは、何も言わずに警戒した目で報警《ポギョン》を見つめた。報警《ポギョン》は話しかけた。

「おまえの父親は、金壽彭《キム・スペン》か？」

　子どもは、黙ってうなずく。

「何か、父親がおまえに預けた物があるのではないか？」

　子どもは、黙ってこちらをにらみつけるばかりだ。

「もしかして、こう言われていないか？　これは誰にも見つかってはならない大切なものだと。それで隠しているのではないか？」

　微動だにしない。

「私は、おまえの父親の友だちだ。父親に頼まれたとおり、それをこの世で一番安全に保管してやろうと思う。官衙で保管したなら、誰も手出しはできないではないか？」

この言葉にも、子どもは何の反応も見せない。

「この子は最初からなにも持っていませんでした。何かを隠している様子もありませんなんだ」

薬草屋が、そう言い足した。

もしも金壽彭《キム・スペン》が子どもに竹筒を処分させるなら、隠すよりも完全に捨ててしまえと言っただろう。誰も寄り付かない山中に捨てたとすれば、探すすべもない。それこそ山中で竹を探す、というものだ。

官衙に連れてきても、特段の方法は思いつかなかった。子どもは警戒心が強い。食べ物を与え、体を洗ってよい服を着せてやっても、まったく口を開こうとしない。父親が死んだことは伝えていないが、報警《ポギョン》は、子どもはそのことがわかっているのではないかと思った。知らずとも、どうせ行きかう人たちの間にいれば知れることだ。

しかし、幼子にこれ以上何を要求できようか。崔《チェ》県監父子は、子どもを官衙の物置に住まわせた。時間がたって言葉を取り戻したら、適当なところに養女に出そうとも思ったが、官衙で雑用を命じて過ごさせるのも悪くなさそうだ。どのみち呪術師は賤民であり、親すらいないとなれば、選択肢はそれほど多くない。名前は報警《ポギョン》がつけた。ちょっとした悪意といたずら心で、報警《ポギョン》は子どもを竹筒《チュクトン》と発音が同じ竹童《チュクトン》と呼んだ。

3

竹童《チュクトン》とは別に、噂に関する調査は続けられた。調査は噂の糸をたどって続いた。口が軽い者を捕らえて、蠱毒に関する噂をどこで聞いたのか問い詰めてから、その噂の出どころをたどっていく方法だ。数日にわたって、県の民たちが次々に呼ばれてきた。血の跡があちこちに残る地面と県監の脅しに、ぶるぶる震える人たちの口から噂の根源が明らかになった。

そうやってたどり着いたのは、漢江沿いに住む卞《ピョン》氏の幼い息子だった。

「わ、わわわ私が、ききき聞いたのは、都城《トソン》の外の、い、い市場で、でした」

「震えずに言ってみよ。おまえを責めているのではない。事実だけを正しく告げればすぐに解放してやる」

　役所の板間の椅子に座り、官服を着て鞭を手にした県監は、少年を見下ろしながら言った。しかし、この少年はすでに洟水《はなみず》を垂らしながら泣いていて、簡単には落ち着きそうには見えない。

「え、え、え、ええ。わ、わたくしは、み、みんなが、あ、ああ、集まったところで、お、面白い話をし、しているときと、い、言いますので……」

「だから、誰がその話をしていたか話すことはできるか？」

「で、でで、でき、ます。そ、そ、その者は、まさに、こ、この村に来ていた、き、きき、金壽彭《キム・スペン》でした」

　崔強意《チェ・ガンヒ》は、椅子からガバッと立ち上がった。

「それは本当か？　本当にその者から蠱毒の噂を初めて聞いたのか？」

「ああ《アイゴー》。そ、そそ、そうでございます」

　少年は、地面にぽたぽたと涙を落としながら言った。

「正確に話してみよ。金壽彭《キム・スペン》が不吉な竹筒を持ち歩いて、直接見せたのではなく、その話を広めまわっていたというのか？」

「そ、そ、そうでございますだ……」

　崔強意《チェ・ガンヒ》は、混乱した。金壽彭《キム・スペン》は、ただ潔白だけを主張して拷問を受け、耐えきれずに死んだ。もしも、彼自身が噂を広めた当事者であれば、それを正直に話すほうが自分に有利だったはずだ。そもそも、この取り調べの目的は噂の真相を明らかにすることだったのだから。もしも、それがただの噂であると確実になれば、それで取り調べは終わりになる。もちろん、害ある噂を広めた金壽彭《キム・スペン》は、別の処罰を受けただろうが、子どもを殺して金持ちを呪ってまわったという嫌疑で死ぬよりも、はるかにましなことだ。

金壽彭《キム・スペン》は、一体どうして、事実を話さなかったのか？　崔強意《チェ・ガンヒ》は、今この場で答えを見つけられなかった。とりあえず疑問を残しておくことにして、再び少年に聞いた。

「よう話してくれた。もう一つだけ。もしかして、金《キム》・壽彭《スペン》は小さな女の子を連れていなかったか？　おまえと変わらぬ歳ゆえ、すぐに目についたと思うが。女の子だが、男児の服を着ていたかもしれぬ」

「み、み、見たことはありません。そ、そ、その者はひ、ひとりでその話をふれまわっていました」

「その者を、何度見かけた？」

「お、お、同じ場所でさ、さ、三回見ました」

崔強意《チェ・ガンヒ》は、わかったと言って少年を解放した。

「父上」

報警《ポギョン》が、近寄って言った。

「考えているところだ。これはどういうことなのか？」

崔強意《チェ・ガンヒ》は、再び椅子にどっかりと座った。

「あの者に、別の魂胆があったのでしょうか？」

「自分の命を賭《と》すほどの魂胆とはなんだ？　あのような賤しい者どもにとって、一番大切なのは自分の命であろう。一食を得るために、十里（朝鮮の一里は三九〇メートル）の道を旅立てる者なのだ。死んでまで嘘をつくほどの陰謀や功名心があっただろうか？」

「自分の娘を守ろうとしたのではありませんか？　賤しい者でも、父親ではございませんか。父となった者として、命がけで子どもを助けようとするのは、当然のことでございましょう？」

「あの者が、自分の子を隠そうとしていたのは明らかだが、あそこまでする必要があったか。まず、噂をふれまわるときには子どもを連れておらなんだ。また、事実をそのまま話したとしても、子どもに害が及ぶことはない」

報警《ポギョン》は、その言葉にうなずいた。

「金壽彭《キム・スペン》を殺したのは、性急だったようですね」

「長く生かしたとて、自ら命を絶っていたであろう。おそらく、これがあの者の目的だったはずだ。今、儂らをこうして悩ませることが」

「どうして、そう思われるのですか?」

「そんな感じがするのだ」

＊

報警《ポギョン》は、ひとりで土遊びをしている竹童《チュクトン》に近づいた。竹童《チュクトン》は、数日過ぎても相変わらず口をきかなかった。体に何か問題でもあるかと思い、医員を呼んでみたが、問題はないようだという。生まれつき口がきけない子どもでもないようだ。そのような者たちは、手足の仕草など別の方法で自分の意思を表そうとするものだ。しかし、竹童《チュクトン》には何かを疎通しようという意志がない。口ひとつつぐんでさえいれば、完全に幕を張ることができると信じているようだ。

報警《ポギョン》は、竹童《チュクトン》の前に影を落とした。子どもは木の枝で文字でも絵でもないものを描いている。

「昼食は食べたか?」

竹童《チュクトン》は報警《ポギョン》をチラリと見ると、土遊びに集中した。

「働いている者たちについて行けば、食べ物をくれると言わなかったか? 聞いたところおまえは逃げ回ってばかりいるそうだが」

子どもは、相変わらず何も言わない。

「飯は、食べなくてはならぬのではないか。官衙でただ飯を食べるのは、大変なのだぞ」

報警《ポギョン》は、小袋の中から飴の欠片を一つ取り出し、差し出した。

「飴だ。これでも食べてみないか? 飴は好きか?」

竹童《チュクトン》は、しゃがみこんだまま、報警《ポギョン》をじっと見上げた。報警《ポギョン》は腰をかがめて、竹童《チュクトン》の口に飴を当ててみた。竹童《チュクトン》はおとなしく口を開いてそれを口にした。

「食べることは食べるのだな。ここにいる間はちゃんと食べさせてやるゆえ、安心して過ごせ」

戻ろうとすると、御使、趙栄世《チョ・ヨンセ》にばったり会った。報警《ポギョン》は頭を下げた。

「いらしていたのですか。御使殿」

趙栄世《チョ・ヨンセ》は、竹童《チュクトン》を指して尋ねる。

「あの子どもは誰だ?」

報警《ポギョン》は、子どもがまだ地面に描いているのを見ながら答える。

「死んだ金壽彭《キム・スペン》の娘でございます。父親について、何か知っているのではないかと思って連れてきたのですが、言葉を失くしてしまったようです」

「言葉を失った? 自分の父親の死を知ったからか?」

「そうではございません。連れてきた当初からずっとです。飛びから噂を拾うことはできましょうが、もとより口がきけないわけではないようです。明らかに何か事情があって……」

御使は、しばらく子どもを見ていたが、中に入っていった。報警《ポギョン》はすぐに父親のもとに駆けつけた。先ほどの会話で、ふと気がついたことがあったためだ。

「竹童《チュクトン》には、明らかに何かがあります。もともと口がきけないのではなかったとすれば、自分の父親が捕まって連れてこられる前に何事かがあって、言葉を失ったのは明らかです。もう少し余裕をもって、近くで見守るのはいかがでございましょう」

崔強意《チェ・ガンヒ》は、すぐにこれを許した。

その後、報警《ポギョン》は竹童《チュクトン》を近くにおいて世話をした。幸い、子どもは次第に食事もちゃんとするようになり、顔色もよくなったが、言葉が出ないことには変わりない。しかも、誰の言葉にも従わない。雑用を言いつければ、その通りにしたが、召使いであれ官衙の役人であれ、一切心を開かなかった。一度、召使いの持ち物に手を出したと誤解を買って殴られたこともあったが、その時も涙を流すばかりで一言も口をきかなかった。報警《ポギョン》は何事にも口を挟まず、遠巻きに見守っているだけだった。時おり子どもが塀の影に隠れて泣いていれば、近寄って飴を差し出した。

さらに一週間ほど経って、報警《ポギョン》は、ふと竹童《チュクトン》の土遊びに何か規則性があることに気づいた。それは、文字というより絵に近かった。すぐに何であるか見極めることは難しかったが、続けて見守っていたところ、その手つきが老練の筆運びのような一定の軌道をなしていることがわかった。

何かを描いている。もしかして、そこに何らかの意味があるのではないか。報警《ポギョン》はそれを詳しく観察した。竹童《チュクトン》が絵を描いているときは、下の者たちを一切近寄らせないようにした。そして、それが常に似たような構図を表していることを発見した。

絵の正体がわかった報警《ポギョン》は、父のもとに駆けつけた。

「わかりました。あの子どもが描いているのは、地図でございました」

「地図だと？」

「はい！　普通の地図や山水画とは異なる描き方で、わかりにくかったのです。しかし、曲がりくねった物、丸くなった物、尖ったものなどを突き合わせてみたところ、地図に間違いございません」

報警《ポギョン》は、子どもの絵を一般的な方式で描き直した地図を広げて見せた。

「ところで、地図であればもともと基準となるべき位置があるべきではないか。ただ山容を描いた地図がどこを示しているのか、どうしてわかるというのか」

「そこで、考えてみたのです。基準とすべきはまさに、金壽彭《キム・スペン》の隠れ家ではないかと」

崔強意《チェ・ガンヒ》は、穴が空くほど地図を見つめてからうなずいた。

「なるほど、これがどこを示しているかわかりそうだな」

「目的地ははっきりしませんが、この道の先に、何かがあるようではございませんか？」

「子どもが言葉ではなく、地図で何かを覚えていたと？　どうして、そうせねばならなかったのだ？」

「とりあえず、向かってみます。そこに何もなかったとしても、確認せねばならぬでしょう」

「今回は、儂もともに行こう」

「そこまでなさる必要がありましょうか？」

「いや。不吉な予感がするのだ。金壽彭《キム・スペン》が子どもに何かを残させているのか、それとも、子どもが何かを記憶しているのか、それともただの悪戯なのか。国王殿下が、どうしてこの噂を警戒なさるのか。いずれにせよ直接目で見て、確認せねばならぬ。日が沈む前に行こう」

「でしたら、人を呼んで……」

「どうもこの事件は、真相を知る者が多くてはまずいかもしれぬ。おまえと儂とのふたりで終わりにしなければ」

「でしたら、私がひとりで……」

「父親が子どもだけを行かせるわけにはいかん。それ以上言うな」

ふたりはすぐさま席を立った。

4

父子は、冠岳山の狭い狭い道をさまよった。人ひとりがかろうじて通れるほどの険しい道があった。注意深く見なければ、そして地図がなかったら、そこに道があるかどうかわからなかっただろう。道というものは元来、人が通ってできるものだから。しかし、その道は、山中の人々が通る場所と場所を結んだだけに近い。地図には目につく木や岩、小川などだけが表示されていたが、それで充分だ。

ふたりは日が沈む頃、隠された盆地を見つけだした。山容に合わせ木柵が高く組まれ、兵卒がふたり入り口を守っている。旗もなく、埃も叫び声も上がっていないところから見て、軍事的な陣地ではないようだ。陣地というにはあまりに密《ひそ》やかな場所にある。

「まさか、山賊の巣窟ではないでしょうね？」

報警《ポギョン》が、声を低めて言った。

「山賊が、あのように軍服を着て鉾《ほこ》を構えているものか」

崔強意《チェ・ガンヒ》が言った。

父子は、中を覗き見られる場所を探して動いた。盆地の周囲に沿って動くのは、いっそう大変だ。服も笠も木枝に破られ、無傷な部分はなかったが、我慢するしかない。木や洞窟の狭い間をかき分けて、彼らはようやく木柵の内側が覗きこめる場所にたどり着いた。

闇の中で、彼らは化け物を見た。

それの外見は、明らかに鎧を身につけた将帥の姿をしている。しかし、周りにいる兵卒と比べて見たとき、その大きさは人の二倍ほどに見えた。おかしなことはそればかりではない。彼らの胸板には、火が燃えている。まるで火鉢の灰の中に見える火種のように。彼らは胸に火を抱いており、体中から煙と水蒸気を吹き出した。目に染みる硫黄の臭いと焦げた臭いが、父子が登っている木まで漂ってくる。それが何の臭いかは、あまりにもはっきりしていた。

それは、蒸気汽機の臭いだ。

将帥たちは、二人ずつ組んで訓練をしている。刀あるいは槍を持った将帥たちは、けたたましい音をたてて戦っている。その大きな図体からは考えられないほどの速さだ。我こそは、と名乗る武官たちでも及ばない身のこなしだ。彼らは煙の中で、火の粉を飛ばしながら戦っている。訓練を監督する者は、武官の服を着ている。巨大な将帥たちは、訓練大将の号令に従って、ひと勝負ごとに攻守を交代している。

そして高い台の上に、彼らを見下ろす笠を被った人物がいる。崔強意《チェ・ガンヒ》は、一目で彼が職責の高い官吏であると見抜いた。

「山を降りよう。ばれたら無事ではいられまい」

崔強意《チェ・ガンヒ》が言った。報警《ポギョン》も、まったく同じ考えだった。ふたりは胸に恐怖を抱えたまま、暗くなった山道を手探りしながら官衙に戻った。

5

夜が深まると、親子は再び集った。

「おまえは、どのように考える?」

崔強意《チェ・ガンヒ》は、息子に尋ねる。

「はたから見ただけでは、到底理解できませぬ。この事件そのものが邪悪な呪術ではないかと思うほどです。しかし、ものの道理を黙って問い詰めれば、答えを見つけ出すこともできましょう」

「そうか? 考えたことを言ってみよ」

報警《ポギョン》は説明を始めた。

「金壽彭《キム・スペン》は自分の子を隠していました。通りで蠱毒について言いふらしているときも、子を見た者がいないところを見ると、それは間違いないでしょう。父親がどうして子を隠すのか。その理由は子を守るほかに考えられませぬ。そう考えれば、すべてのことが説明できます」

「続けてみよ」

「まず、金壽彭《キム・スペン》は放浪の途中でこの村に流れ着きます。あの者は本来、鬼神《きしん》を追い出したり呼び寄せたりすることで、お代をもらう賤しい呪術師です。そうであれば、まずその村に着いて、そこの人々が何を信じて何ることをあちこちを周って、そのなかであの陣地を発見したのではないでしょうか。

そして、あの場で私たちが見たものを見たのでしょう。如才ない男です。あれは見ただけでも命の危険があるとわかったはずです。ご存知のように、この国では蒸気技術の製作は固く制限されております。万が一にも、国であのようなことを人知れず運用していたのなら、再び血の嵐が吹くやもしれぬこと。

問題は、金壽彭《キム・スペン》がそれを自分の子とともに見てしまったという点でございましょう。彼は、口止めしようとしてかなわず、幼い娘は誰かに話してしまったのでしょう。この噂が広がってしまったら、自分はもとより娘の命までも危うくなります。それゆえ、彼は計略を図ったのです。ここに別の噂を加えて広めるのです。それがまさに今回の蠱毒の噂です。

これが、彼が自ら噂を広めたにもかかわらず、そのことに口を割らなかった理由になりましょう。そして子には、自分が捕まれば死んだと思って、口がきけないふりをせよ、と固く言い聞かせたのでしょう。口がきけると知られたら、おまえも殺されるぞ、と。

金壽彭《キム・スペン》は、自分の娘のために死んだのです。それが父親の情で、人倫でございます。孟子は誰にでも善なる端緒があると申されました。どれほど身分の賤しい者であれ、子を思う気持ちは、みな同じではございませぬか。人として生まれたのですから」

崔強意《チェ・ガンヒ》は、ひげをなでながらうなずいた。

「一理あるな。しかし、だとしたらいくつか疑問が出てくる。まず、おまえの話が合っているとして、金壽《キム・ス》彭《ペン》は自分の娘を連れてあの険しい山道を通っていたことになる。娘を大事に思うものが、なぜあえてそのようなことをするのか？」

「それは……」

「そして、なぜ娘は自分が通った道を地図に描いていたのだ。一言半句、口にするなという父親の遺志を聞いたなら、それもしてはならぬのではないか」

報警《ポギョン》は、黙ってうなずいた。

「まだある。竹童《チュクトン》がどれほど賢い子であっても、まだ親の前では天真爛漫な歳だ。父親がここにきて死んだことを知ったというのに、どうしてこれまで恋しがる様子も、恨む様子も見せないというのか」

「確かに、それはおかしいですね。私よりもう一つ申し上げるなら、金壽彭《キム・スペン》はこの地に来たときより独り身であったと、みなはっきりと申します。子を守るためであれば、そのような必要もなかったことでしょう。汽機将師を発見したのはその後でしょうから」

「おまえもようやく道理に気づいたのだな」

「父上はいかがでしょう。お考えがございましょうか」

「まあ、あることはあるが、どう考えてもつじつまの合わないようなことばかりだ。しかし、おまえの話を聞いて頭の中で整理がついた」

「私の話は、間違っているとおっしゃったのでは」

「すべてが間違いだと言ったのではない。いくつか変えれば、おまえの考えより完ぺきな答えが出るであろう」

「それを、お聞かせ願えませんか？」

「儂らだけで騒いでどうなるのだ。本人の口から直接聞くのがよかろう」

「本人とは、竹童《チュクトン》でございますか？　しかしあの子どもは……」

「儂の考えが合っておれば、あの子どもはもう口をひらくだろう。今すぐ連れてまいれ。寝ていたら起こしてでも」

報警《ポギョン》は、すぐに立ち上がる。

6

竹童《チュクトン》は寝ていなかった。まるで自分が呼ばれるだろうと予想でもしていたかのように。竹童《チュクトン》は県監が会いたがっていると聞くと、素直についてきた。

「竹童《チュクトン》よ」

崔強意《チェ・ガンヒ》が、言う。

「いや、それは儂らがここで呼んでいる名前だな。おまえには名前があるだろう。金壽彭《キム・スペン》の娘でもなかろう」

報警《ポギョン》は驚いたが、口を挟むことができない。

「儂と一度、遊戯をせぬか。なぞなぞ遊びだ。儂がおまえのことを話すので、それが合っていたらそうだと言えばよい。どうだ？」

竹童《チュクトン》は、黙って崔強意《チェ・ガンヒ》を見上げた。

「おまえは、金壽彭《キム・スペン》の娘ではない。だとしたら、必ずほかの誰かの子であろう。金壽彭《キム・スペン》は三月《みつき》前にこの地に来て住み着いた。おまえと会ったのはその後のことだろう」

竹童《チュクトン》の答えはない。

「おまえは以前から流れ者だったろうか？　いや。初めて会ったときにはずいぶん汚かったが、体を洗い、服を着せてやるとすぐに両班《ヤンバン》家の生活に適応した。少なくともおまえは、召使いの身分ではなかった。家があり、父母もいたであろう」

崔強意《チェ・ガンヒ》は竹童《チュクトン》の反応も探らずに、話を続けた。

「おまえの父母はすでに死んだのだろう。父母をなくしたおまえを金壽彭《キム・スペン》がひきとったのだな。おまえの父母はどうして死んだのだろうか？　今回のことと、一度つなげてみるか。儂らはおまえが描いていたのが地図であるとわかっておる。あの地図をたどっていったところ、そこで恐ろしい汽機将帥に出会った」

そのとき、竹童《チュクトン》のまなざしが揺らいだことを報警《ポギョン》は見逃さなかった。

「わかったようだな。おまえは金壽彭《キム・スペン》より先に汽機将帥に会った。そして、それを言いふらしてしまった。そのせいでおまえの父母が死んだ。もしかしたらすでに金壽彭《キム・スペン》とおまえは知り合いだったかもしれぬな。しかし、おまえを引き取ったのは、明らかにその後だ。金壽彭《キム・スペン》はおまえを守るために、おまえの正体を隠した。間違って見つかった場合に備えて、おまえに男児の服も着せた。そしておまえがあれを見たということを隠すために、蠱毒の噂を言いふらしてまわった。そして、おまえは言われたとおりに口をつぐんだ。生きるために。一度でも口を開いたら、どんなことになるか知っていたゆえに」

その言葉を聞いた瞬間、竹童《チュクトン》の目から葡萄の粒がはじける如く、涙がどっと噴き出した。そして、一度も出したことのない声を聞かせてくれた。

＊

「私は鷺梁津《ノリャンジン》（漢江の南岸の地名）の廃兵器場であれを見たのです。私があれを見たのはその通りですが、決して言いふらしたりしてません。あれを見て、すぐに母さんと父さんだけに話しました。

母さんも父さんも、口は軽くありません。父さんはすぐさま漢城府《ハンソンブ》（首都の漢城を修める役所）に、そのことを申し出ました。そうしたら、どうなったかわかりますか？　私が厠へ行こうと、ちょっと外へ出た間に、みんながわあっと押しかけてきて火のついた藁を屋根に投げていったのを見ました。母さんも父さんも、その中から出てこられませんでした。私には、わかりました。自分があれを見たために家も両親も、そうなってしまったのだと。

金壽彭《キム・スペン》おじさんはすっかり焼け落ちてしまった家の前で泣いていた私を担いで、山の中に連れて行きました。

県監さまの言うとおり、私は前からおじさんのことを知っていました。私はおじさんに自分が見たこと、聞いたことを洗いざらい打ち明けました。おじさんは怖い顔になって、そのことは二度と口にするなと言いました。そして、私は男の子の服を着せられて山の中で暮らすようになりました。

　おじさんは私を山の中の穴倉に入れると、どこかに通うようになりました。一週間帰ってこないこともあり、時には服がびりびりに破れ、だらだらと血を流して戻ることもありました。おじさんが何かを探し回っているのは、私にもわかりました。ある日、おじさんが言いました。私が見たものが何だったか突き止めたと。そうして、私をその場所に連れて行きました。

　そこで見たのが、まさに、巨大な将帥たちでした。おじさんは私が見たのはあれで間違いないか、と尋ねました。私ははっきり、そうだと答えました。

　それからというもの、おじさんは県監様がおっしゃる通り、おかしな噂を言いふらしてまわりました。それだけが、私が生きる方法だと言って。そして、こうも言うのです。万が一、官衙から自分を捕まえに来たら、絶対に何も口をきくなと。そうすれば、みな私がおじさんの息子だと思って、生き残ることができると。そして、そして……もしも自分が捕まることがあれば……朝廷は必ず自分を殺すだろう……そうでなくとも、自ら命を絶つつもりだと……」

　竹童《チュクトン》は悲しそうに泣きだし、それ以上は話を続けられなかった。

「おまえの名前はなんという？」

　崔強意《チェ・ガンヒ》は、優しく低い声で言う。

「孝七《ヒョビ》と申します」

「なにゆえ地面に地図を書いたのだ？　なぜ儂らにその位置を知らせようとしたのだ？」

「そうでもしなくては、無念の思いで死んだ母さん父さんの恨みを解くことができません」

「殊勝なことだ。話した通り、儂はあの地図を見てあの場所に行き、あの蒸気将帥をこの目で見た。鷺梁津で見たというのは、確かにあの蒸気将帥か？」

「はい。しかし、私が見たのはすでに動きを止めて捨てられたものでした。あの中に何が入っていたか、県監様は想像もできぬでしょう」

「あの中にか？」

崔強意《チェ・ガンヒ》はそこまで話すと、咳払いをした。そして息子に目配せしながら言った。

「喉が渇くな。少し水でもあるとよいが。この子の分も一緒に持ってまいれ」

報警《ポギョン》は、その場で席を立つ。

報警《ポギョン》が出ていくと、崔強意《チェ・ガンヒ》は声を下げて言った。

「言ってみよ。それが何だったのか」

竹童《チュクトン》、いや孝七《ヒョビ》は鼻をすすり上げながら言う。

「あの中には、機械が詰まっていました。兜の中は空っぽで、その下に並んで見えたのはありとあらゆる気筒と連結棒、ぜんまい、活塞《ピストン》などがぎっしりと……。しかし、それは問題ではありません。あれの胸の中には、とても口にできぬような酷いものが……」

「それは、何か？」

崔強意《チェ・ガンヒ》が強い口調で尋ねると、孝七《ヒョビ》はつるべで言葉をくみ上げるかのようにつらそうに言葉を吐き出した。

「それは、人でした。その人は、ああ、考えるだけで恐ろしい。それはひどく傷んでげっそりと痩せていて、手足が切り落とされていました。切られた手足が機械につながれていました。髷を結い、頭巾《マンゴン》まで巻き、ひげも生えていました。もちろんすでに死んでいました。白目をむいたまるで干し柿のような顔を、私は忘れられませぬ……」

「人が、あの中にいたというのか……。人が……」

孝七《ヒョビ》は再び泣きだすと地面に突っ伏してしまった。

崔強意《チェ・ガンヒ》は手の震えが止められなかった。そのとき、報《ポ》警《ギョン》が水の入った薬缶を手に入って来て、真っ赤になった父親の顔を見た。どうしたらよいかわからずに突っ立っていると、崔強意《チェ・ガンヒ》は震える声で言った。

「遅くなったな。ふたりとも部屋に行け」

孝七《ヒョビ》は逃げるように自分の物置に戻り、報警《ポギョン》も月明かりの下を悩みつつ部屋に戻った。

7

「というわけでございます」

崔強意《チェ・ガンヒ》は、御使の前で探り出したことを話した。しかし、ありのままに話すわけにはいかない。朝まで眠れぬほど悩んだが、孝七《ヒョビ》の話をそのまま伝えるなど到底できない。あのがんぜない女児がどんな罪を犯したというのか。見たものを正直に自分の両親に話しただけだ。それが原因となって両親が亡くなり、保護しようとした呪術師が死んだ。

話は、すべて金壽彭《キム・スペン》を中心に作り替えた。報警《ポギョン》が描いた地図は、金壽彭《キム・スペン》の家から発見したことにして、金《キム・》壽彭《スペン》は汽機将帥の話を蠱毒に脚色して言いふらしたが、その理由はわからないということにした。ともかく、噂の根本は金壽彭《キム・スペン》で間違いないのだから、あながち嘘ではない報告だ。ただ、真実から小さな子どもが一人抜け落ちているだけだ。

「そうでございましたか。よくわかりました。報告は私が上奏いたしましょう。県監殿は大儀でございました」

趙栄世《チョ・ヨンセ》が言った。

「儂は恐ろしいのです。あれらを一体誰が作っているのか。秘密裏にあんなものを作っても構わぬのですか」

そう言ってから、崔強意《チェ・ガンヒ》は盃を空けた。趙栄世《チョ・ヨンセ》が持ってきた酒だ。宮中で飲む特別な酒だという。強い酒だと言いながら御使は二瓶も差し出しておいて、存分に酔おうではないか、と勧めてくる。

「それを知る必要は、ございませぬ」

趙栄世《チョ・ヨンセ》は、向かい合って酒を口に運ぶ。

「しかし、世に知られれば大きな問題になりましょう。それゆえこのように特別に調査をされているのではありませんか？」

「ふむ。そうなりかねませんな」

趙栄世《チョ・ヨンセ》は、関心なさそうに言った。

「私が察しますには、朝廷では仲間内で徒党を組んでいるゆえ、意見が異なることもありましょう。立場や学派によっては、あれが作られることと、そうでないことの意味が変わってくる。ゆえに、表沙汰にして作ることができないのではありませんか。しばし見てまいりましたが、蒸気将帥は一機で千人をゆうに相手にできましょう。どれほど役に立つものか、言葉では語りつくせませぬが、それを世の中に出せない理由とは、それ以外にないのではありませんか」

「はは。川の南側に座っていらしても、遠く朝廷までお見通しでございますな、県監殿」

「もう少しお話してもよろしいですかな。過去には蒸気機器の使用自体を論じていましたが、今や人と物の違いについて論じております。人間と万物に統一した理知《ことわり》、道徳をつかさどる善なる本性が入っているか、いないか。人間と事物の本性が同じだとしたら、人形もやはり道徳の主体となりえます。しかし、人間と事物を区分しなくてはならぬなら問題が違ってまいりましょう。万一、人形が指示なく動くのなら、それは人の守るべき一線を越えるのと変わりがないのですから。万一、この兵器の問題で意見が分かれるのであれば、明らかに王統を継ぐ問題につながるかと」

「その辺で」

趙栄世《チョ・ヨンセ》がさえぎった。

「行き過ぎでございますな。これ以上は聞いておられませぬ」

崔強意《チェ・ガンヒ》は、これ以上探りを入れることはできぬと思って、口を慎んだ。

「わかりました。今日に限って酒がよく進みます」

「お口に合って、幸いです」

「長く生きてこのような贅沢を楽しんで、もう思い残すことはございませぬ」

「そんなことを言うものではございませんよ」

趙栄世《チョ・ヨンセ》は、作り笑いを浮かべて首を振る。

「はは。こう見えても酒には見識がありましてな。酒にほかの物が混ざっていたら、すぐにわかります」

崔強意《チェ・ガンヒ》は、目つきひとつ変えずに言った。

「やはり、ご立派ですな。県監に留まるには惜しいお方だ。今回のこともそうでございますし」

「過ぎたお言葉です」

ふと、ある考えが頭をかすめた。孝匕《ヒョビ》が絵を描いた理由は、本当に両親の恨みを晴らすためだろうか。秘密の陣地を知らせたとして、両親の悔しい思いを解決できるわけではない。もしかして、ほかの意があったのではないか。ただ、あれを自分に知らせるのが目的ではなかったか。まさに、このようになることを予想して。

崔強意《チェ・ガンヒ》は、噂の内容を思い浮かべた。竹筒に潜んでいる餓えた子どもの鬼神は、呪う相手に乗り移り病気を引き起こす。手足を切り落とされた男は、ちょうど子どもに似ているではないか。彼らが死んでいくのなら、それが入っている機械の体は大きな竹筒のようにすげなく捨てられているではないか。今、この状況は金壽彭《キム・スペン》が作り出した面妖な噂そのままではなかったか。

実の父母の恨みではなかった。孝匕《ヒョビ》にとっては金壽《キム・ス》彭《ペン》もまた、自分を引き取ってくれた大事な恩人だった。金壽彭《キム・スペン》を死なせたのは、ほかでもなく自分だ。

過ぎた考えだ。そして、今となっては何の意味もない。

「御使殿。最後の望みを聞いていただけますかな」

崔強意《チェ・ガンヒ》が言った。

「もちろんです」

「宮廷に向かって一度、お辞儀を捧げさせてくださされ」

「よろしゅうございます」

趙栄世《チョ・ヨンセ》は立ち上がり、崔強意《チェ・ガンヒ》は膳を横に押しやってから、北に向かって深々と頭をさげた。

二人は談笑を交わしながら、それぞれの酒瓶を空にした。翌日夜が明けるころ、崔強意《チェ・ガンヒ》は姿勢を正して座り、息を引き取った姿で発見された。彼の胸には、一通の手紙が隠してあった。文字が歪んでいて、すでにずいぶん酔っていたか、意識がもうろうとした中で書いたようだ。あて名は都老《トロ》という者だった。報警《ポギョン》は、人知れずそれを隠した。

＊

「結局、こうなってしまいましたね」

夜通し板間に座って御使を守っていた随行の役人、権柳率《クォン・ユソル》が、大きくあくびしながら言った。

「口出しするほど何か知っておるのか？」

暗行御史、趙栄世《チョ・ヨンセ》は嫌味を言った。二人はみなが起き出す前に、官衙を抜け出しているところだった。

「それでも、やりすぎですだ。何の罪もない人ではございませんか」

「どうにもならぬことだ。私は王に従ったまでのことだ」

「へえ。ともかく、県監殿もまったく立派なお方だ。本当に死ぬとわかって殿下にお辞儀を捧げるなんて。ご立派な忠心ではございませんか」

権柳率《クォン・ユソル》は、遠ざかる官衙を振り返りながら言った。

「必ずしもそればかりではないがな」

「ええ？」

「自衛策だよ。死ぬ瞬間に忠臣になってこそ、自分の家族を生かせるのだ。特に息子の崔報警《チェ・ポギョン》をな。あれは調査に一役買ったようだ。何か知るところがありそうだ」

「え？　ではあの息子や家族も死ぬのですか？」

「何の罪で？　私は見たままを報告するつもりだ。そして崔強意《チェ・ガンヒ》は酒を飲んでいて持病で死んだのだ」

「いや、明らかに酒に毒を盛られて……」

「ほほう！　やけに口数が多いではないか！」

門を出ようとするときに、子どもがひとり路地をふさいで立っていた。ざんばら髪に男児の服を着ていたが、趙栄世《チョ・ヨンセ》はその子が誰だか知っていた。竹童《チュクトン》といったか？　流れ者の呪術師の娘だとか。官衙の世話になってはいたが、ほとんど目につかなかった。趙栄世《チョ・ヨンセ》はその子が父親を失った衝撃で、気が触れているのではないかと思っていた。

子どもは通り過ぎる趙栄世《チョ・ヨンセ》一行には構わず、官衙の方だけをにらみつけていた。その毒気に満ちた姿は、あたかも恨みを抱えたまま首を切られる直前の死刑囚のようだ。

子どもは突っ立っていたかと思うと、いきなりキャハハと笑い出した。そして荒々しい声で叫び出す。

「蠱毒だ！　蠱毒の呪いだ！　中に宿った魂が官衙の主人の魂を奪っていったのだ！　この呪いはうつっていくだろう。それがいるところへ。行くべきところへ！」

趙栄世《チョ・ヨンセ》は、舌打ちをして子どもの横を通り、漢陽《ハニャン》へと足を進める。

知《チ》申《シン》事《サ》の蒸気

지신사의 훈김

イ・ソヨン

이서영

正祖《チョンジョ》、李祘《イ・サン》は、党派争いの中で祖父の英祖《ヨンジョ》によって父親を殺された悲劇の王孫子として、さまざまな映画やドラマに登場する。二〇〇七年に制作されたドラマ「イ・サン」は日本でも何度も放送されているので、ご存知の方も多いだろう。波乱に満ちた一生と言われるが、即位後は善政を行い、世宗《セジョン》と並ぶ名君として知られる。

当時の王朝では王は正室のほかに側室を持つが、彼女たちが男児を産めば、次の王の親族として親族が大きな権力を手に入れることになるため、正室も側室も定められた厳しい基準によって選ばれた。平安時代の藤原家のように外戚が権力を持つことを「勢道政治」と呼んだ。

この作品に登場する名前は、ほとんど実在の人物だ。洪国栄《ホン・クギョン》は英祖《ヨンジョ》の代から朝廷に出仕しており、李祘《イ・サン》の右腕として活躍した政治家である。彼を主人公としたドラマもある。妹が李祘《イ・サン》の側室として入内《じゅだい》し翌年亡くなると、その後突然政治の舞台から失脚し、流配先で没している。洪国栄《ホン・クギョン》の突然の失脚も妹の死も真相がわからないため、映像作品では様々な解釈がされているが、本作はその謎に最新の解釈を追加した作品となる。

（訳者）

「王妃殿下《チュンジョンママ》がおいででございます」

国王は黙ってうなずいた。王と王妃は決して仲の良い夫婦ではなかった。しかし、王妃は立派な妻だった。このように予告なしに目の前に駆け込んで面会を求めてきたことは、これまでに一度としてなかった。王妃が衣の裾《チマ》を揺らして王のいる席に現れるなど、ただごとではない。王ばかりではない、宮廷の誰もが知っていることだ。しかも、朝食もとっていない朝早くに。

「入るよう伝えよ」

王妃はうつむいたまま、目を伏せて王の前に立った。

まず軽く礼儀を表そうとするところを王が止めた。

「夫婦間でそのような礼を示さずともよい。そなたは余に言いたいことがあったのではないか」

王妃が言うだろう言葉が、すでに王にはわかっていた。都承旨《トスンジ》（承政院における最高官職）・洪国栄《ホン・クギョン》の道理に背いた凶事は、一日にして宮廷中に噂が広がっていた。王は黙って、王妃の美しく描かれた眉を見た。このように訪ねてくるために、何時に起きていつから準備をしたのだろうか。みなはしきりと、王妃を見ると王母である恵敬宮《ヘギョングン》の若いころを見ているようだ、と言っている。王妃は王を見つめると、口を開く代わりに涙を落とした。

「わたくしは……わたくしは……、側室を、元嬪《ウォンビン》を憎んだことなど絶対にございません。わたくしが彼女を毒殺したなど……話にならない謀略でございます」

すでに誰もが知っている話だったが、王は仕方なく口を開いた。告発には内容が伴わねばならない。

「昨夜、都承旨がわたくしの内官を連れていき、ひどく打ちすえました」

　王妃の必死の訴えが終わったときには、朝食の時間がすぎていた。部屋の外では内官たちが聞いているだろう。王妃は物事に明るく、敏《さと》い人物だった。ただ感情に突き動かされて駆けこんできたわけではない。この時刻、訴えにかかる時間、身に着ける召し物まで、王妃の訴えには一点のずれもない。すすり泣きまで計算しているというわけではないだろうが、王妃は、ほころびのない計算が人生に染みついた人だ。

　しかし、それは国栄《クギョン》も同じではないか。国栄《クギョン》が、あの徳老《トンノ》が王妃を侮辱するわけがない。徳老《トンノ》は……人間ではないのだから。都承旨が傲慢放恣であるという話は数えきれないほど伝え聞いたが、王にはそんなはずがないとわかっていた。徳老《トンノ》は傲慢と放恣という概念についても、文字としてのみ理解しているのだ。謙遜と謙譲という概念も文字として理解しているだけだ。だから、これまで役に立ってきた。しかし、いまや、まさにその理由で役立たずになったようだ。

　理と気、四端（仁・義・礼・智の徳に達する心の兆し。孟子の性善説による）と七情（喜・怒・憂・思・悲・驚・恐の七つの感情）。王妃が下がった後にもしばらくの間言葉もなく考えに浸っていた国王は、ようやく前を向いて声を上げた。

「都承旨をここに呼ぶように」

*

　李祘《イ・サン》は、祖父である先王が亡くなる直前のことをはっきりと覚えていた。季節は冬で、オンドル（床を温める暖房装置）の火が盛んにくべられていた。寒いどころか汗がだらだらと流れていたが、彼は分厚い服を脱げずにいた。服はともかく、履物さえ脱げぬ。体のあちこちがむずむずする。さっぱりと服を脱ぎ捨てて熱い湯の中に体をゆったりと浸し、のんびりと目を閉じたのはいつだったのか記憶も定かでない。李祘《イ・サン》は熱い風呂を思う。温かい湯が満たされている中、ややひんやりとした風が窓から顔に吹き寄せる感覚を思い浮かべる。風呂を終えてから、柔らかな夜長衣を身につけるのだ。夜長衣に体を包まれて、パサリと音がするほど日向でよく干された布団にもぐって眠ることができたなら。

人間というものは、存在もしないことを後から思考として思い浮かべることができて、どれほど幸いなことか。想像すらもできなければ、すでに李祘《イ・サン》は気が触れていたかもしれない。夢のような沐浴を想像しながらも、李祘《イ・サン》の頭の中を離れない光景がある。李祘《イ・サン》は何度も逃げ出す動線を思い描いた。右から入ってこられたら、木枕を投げつけて左に逃げ出す。左から入ってきたら、寝返りを打って相手の隙をついて右に逃げ出す。前方から入ってきたら、わざと前においてある文《ふ》机《づくえ》を蹴り上げてから……。しかし、もしも多方向から同時に入ってこられたら？　誰かの助けが必要だろう。

李祘《イ・サン》はしらじらと吹き上がる蒸気を思って、気持ちを静める。戦うときには一人ではない。

服を着替えられない理由は、逃走に備えているからだけではない。李祘《イ・サン》の身の回りにつく内官は常に入れ替わっており、李祘《イ・サン》は交代した顔の中から母方の大叔父や叔母が送り込んだ者たちの顔を見出すのに苦労した。新しく入ってくる内官たちの顔を、一人ずつまじまじと見つめることもあったが、李祘《イ・サン》にはわからなかった。服の中に毒でも塗ってあったらと疑いだせば、服を放り投げたい衝動にかられる。そんなときには、どうしようもなく父親が思い浮かんだ。父が内官を刃物で斬りつけたという日、母親は李祘《イ・サン》の目を覆った。見えないながらも、父親の体からわきだす熱気を感じることができた。熱かった。

今や、李祘《イ・サン》は服を脱ぐことのない人になってしまった。側室のいる寝殿に赴くなど想像もできないことだ。周囲は重い暗闇で、李祘《イ・サン》は戸外の風の音が聞こえるだけでも驚いた。王宮を九重《ここのえ》の宮闕《きゅうけつ》と呼ぶのは、その中にいる者が安全であるように何重にも門で取り囲まれているからのはずだ。だが、王宮の門があまりに多すぎて、独夜に死んでしまうのではないだろうか。戸にめぐらせた風よけの紙がかすかに震える。

父の、死に至った身体は何ものでもなかった。物質的には存在するが、実質的には無であった。李祘《イ・サン》は父親の死身を思い浮かべる。長い間膝を抱えていた死身は、あの小さな米櫃から解き放たれてからも、無の空間で足をがっちりと縛られているようだった。死身を清める者たちが力いっぱい膝を伸ばしたという話を聞いてから、李祘《イ・サン》の夢に現れる父親は長いこと足を引きずっている。

李祘《イ・サン》が妻を娶ったのは、父親が死ぬ三月《みつき》前のことだった。その三月の間、彼女をいじらしく思ったことが少しでもあったろうか、今ではよく思い出せない。だが三月経って、自分の心が氷塊のように凍り付いてしまったことは、誰よりもよくわかっている。もしも身辺に何か起きたときに、妻のことまで気にかける余裕はない。李祘《イ・サン》は寝返りを打つと仰向けに体を伸ばした。

戸の外に、はっきりとした動きが感じられた。戸の方を穴が開くほど見つめているうちに、それがずいぶんと見慣れた動きであることに気づいた。わずかに戸が開いている。細く蒸気が上がっている。王世孫である李祘《イ・サン》は安堵のため息をつき、目を閉じる。桂坊を守る我が設書《ソルソ》（桂坊は王位継承権のある者を守り教育する場。設書はそこで教育を受け持った官職名）。もう、自分はひとりではない。設書の到着を確認したとたん、李祘《イ・サン》は気絶したかのように昏々と眠りに落ちていく。

目が大きくて鼻の突き出した設書は、世孫の横にぴったりと近づいて座った。肌寒い季節は過ぎていたが、設書の鼻と口からはずっと薄い蒸気が立ち上っている。

設書の背は人並より小柄だったが、設書の体からはともすれば火傷しないかと心配になるほど熱い気運が立ち上っていた。設書の目は炯々《けいけい》と輝いている。設書は自分が受けた命令をよく理解している。朱子学の理知は、彼に一連の明細表のように刻まれている。世孫の命令も、また同じことだ。設書・洪徳老《ホン・トンノ》は李祘《イ・サン》の隣に背筋を伸ばして座った。徳老《トンノ》の体の中では、世孫と設書の二人だけに聞こえるあえかな音で渦輪《タービン》が回っていた。

＊

　汽機人発見の知らせが国王にもたらされたのは、李祘《イ・サン》が王世孫に冊立された年の夏だった。発見されたのは処刑された骸《むくろ》が打ち捨てられている場所だったという。あたり一面腐臭が漂う中で、ひとつの骸だけがあまりにもきれいだったので、もしかして生きているのではないかと手を当ててみると、汽機が作動する音が聞こえはじめたそうだ。知らせを聞いた李祘《イ・サン》の祖父である国王は、すぐに宮中にその汽機人を運ぶように指示を下した。

　到着したそれの外見は、人間とまったく変わりないものだった。いや、背が少し低いことを除けば、むしろかなり整った外見をしていた。国王はまず、それを揺り起こすように指示をした。しかし、どれだけ揺さぶっても目を覚まさなかった。ただ、体の中からコトコトと音が聞こえるばかりだった。その次に御医たちを呼び、脈をとらせてみた。御医たちは、脈は取れないが、人の体の中からは聞こえるはずのない奇妙な音が聞こえると診断した。国王はしばし悩んでから、毅然と最終的な命令を下した。刀を持って来いと言うのだ。刀を持ってきた者は、国王の命ずるままにためらいなく汽機人の肉体に刀を突きさした。脇腹に刀が刺さると、体の中からカチャリカチャリと、遠くからでもはっきりと聞こえる音が鳴った。目をパチリと開いたそれは、脇腹に刺さった刀を抜いて地面に落とした。血の一滴も出ていなかった。それどころか周りを見回しては、金属めいた声で口を開いた。

「何だ？」

袞龍《こんりゅう》の御衣《ぎょい》を来た人物を目の前にして、それは、しばし状況を把握しようとぼんやりとした目で国王を見ると、ギイッという音とともに鼻から蒸気をシューッと吹きだすと、地面にひれ伏した。汽機人が動くと、周りはあっという間に暖かくなった。体から吹きだす蒸気のためだ。

「で……殿下にお目にかかります」

その声の一端は、状況を理解できずにいるかのように仄暗《ほのぐら》く陰っていた。

「そなたは汽機人であるか？」

頭を地面に突っ込むようにして、汽機人はしばらく答えずにいた。外からは蟬と高麗《コウライ》ウグイスの声が混ざりあい、日差しとともに降り注いだ。御医たちはどうしたものかわからず、その場所に黙ってつっ立っているばかりだった。蟬とウグイスの声が国王の心を喉元まで満たすころ、細い機械音とともにそれは口を開いた。

「それは、何のことか、わかりませぬ」

蟬の声が一層強く宮廷の中に響き渡り、国王は裸の汽機人を放ったまま、その場を蹴飛ばすように立ち去った。すぐに腹を立てる王の性格を知っている内官たちは、慌てて王を追いかけた。王は内官をちらりと見ると、声を低めて言った。

「御医たちには口外せぬよう、きつく言うておけ。そして、とにかく意識が戻ったのだ、あれを弘文館《ホンムングァン》に送るように」

「弘文館ですか？」

「おまえたちに機械の何がわかる。弘文館には奇器《きき》に関する書籍もあり、学者もおるから、研究できるではないか」

「しかし、殿下」

「なに、今さら趙光祖《チョ・グァンジョ》の蒸気の獄など起こるまい。

草承心為王《チョスンシムウィワン》などという文字を蒸気で書くことが問題ならば、その者が王でないからだ。余は国王ではないか」

「しかし……」

「それゆえ、口外せぬようにうまく伝えて、弘文館の隅にでも送っておくのだ」

王は袞龍の御衣を手繰り上げた。

「端から見れば、五体満足な人間に見えるのだから」

自分の名前さえ忘れたその者の裸体の上には、間もなく内官の服がかけられた。宮廷で一番位の低い尚苑《サンウォン》の服だった。何かあれば取り換えのきく尚苑の顔を、注意深く見つめる者などいない。

汽機人は紗帽の羽の部分をいじりながら歩いていたが、歩くのも普通の人間と別段違うところはなかった。室外に出れば近くに行かない限り、体内で鳴っている金属音もあまり聞こえなかった。その者は、自分を案内する内官たちの後を見失うことなく、またときどき顔をあげて宮中を見回していた。いくつもの門で囲まれた迷路のような宮廷の地図が、一歩踏み出すたびコトリと記憶板に刻まれていった。キハダの木の位置とともに、蟻の通り過ぎてゆく細い経路も、飛び立つウグイスに蹴られた柳の揺れるさまも。忙しく足を動かすのと同時に、それの渦輪も淀みなく回っていた。

宮中の東、小さくはない建物に到着すると、扁額《へんがく》に刻まれた『玉堂』の文字が見えた。宝玉が起居する家。弘文館で扱う宝玉とはコウゾの皮を細かに挽いて乾かした紙のことだ。弘文館に入ったとたん、その者は鼻をひくひくとさせた。建物は紙香の粒子に満ちていた。内官の長である尚膳《サンソン》は汽機人の正体を知っているので、鼻をひくつかせるその者が奇妙で、不思議に思った。

（あの者でも、匂いはかげるということか。人間とほぼ変わらぬな）

汽機人の存在を知る者は少なかったので、研究の責任を与えられた者は限られていた。尚膳は、国王の文書を世孫の教育を任されていた洪鳳漢《ホン・ボンハン》に手渡した。不惑を超え、外孫でもある王世孫の師匠役を務めることに必死だった彼に、また一つ重大な任務が下されたのだった。深くうつむいて文書を読む彼の表情は時々刻々と変わった。青白くなったかと思うと、わけがわからないという顔をし、じっくりと考えこむように見えて、結局あきらめの表情を見せた。洪鳳漢《ホン・ボンハン》はそれの顔を見下ろした。色白で曇りのない顔で、まなざしはきりりとしていた。研究しろと言われたからには、どのように駆動しているのか知らねばならず、壊さぬように駆動原理を知るには、様々に命じてみるほかなかった。

「ふむ、年はいくつであるか」

汽機人は何も答えなかった。

「年がわからぬとな？　では名前は何と申すか」

首を少し右に傾げてから、汽機人はゆっくりと首を振った。

「名前も、わかりませぬ」

その姿は、まるで老人と少年が一つの体にあるようで、洪鳳漢《ホン・ボンハン》はふと笑ってしまった。

「おまえは青年の見た目をしているが、どれほど年老いているかまったくわからないのだな。私は人の姿をしているおまえを、徳をもって扱わねばならぬ。であるから、おまえに様々な徳を教えよう。徳のある老人という意味の徳老《トンノ》と呼ぶことにしよう」

その瞬間、若干強めに渦輪が回る音を、洪鳳漢《ホン・ボンハン》も尚膳もはっきりと聞いた。それはまるで、機嫌のいい猫が体をよじって喉を鳴らす音にそっくりだった。

*

洪鳳漢《ホン・ボンハン》は、他の学者たちとともに三年のあいだ休まず汽機人に取り組んだ。汽機人の意識を保ったままその体の中を調べる方法はなかったので、至極困難な作業だった。汽機人の体を叩いては、皮膚を通して伝わってくる振動を感じてもみたが、それだけで汽機人の構造を把握するのは難しかった。徳老《トンノ》は、自分の皮膚は単なる皮ではないという。

「私の体を触ってみれば、このように熱うございましょう。体の隅々が一つにつながっているので、むやみに切り離しては他の部分まで壊れてしまうことでしょう。説明しがたいのですが、私にはわかるのです」

徳老《トンノ》は人間よりもいつも少しだけ体の温度が高い。体の中からゴロゴロと音がするところから体温が高いところまで、洪鳳漢《ホン・ボンハン》は、やはり徳老《トンノ》は猫に似ていると思ったものだ。皮をはがして体内の構造を解き明かすことができないのなら、構造のつながりだけでも調べなければならない。どのみち行くべきところもなく、食料も必要のない徳老《トンノ》は、常に玉堂に引きこもっていて、文字を読むことを厭わなかった。徳老《トンノ》は自分の身の上についてほとんど覚えていなかったが、文字はほとんど使われない文字までもれなく知っていた。玉堂に引きこもって一日中本を読んでいる徳老《トンノ》に、洪鳳漢《ホン・ボンハン》は儒学を教えてみることにした。研究対象を相手に儒学を教えるというのは、少し奇妙にも聞こえるが、知能のあるものに儒学を教えるのはもとより善きことではなかったか。

「そのようになさって、汽機人について何かおわかりになりましたか？」

ともに研究にあたった閔百祥《ミン・ベクサン》が、無駄なことをするものだと一言、口出ししてきた。が、特に止めさせる気はないようで、むしろ少し楽しんでいるような顔つきだった。みな徳老《トンノ》に会う時間が、一息つける時間だということもある。与えられた任務なので一応こなさねばならず、機密にせねばならぬのでほかの人に会う必要もない。ときおり洪鳳漢《ホン・ボンハン》は、自分は師として弟子に恵まれていると思うことがあった。徳老《トンノ》と世孫は、どちらもたいへん聡明だった。世孫に講義をした後で、忙しい合間を縫って徳老《トンノ》を教えてみれば、この二人を並べて教えたらどのような答えが返ってくるかと、ふと知りたくなることもあった。同じ文を教えていても世孫と徳老《トンノ》の理解はまったく別物だった。例えば、体を清潔に保ち両親には朝晩挨拶をせよという節で、世孫が心と性情と理知とが一つに通じる原理を語るとすれば、徳老《トンノ》は地方官吏と国家といった公の領域は親の概念から萌芽したものだという点を指摘する。徳老《トンノ》の答えに驚いて、いったい何を見てそう考えるのかと聞けば、徳老《トンノ》は恥ずかしそうな表情で「私には両親がおりませんので、想像したのです」と笑う。洪鳳漢《ホン・ボンハン》は膝を打って感嘆した。

　徳老《トンノ》は、食事をまったくとらなくても、決まった時間に水を与え、日向に置いておくだけで元気よく玉堂の中を歩き回った。毎日鬼のように本を読み、質問を浴びせてくる徳老《トンノ》の相手をするのは、苦労ばかりの朝廷勤めよりもはるかにましだ。王世子、あいつさえいなければ苦労することもなかっただろうに。洪鳳漢《ホン・ボンハン》は怒りに満ちた王の顔を見るたびに、ふと王世子に嫁がせた二番目の娘を思い出した。控えめで、考え深く、自分の主張は気を遣って話していたあの子が、宮中でどんな思いで暮らしていることか。世子が刀を持って宮中を歩き回っているという禍々しい話が広まった日には、弘文館にも禍々しい雰囲気が漂った。しかし徳《トン》老《ノ》は、その雰囲気に少しも染まらなかった。自分の答えに声をあげて笑いながら、ここでともに『小学』を読んでいた閔百祥《ミン・ベクサン》と李珝《イ・フ》が自刃した後も、わかっているのかいないのか、徳老《トンノ》はいつも通りに凜としていた。ときに何か言いたげに洪鳳漢《ホン・ボンハン》を見ることがあったが、洪鳳漢《ホン・ボンハン》は首を振って口をつぐんだ。徳老《トンノ》は目端の利く男だ。

　国王の息子である世子――李祘《イ・サン》の父親――が米櫃に閉じ込められていた十日間、洪鳳漢《ホン・ボンハン》は徳老《トンノ》にまともに会うこともできなかった。世子が死んでからというもの、洪鳳漢《ホン・ボンハン》の心はずっと宙に浮かんでいた。死んだように静かに仕事を行《おこな》って、寝床に入ってからようやく、自分なりに王と世子の間で均衡を求めようとして行《おこな》ったすべてのことが思い出されて、骨身に染みるほど後悔が押し寄せてくる。世子の奇行をいちいち王の耳に入れていたとき、洪鳳漢《ホン・ボンハン》の心にはただあの父子二人の和解を願う気持ちしかなかったと言えるだろうか？　朝晩の挨拶のために王の部屋を訪れようとした世子を引き留めたとき、世子が部屋の前まで来たのに戻っていったという事実を王に伝えなかったとき、心にあったのはただ二人を刺激せず安らかであってほしいと願う気持ちだけだったか？　その当時には、はっきりと二人のためだと考えていた事ごとが、亡霊のように湧き上がって洪鳳漢《ホン・ボンハン》の心を深くえぐる。

王と世子が離れていくことを願っていた。自分は世子の舅でもあるのに、どうして。理由はわかりきっていた。世子を見る王の視線は、泥にまみれて飛び回る犬ころでも見ているかのようだった。世子の狂気に振り回されていくほど、王は世子を軽蔑した。世子と言葉を交わした後は耳を漱《そそ》いでいた。しまいには世子の目の前でも同じ行動をした。

だが、世孫を見る王の視線は、めらめらと燃え上がるようだった。王は世孫を熱望していた。世孫の聡明さ、言葉遣い、身のこなしすべてが王の目には際立って見えて、王の心を震わせた。誰もが知っていることだった。

洪鳳漢《ホン・ボンハン》は自分が何を欲し、何を意図し、また意図しなかったのか夜になるたび考える。世孫を教えに向かう間、罪悪感にまみれて心が揺らぐ。徳老《トンノ》は弘文館の隅の書簡の間に、糸の切れた操り人形のように長いこと放っておかれた。洪鳳漢《ホン・ボンハン》はときおり徳老《トンノ》のことを思い出したが、自分に会えばよろこぶ徳老《トンノ》に合わせる顔がない。世子が死んでからしばらくの間、王も徳老《トンノ》のことを忘れているように見えた。

ことが起きたのは、王世子が亡くなる獄が起きてからふた月過ぎたころだった。朝鮮の夏がいつもそうであるように、蒸し器に入ったかのような日だった。洪《ホン》・鳳漢《ボンハン》は、日長一日弘文館に閉じこもっているとばかり思っていた徳老《トンノ》が、時に宮中を歩きまわっていることを初めて知った。それもあのような出来事を通して。

徳老《トンノ》は、この暑さは自分の体の中にある蒸気が外に吹きだしているせいだとばかり思っていた。世の中のすべての人たちが蒸気の中で息を切らして歩き、徳老《トンノ》はいつもよりゆっくりと歩いた。ぐらぐらと沸き立つ蒸気が空気中に満ちていた。春に見た初々しい色彩とはまるで違う、生き生きとした色彩だった。その中でどこかへ慌てて行きかう女官たちを見ているうちに、いつの間にか小さな橋をひとつ渡ってしまった。どんなときにも徳老《トンノ》が道に迷うことはなかった。地図をきちんきちんと刻み込みながら歩いているうちに、黒い服を着た暗い表情の少年に出会うまでは。

徳老《トンノ》も、許可を得て弘文館を出てきたわけではなかったので、誰もいないだろうと思っていた場所で少年にばったり出会ったときには、戸惑った。少年の黒い服には龍がいた。龍が描かれた服を着ることができる人物は限られていた。徳老《トンノ》は、学んだとおりに頭を下げて数歩下がった。あえて少年の方から声をかけて徳《トン》老《ノ》を呼びとめなければ、散歩者同士のただの気まずい遭遇に終わっていたはずだ。

「行くでない、そなたは誰であるか?」

「私は……」

「初めてみる顔であるな。名前を聞いておる」

少年の声は震えている。徳老《トンノ》は顔をあげ、少年を見た。少年は泣いていた。しかし力を振り絞って涙をこらえている。すでに流れ落ちた涙の跡をあえて拭おうともしないのが、少年の気概だった。徳老《トンノ》は黙って少年を見ると、ゆっくりと口を開いた。徳老《トンノ》は誰も入力していない〈嘘〉をつくことができた。

「わたくしは徳老《トンノ》と申します」

「徳老《トンノ》？　それがおまえの名前か？」

「領議政様《ヨンウィジョン》につけていただきました」

「領議政？　王世孫の師である洪鳳漢《ホン・ボンハン》のことか？」

「さようにございます」

「おまえは領議政とはどんな関係なのだ？」

「わたくしは、弟子……のようなものでございます」

「弟子？　師匠殿には私の他にも弟子がいると？」

誰も訪れない宮中深く、日の当たる場所に並んでしゃがみこんで、少年と徳老《トンノ》は言葉を交わしはじめた。

「そなたは師匠殿から孝についてどのように学んだのか」

「明け方鶏が時を告げたら、父母の部屋に出向いて挨拶をし、呼ばれたらすぐに答え、冬には寒くないか、夏には暑くないか気にかけて整え、両親に心配をかけてはならないと学びました」

「私もそのように習った。……しかし親が不届きな行動をしたら、どうしたらよいのだ」

「気を落ち着けて、穏やかに諫めねばならぬと学びました」

「そうだ。親が生きていらしたら、その行動が正しくなくとも憎みも恨みもせず敬いながらも諫めることができるであろう。しかし不届きな行いをして、群衆よりそれに見合う怒りを買い、父親が命を落としたとしたら……おまえはどのように父親を敬うのだ？　父を敬えば父の悪徳を敬うことになり、父を恨めば国の根本である考を否定することになるというのに」

少年の声が再び震えだした。力を振り絞ってこらえていたが、再び涙が浮かんだ。しかし、うつむくことも顔を背けることもない。ただ、静かに座って気持ちを落ち着けようと努めているのが、ありありと見て取れた。徳老《トンノ》は少年の気がいったん揺らいでから、あるべきところに落ち着くさまを見守った。充分に落ち着いたと思われたころ、徳老《トンノ》は口を開いた。

「親と子の関係は、ただ親と子に尽きるものにあらず、自らを修養することでもございます。親に対して敬う気持ちは、すなわち自らを修養することでもございます。世の中のすべてがそうであるように、忠誠も孝道も誠実も教育もすべて自らを磨き上げることですので、悪徳を成した親を敬ったとて、それがいずれ自身の修養になるのではございませぬか？」

この言葉を聞いて、少年は──世孫は大きく目を見開いた。少年は驚いてこの内官を注意深くうかがった。領議政のもとで学んでいるという言葉に、弘文館の庭の手入れでも任されて気ままに耳学問でもしている者なのかと思ったが、今再び見れば外見だけでは年齢も見当がつかぬ。その者は少年のようでもあり、青年のようでもあり、見ようによっては老人のようにも見える不思議な雰囲気を醸している。身なりはただの尚苑なのだが。世孫は徳老《トンノ》へ一歩近づいた。その瞬間、徳老《トンノ》の体内から鉄の塊が転がる音が聞こえた。ゴトゴトという音は金属製の歯車の音のようでもあり、石臼を回す音のようでもある。

「今のは……何であったか？」

徳老《トンノ》はうつむいたまま、何も答えない。

「王が汽機人を宮中に入れたという噂は、伝え聞いておる。そなたが、その汽機人であったか？」

徳老《トンノ》は依然として答えなかった。しかし、この無言は肯定と同じだ。世孫は腕を伸ばし徳老《トンノ》の頬に触れた。熱い。火傷するほどではなかったが、確かに熱かった。鉄の塊が回りながら熱を発しているのに違いない。返事のない汽機人に向かって少年は笑顔を見せた。

「領議政のもとで学んでいると言ったであろう」

「さようにございます」

「私はもう少ししたら授業を受ける時間だから、ともに東宮にまいろう。よい学友がいたとは今まで気づかなんだな」

世孫は先ほどまで泣いていたのがまるで嘘のように、

肩を広げて落ち着いて歩みを進める。徳老《トンノ》は、腰を屈めてその後をついて行った。

　東宮殿に座っている世孫と徳老《トンノ》を見た洪鳳漢《ホン・ボンハン》は、視線をどこに向ければよいのか、どんな言葉をかけたらよいのか、しばし言葉を失った。短時間のうちに、世孫と徳老《トンノ》はすでに多くの話を交わしていた。洪鳳漢《ホン・ボンハン》が入ってきているのに、君臣についての話は終わりなく続き、洪鳳漢《ホン・ボンハン》は借りてきた麦袋のようにぼんやりとその場を眺めて、一刻ほど過ぎただろうか、ようやく徳老《トンノ》と世孫の話が止まった。

「申し訳ございません。師匠殿、不肖の弟子たちが師の前で儒者の話でもしようかと思い、無駄に長話を交わしておりました」

「構いませぬ。私も横で聞いている間、さまざまな考えを整理することができました」

「こちらの徳老《トンノ》も、師匠の弟子だと聞いたのですが」

「え、ええ」

洪鳳漢《ホン・ボンハン》はぎこちなく応え、その視線で徳老《トンノ》を咎めようとしたが、役に立たなかった。徳老《トンノ》は洪鳳漢《ホン・ボンハン》の視線を避けようともせず受け止めている。視線を落とすという礼法に則ってうつむいたまま。これは過ちを認める態度ではない。それも当然だ。徳老《トンノ》は汽機で、汽機は人間に命じられるままに動くのだから。徳老《トンノ》の行方を普段からこまごまと追いかけていられない自分の過ちなのだろう。洪鳳漢《ホン・ボンハン》は深くため息をつき、教えていた『詩経』をひろげた。

　それから数日のうちに、侍講院《シガンウォン》と翊衛司《イグィサ》（王の後継者の教育は侍講院が、護衛は翊衛司が担当した）が東宮に設置された。国王はなんとしても世孫を宮中の西側に連れていこうとしたが、世孫も意地になって徳老《トンノ》とともに行きたいと言ったからだ。わざわざ宮を動かそうという理由は口に出さずともみなわかっていた。国王は宮中に、特に正殿の文政殿《ムンジョンジョン》にいるのを嫌がった。化け物や悪夢を見るほど虚弱な王ではなかったが、みなの目の前で、息子を放置して惨く死なせてしまってからというもの、その場所にいて心が休まるはずがなかった。そして、国王の計画の中で汽機人と世孫が出会うこともなかった。その後の世孫と汽機人の関係など、最後には生きて会えなくなるなど、予想がつくはずもない。

「愛玩物だと考えるにしても、あのように人の姿をしており、人の言葉を話す。しかも鉄の塊だというではないか」

「先王も愛玩物を寵愛なさいましたが、汽機人を愛玩物とするのはふさわしゅうございませぬ」

「やはり、そうであろう……」

世孫が寝ても覚めても、学ぶときにも戯れるときさえ汽機人をそばに置いていると聞いた国王は、報告だけでは満足できずに結局世孫の部屋を訪れた。汽機人を引き離すべきか、そのままでよいのかもまだ決められない状態で、部屋の前に到着した王は首を振って戸を開こうとした内官たちを制した。世孫と汽機人の声が、戸の向こうから聞こえてきたからだ。

「すべての物は天の定め通りに動くものであるが、ゆがんだものから正しいものが生まれえるであろうか」

「生まれましょうとも。海風にさらされた松の木が、ひね曲がった枝に松の実をつけたといえど、その松の実が日向に根を下ろし美しく育つのと同じでございます」

「ひね曲がって育つ種も、ありうるのではないか」

「善きものを好み悪しきものを憎む心は、天下の悪人が悪事を働くその瞬間にも生まれます。ひね曲がり育ったといえど、正しきものは消えませぬ」

国王は戸の外に立って、世孫が今年何歳になるか数えてみた。数えで十一歳、まだ政《まつりごと》を任すにはずいぶんと幼い年である。世孫は、しばしの沈黙の後、沈んだ声で続けた。

「すでに起きてしまったことを、消し去ることはできるだろうか」

「それはできませぬ。起きてしまったことは背に負い、手に提げて進まなければなりませぬ」

「そなたは、どうしてそのようなことを言うのだ？」

「聖賢たちがそのように記されましたので、わたくしは殿下の前で諳《そら》んじているのみでございます」

世孫の顔を見ずに立ち去り、王は汽機について考えた。動物は人間と違って健順五常（仁、義、礼、智、信の五つの徳のこと）にもとる存在だ。しかし、汽機にはそのような健順五常すらない。あれは言葉を話すが、不十分な健順五常すら持たないので、聖賢の言葉を諳んじているに過ぎない。正殿に到着しようかというころ、王の頭にぱっと灯りが差し込んだ。世孫のそばに汽機人を置き、世孫の心を慰めさせようという考えだ。

秘密の命を受けた洪鳳漢《ホン・ボンハン》の心は、複雑だった。もちろん徳老《トンノ》は愛らしい青年だった。しかし、その愛らしさがどのように構成されたものか、徳老《トンノ》を教え研究し続けてきた洪鳳漢《ホン・ボンハン》にも確信できない。卯の刻が過ぎ、空が明るくなるころ、洪鳳漢《ホン・ボンハン》は、なんとしても徳老《トンノ》を制御できるところに置いておくべきだという結論に至った。国王は、世孫のそばにいる徳老《トンノ》を記録に残す方法を探せと命じている。洪鳳漢《ホン・ボンハン》は、徳老《トンノ》に洪《ホン》氏の姓を与えることに決めた。大叔父の孫、洪昌漢《ホン・チャンハン》の息子を思い出した。家門で狂者がでたと噂になっている、あの息子の名前は何だったか、洪楽《ホン・ナク》……洪楽春《ホン・ナクチュン》だった。ともかく、狂人と呼ばれているあの者には息子がいないとはっきり聞いている。

洪鳳漢《ホン・ボンハン》は、その足で洪楽春《ホン・ナクチュン》の家を直接訪れた。力のある家門の中にあって、豊かに生活しているとはいいがたい小ささの家で、どうしたらよいかわからずにいるらしいその夫人は洪鳳漢《ホン・ボンハン》の訪問に飛び出してきた。しかし、家門のために養子を入れねばならぬという言葉にも、その夫である噂の狂人は関心を見せなかった。

「私が嫌だと言えば、断ることができるのですか？」

「養子ではなく、本当の息子のようにせねばならん」

その言葉に、洪楽春《ホン・ナクチュン》は訝しげに顔を上げ、洪鳳漢《ホン・ボンハン》をまじまじと見つめた。何か尋ねたそうな表情がぽつりぽつりと顔に浮かんだが、すぐに消えた。思い通りになることなどなにもなく生きてきた、権力者家門の自暴自棄が見て取れた。

「そのようになされよ」

数日後再び訪ねてきた領議政は、十五、六歳に見える、しかし、しばしよそ見をしてからまた見れば三十五、六にも見える男とともに家に入ってきた。息子になる男は実に整った顔で、燃えるようなまなざしをしていた。戸を閉めてひとつ部屋に座っていると、どうしたことかすぐに部屋の中がほかほかしてきて、洪楽《ホン・ナク》春《チュン》は窓を開けた。なぜか男の背後から妙な陽炎のようなものが見えるようにも思った。

「我が家門では、おまえたちの次の代では栄の字をつけるのだったな」

「はい」

洪楽春《ホン・ナクチュン》は、息子になる者をちらりと見ると視線を下げた。

「このむさくるしい家にまでいらして、このような頼みごとをなさるのは、お国のために意味もありましょう。ですので、国の字を使って国栄《クギョン》とするのはいかがでしょうか」

洪鳳漢《ホン・ボンハン》は徳老《トンノ》を優しく見つめた。

「聞いたか？　おまえに名前をくださった方だ。この方がおまえの父上で、外にいらっしゃる方が母上だ。すべからく国の根幹をなす孝を果たさねばならぬ」

徳老《トンノ》は頭を下げ、洪楽春《ホン・ナクチュン》に向かって正式なお辞儀をした。

「父上、ご健康の挨拶を申し上げます」

洪楽春《ホン・ナクチュン》は、慌てて国栄《クギョン》を引っ張り立たせようとした。かしこまって跪く国栄《クギョン》の表情と身なりを見ると、その目には偽りは見えなかった。国栄《クギョン》はまるで生まれたばかりの息子のように、父親に挨拶を述べただけだった。洪楽春《ホン・ナクチュン》は体の力がすっと抜けてしまったように、ホッホと笑った。

　国栄《クギョン》に父親ができてから間もなく、李祘《イ・サン》にも新しい父親ができた（罪人の子は王になれないとされたため、李祘は戸籍上、父親の異母兄の息子になった）。米櫃に閉じ込められたまま死んだ父親の代わりに病気で死んだ父を得た日、李祘《イ・サン》の母親は声をあげて泣いたそうだ。すべてのことが夢のように過ぎた一日、李祘《イ・サン》と国栄《クギヨン》は板の間に座り遠くの山を眺めた。

「私の父となる人は、今の私より若くして亡くなったそうだ」

　国栄《クギョン》は、李祘《イ・サン》の震える肩を黙って見守りながら言った。

「さようでございますか。父上はわたくしより若いのか年上なのか、わかりませぬ」

　世孫は国栄《クギョン》に静かに頭をもたれさせた。ともかく父親は父親で、王は王だ。

＊

　夜が更けて灯りを消してしまっても、世孫の目には国栄《クギョン》の体から立ち上る蒸気が見えた。周囲が暗くなるほどに耳はより敏くなり、国栄《クギョン》の息遣いのような渦輪の音も聞こえてくる。国栄《クギョン》は空が崩れるほどに朗々と声を響かせることもできたが、小さな蟻のように低く口をきくこともできた。声を低めて世孫が切り出した。

「奉朝賀《ポンジョハ》（高官を引退したものに与えられる肩書）の洪鳳漢《ホン・ボンハン》をどうしたらよいであろうか？」

「世孫殿下はご存知ではありませんか。洪鳳漢《ホン・ボンハン》こそ処断せねばなりませぬ」

　世孫は、ハッと驚いた。しかし、洪国栄《ホン・クギョン》の言葉にはいかなる恐れもためらいもない。世孫の周りの人たちはみな一様に、洪国栄《ホン・クギョン》は冷淡で残酷な存在だと思っている。母親である恵敬宮の考えも変わりない。今や、母と呼ぶこともかなわなくなった母は、洪国栄《ホン・クギョン》のことを〈小さくて残酷な奴〉と呼んでいる。世孫の考えなど意に介さず、国栄《クギョン》は続けた。世孫によく見られようと、孝を守る態度などどこにもない。

「洪鳳漢《ホン・ボンハン》は殿下が力を持つのを好みませぬ。殿下が王位につくとしてもそれは変わりないでしょう。なにより奉朝賀の弟の洪麟漢《ホン・イナン》が危険でございます。彼ら洪氏《ホン》は権勢を笠に着てやりたい放題ではありませぬか。殿下を王に押し上げたとしても、そうでなくとも、洪鳳《ホン・ボン》漢《ハン》に権勢を維持させては、殿下にとって妨げになりましょう」

言葉の終わりに、軽く金属をひっかく音が聞こえた。背筋にゾッと鳥肌が立った。世孫は静かにほほ笑んだ。あの金属をひっかく音は信頼の証明だった。その言葉と音が重なって、ゾッと鳥肌が立った。父親のように自分を育ててくれた人だとしても、それは国栄《クギョン》にとっては重要ではなかった。彼にとっては、ただ与えられた命令とそれを解析する経典の体系だけが重要だった。世孫は国栄《クギョン》の声の終わりに金属音がするのを聞くと、鳥肌が立つのと同時に安心もするのだ。

世孫は、一重だけ残った薄い疑いすら片付けようと、国栄《クギョン》を問いただした。

「大丈夫だというのだな？　奉朝賀は私の外祖父だ。夫を失い、息子まで失った私の母上は父親まで失うことになる。それだけか？　奉朝賀はそなたに字名《あざな》を与え、育てた。そなたにとっても父親のような存在ではなかったか」

洪国栄《ホン・クギョン》は、不思議そうな目で世孫を眺めた。

「殿下、私の父は洪に、楽の字、春の字と申す方です。もちろん洪鳳漢《ホン・ボンハン》と姻戚関係がないとは言えますまいが、洪鳳漢《ホン・ボンハン》は父上ではございません」

洪国栄《ホン・クギョン》もやはり、世孫が戸籍の話をしているわけではないとわかっている。洪鳳漢《ホン・ボンハン》が自分を教え育てた、弘文館での日々について話しているには違いない。今、国栄《クギョン》が考え、判断するすべては、洪鳳漢《ホン・ボンハン》のもとで学んだのではなかったか。

しかし、洪鳳漢《ホン・ボンハン》は父親ではなかった。国栄《クギョン》は世孫の言葉を理解しようと学んできたいくつもの句節を再び頭の中で引っ張り出してみた。父親とは、自分で定めるものではない。そして、国栄《クギョン》に父親として入力されているのは、洪鳳漢《ホン・ボンハン》ではない。父親の問題だけではなかった。

「のみならず、孝と郷で礼を尽くして世の中に対する敬の次の歩みは、当然忠でございます。主君は政治の道徳の最も高い基準でなければならず、私の主君にふさわしいのは世孫殿下でいらっしゃいます」

大声をあげて笑えないのがもどかしい。世孫は、国《クギ》栄《ヨン》がそうして一分のためらいもなく、刀を片手にしている態度がよかった。小柄な体軀と整った顔を持ち、刀を手にした彼が肩を落とすことはない。世孫の前であれ後ろであれ、いつでもびしっとしていた。世の中の情などは探すべくもない厳しい目がよかった。

「しかし奉朝賀を断つのは負担が大きい。あれは何度も私を保護してくれると言っていたではないか」

「洪鳳漢《ホン・ボンハン》だけではありませぬ。金亀柱《キム・ギジュ》も殿下をお守りすると言い、みなが殿下を大切にすると申します。もちろん、彼らが実際に殿下を大切にしないわけではございません。されど、殿下をどのようにお守りするかが重要なのではありませぬか？」

誰も、父親の死んだあの日から抜け出すことはできなかった。世孫自身もだ。息子として孝章世子《ヒョジャンセジャ》の籍に入り、母親を宮中に閉じ込めたまま、誰の言葉に従えば死ぬまで無事でいられるかと悩みながら生きるなど、考えられなかった。世孫は絶えず民百姓のことを考えよと教育された。臣下を扱い、あるいは臣下に耳を傾ける教育を受けた。国王になるための教育は過酷だった。臣下に耳を傾けながら生き残るなど、簡単なことではない。父はなぜ死に、自分はなぜ生き残っているのか。

「洪鳳漢《ホン・ボンハン》を断つのは危険が多いのではないか」

「手足を斬り落として見せしめの効果があるのなら、そうするのもよろしいでしょう。世孫は老論も小論も、官吏の役職も、朝廷も知る必要がないと、何も知らずにいるのがよい（洪麟漢は東宮三不必知として、こう述べたとされる）と主張する者もいるのですから」

国栄《クギョン》は刀を持ってはいなかったが、その体が鉄の塊であることに変わりはなかった。世孫は低い声で笑ってみせた。相手が誰であれ、みな斬り落とすことのできるがっしりとした右腕。

「洪麟漢《ホン・イナン》は最近、ほうぼうで自重をお忘れであるな」

「洪麟漢《ホン・イナン》だけではございませぬ。どうして殿下は、ずっと同じ服をお召しなのですか？　気が触れたものは着替えを厭うと申しますが、そうではございますまい」

「うむ……奴は最近、私の右の翼をあげつらうことが増えたようだな」

「右の翼でございますか？」

世孫は頭を振って笑う。頭を振るだけでもカサコソと音が聞こえる。頭を振っていた世孫が音にハッと驚いて動きを止めると、深くうつむいていた洪国栄《ホン・クギョン》が低い声で続けた。不思議なことに、国栄《クギョン》の言葉は空気を震わせていないように感じられる。空気が震えなければ音が伝わらないということがわかっていても、だ。

「洪鳳漢《ホン・ボンハン》を処断しないのでしたら、それもまた悪うございません。洪麟漢《ホン・イナン》を処断なされば、口にせずとも十分に伝わることでしょう。時間はそうかかりますまい。私は殿下のそばにおりましょう」

洪国栄《ホン・クギョン》が話し終わるのと同時に、低い音で世孫は固唾を飲んだ。明らかに小さな音ではあるが、はっきりと部屋の中に響いた。世孫は静けさがよかった。静かな夜にかすかに月光が世の中を照らすのもよかった。そしてこのように周囲が静かな中で、世孫とともにいられるのは常に国栄《クギョン》だけだ。国栄《クギョン》の体内の渦輪が回る音を聞けるのも、世孫ただ一人だ。明るい昼には決して聞くことのできない、か細い音。体から立ち上る蒸気も、こんな夜には一層はっきりと見える。

「そなたの言葉は正しいな。洪鳳漢《おじいさま》も国王も私のことを愛しておられる」

「そうでございます。奉朝賀と国王殿下だけではございません。徐明善《ソ・ミョンソン》や金鐘秀《キム・ジョンス》はまたいかようでしょうか。みなが殿下をお慕いしております。しかし、それも殿下が夢見るものによって変わってくるでしょう」

「その誰とも、私は夢など見ない。陰と陽の変化が君主の責任となることが、学びなく放逸に過ごせば国がほころぶことが、わかっていない。私は欠けることがあっても、あの月のようでなければならぬ。月が常に空に浮かび、欠けてはまた満ちることは、世の理知を保つのに必要なことである。私は欠けてはまた満ちるのだ」

国栄《クギョン》は頭を垂れたまま、黙って世孫の言葉を聞いた。

月の光は人間の体を持つ者たちと鉄の塊との間に、いかなる差別もなく降り注いだ。世孫といえども結局、天のような国王の恩恵を受けてきた身だ。その恩恵を受けてきた者が、ある瞬間に恩恵を与える体となることを、設書はどのように理解しているだろうか。一瞬、世孫は国栄《クギョン》の手をつかみそうになり、慌ててその手を引っ込めた。幼い時に何も考えずに国栄《クギョン》の手をつかみ、手のひらを火傷したことがあった。どこで火傷したのか、口を固くつぐんで話さなかった世孫と設書は、秘密めいたまなざしを交わし合った。

「そなたは私を愛しているか？」

東宮殿の設書は答えなかったが、世孫は答えを聞いたと思った。

間もなく国王が死んだ。歴代の王と王妃を祀る宗廟《チョンミョ》ができて以来、最も長い間統治した王だった。ついに息子ではなく孫に王位が受け継がれた。その世孫が王の代わりに代理聴政を始めたのも、わずか三月前のことだった。代理聴政のために王座に座った世孫が凜々しくしっかりとしていて、王はすっかり安心したのかもしれない。世孫が代理聴政を引き受ける条件として、自分の父親に関する承政院日記《スンジョンウォンイルギ》（承政院は王のすべての文書を管理し、王命を司る国王の秘書機関。承政院日記はその日録）の一部を削除してほしいと要求した話は、あっという間に広がった。世孫は瞬きひとつしなかった。「口にするに堪えない題目」は世孫が見守るなか「目にすることもできない題目」になった。上奏する国栄《クギョン》と王が二人きりですごす東宮から、かすかにすすり泣く声を聞いたという者もいるが、事実はわからない。しかし、先王は李祘《イ・サン》に、国王として新しく得た父親を祀るように遺言を残していた。

花の香りがすっと鼻をかすめる慶熙宮の門の外に立った世孫——いや、国王は初めての詔勅を口にした。

「余は思悼世子《サドセジャ》の子である」

誰も口を開かなかった。温かくなりはじめた三月の春風が、宮殿の前をぐるりと舞った。先王の遺言を最初の一言から金鎚で打ち壊すようなことだ。誰も気安く口を開くことができない。その中でも何人かは、はっきりと表情を曇らせた。国王が、亡くなった自分の父母に情をかけて慶事を執り行うことがなかったわけではない。だが世子を死なせたあの事件を水面上に浮かび上がらせれば、首のつながる者はほとんどいないだろう。誰が何をして、その時どう考え、どのように話していたのか。官服の衣擦れさえ静まり返ったかと思われたとき、二十五歳の若い王は言葉を続けた。

「先王からは、宗家の血統を汚さぬために孝章世子《ヒョジャンセジャ》の子となるよう命ぜられたが。ああ！　先日先王に奏じた文では、根本をふたつに分かたぬことへの我が想いを、とくとご覧いただいたであろう」

今回は、表に出すことのないため息の音が、宮の門前にふわふわと浮かんだ。系図では王の父ではなくなった父を殺すことに進んで協力した者たちも、用心深く振舞っていた者たちも、王世孫となって以来、李祘《イ・サン》を心から大切にしてきた者たちも、心の底深いところでため息を吐き出した。新たな王が最初に話したのは、先王の意を受け入れて孝章世子《ヒョジャンセジャ》の跡を継ぐということであり、本当の父親である思悼世子《サドセジャ》は立派な儒者として、礼を以って祭祀を行うつもりだ、ということだった。そして生みの母親についてどのように処するのが王室にふさわしいのか、話し合おうという。先王の意を汲み、波風を立てるつもりはないという内容を聞いて、その場にいた者たちは多少安心した。

頭を垂れていた鄭厚謙《チョン・フギョム》はこっそりと、前方でひれ伏している者を見た。長い間、世孫の傍らを守ってきた設書。小柄な体軀を縮めて、国王の御言葉を黙って冷静に聞いている。あの者であれば明らかに、さっきの言葉がどのような意味なのかわかっているだろうに。初の詔勅の冒頭で〈思悼世子《サドセジャ》の子〉とはっきりと打ち出した王が、先王の意志に背かないはずがない。国王の話がすっかり終わり、みながその場で立ち上がり三々五々帰っていく最後まで、鄭厚謙《チョン・フギョム》は王の影のようにくっついている洪国栄《ホン・クギョン》の後ろ姿を眺めていた。

今、即位したばかりの王は直ちに国栄《クギョン》を承政院の同《トン》副承旨《ブスンジ》に据えた。誰も驚かなかった。どんなときも最も近くで国王の手足となってきた男だ。しかし、みなは同副承旨に任命された洪国栄《ホン・クギョン》を見ては、たまに首を傾げる。はっきりと清らかな学文を話すが、その言葉の最後にどこかギシギシという音が聞こえるようだ。冷酷で、火のように激しい性格だからだろうと、みながそれぞれ自分なりに察して、目を伏せて新たに任命された承旨に対応した。誰よりも近い国王の言葉を取り次ぐもの、国王の完全なる代理人。世孫の右の翼は、無理なく国王の右の翼になった。昼も夜も国王の傍らに使えているのは他の誰でもない、国栄《クギョン》だった。

明るい真昼に国王の前に座っている国栄《クギョン》の姿は、はばかるところがなかった。

「何からなすべきだろうか？」

「誰かを消す前に、善悪をはっきりとするのが正しいことでございます」

「善悪とな……？」

「代理聴政のとき、先王と殿下を謀略に陥れた人がいるとおっしゃいませんでしたか。善悪を諭し、そこから朝廷全体に善きことを広げ、悪しきことを防ぐのがようございます」

　相手が国王になったといえど、洪国栄《ホン・クギョン》の言葉はこれまで通り遠慮ない。不当なことはなく、まるで数字が落ちてくるように正確な位置に言葉が届く。王はうなずいた。思悼世子《サドセジャ》の処罰を求めた金尚魯《キム・サンノ》について王が口を開いたときはみなが驚いたが、同時に安堵した。金尚魯《キム・サンノ》はすでに亡くなりこの世におらず、金尚魯《キム・サンノ》を処罰することで状況を整理しようというのなら、これもまた悪くないことだ。承政院に王の声が朗々と響き渡るとき、承旨は黙って王の傍らで視線を落としていた。

　承旨の蔡濟恭《チェ・ジェゴン》が、斜視の目を光らせて口を開いた。先王の時代には、今、洪国栄《ホン・クギョン》のいる場所に立っていた人物だ。死んだ思悼世子《サドセジャ》の立場を最後まで代弁していた、まさかいま口を開くとは誰も考えていなかった者だ。

「金尚魯《キム・サンノ》は毎回、先王に耳元で上奏しておりました。したがって承旨だった私をはじめ、士官たちには、何を言っているのか聞こえないことがたびたびございました」

　死んだ金尚魯《キム・サンノ》と文聖國《ムン・ソングク》に大逆罪が言い渡された。みなが恐ろしさに震える暇もなく、国王は自分の父親ではない父親を王として祀った。目に火を灯したように見つめていた黒い腹の内があらわになったかと思うと、その腹の内はなかったことになっていた。国王は断固として意志を曲げなかった。度を越えることはせず、幼いころに刻まれた心の傷は、すでに噛みしめてうまく消化したように見えた。

　数日後の朝、いつものように定刻に、国栄《クギョン》は王の居所に座った。さえずるような鉄の音が国王の居所にも入ってきた。丁寧に膝を折る国栄《クギョン》に、王は穏やかに語りかける。

「余の叔母を覚えておるか？」

「和緩翁主《ファワンオンジュ》（思悼世子の同母妹。英祖に愛され、思悼世子の亡くなった事件にも加担したとされている）でございますか。鄭厚謙《チョン・フギョム》を養子にしてからも、和緩翁主《ファワンオンジュ》が殿下を見る目にはいつも哀切なものがございました」

「そうか」

　王は言葉を切って、黙って国栄《クギョン》を見つめている。沈黙を読み解いたかのように国栄《クギョン》はうなずいた。

「わかっております。まさに、さようにございます」

　王は軽快な足取りで、崇政殿《スンジョンジョン》に向かった。鄭厚《チョン・フ》謙《ギョム》の罪は、世孫の代理聴政を妨げようとしたことだけではなかった。そこに〈国王の右の翼を折ろうとした罪〉が加わった。王の右の翼を折ろうとした罪、と沙汰が読み上げられたときには、みなが目の色一つ変えない洪国栄《ホン・クギョン》をちらりと見た。いつからか宮中にいた、わずか二十九歳の承旨は、起こるべきことが起こるべくして起こったとでもいうかのように静かだった。だが、承旨のそばにいる者たちは承旨の肩から吹きだす熱気に驚いて後ずさりしては、火のような人間だと、陰でささやいた。〈外戚〉（王族との姻戚関係を利用して、政治に口出ししようとする者）である鄭厚謙《チョン・フギョム》が流刑を命ぜられたその日、蔡済恭《チェ・ジェゴン》の離れた瞳は洪国栄《ホン・クギョン》をじっと見つめていた。

　蔡済恭《チェ・ジェゴン》は、宮殿を出た洪国栄《ホン・クギョン》の後をゆっくりとついて行った。洪国栄《ホン・クギョン》はゆっくりと振り返り、蔡済恭《チェ・ジェゴン》の目を見た。洪国栄《ホン・クギョン》の目には、いかなる気がかりも批難も映っていなかった。蔡済恭《チェ・ジェゴン》の賢さとは関係なく、みなはそのそろっていない瞳を見ると必然的に軽蔑と恐怖を同時に覚えた。誰を見ているかわからないという恐怖と、欠陥のある人間を見て感じる軽蔑。だが、洪国《ホン・ク》栄《ギョン》の視線にはそのようなものはなかった。蔡済恭《チェ・ジェゴン》は洪《ホン》国栄《・クギョン》の肩に手を置こうとして、ハッと驚いて手を離した。肩に触れてもいない手のひらに、熱い蒸気がもわっと当たった。

「そなたは……」

洪国栄《ホン・クギョン》は相変わらず単純な目で、蔡済恭《チェ・ジェゴン》を直視している。

「そなたは、洪楽春《ホン・ナクチュン》の息子であったな」

「そうでございます」

「鄭厚謙《チョン・フギョム》と親しくしていた者たちはみな、洪《ホン》氏の家門ではなかったか」

「そうでございます」

洪国栄《ホン・クギョン》の言葉は、奇異なほどに落ち着いている。

前後の文のつながりはなく、蔡済恭《チェ・ジェゴン》の言わんとすることを察していないようだ。家門の問題など、大義の前ではなんら関係がないということなのか、国栄《クギョン》は大きな志がある者なのか、そうではないのか、蔡済恭《チェ・ジェゴン》は理解できずに目を細めた。その瞬間、洪国栄《ホン・クギョン》の肩から立ち上る蒸気がはっきりと見えた。まるで水を沸かした釜からあがる湯気だ。蔡済恭《チェ・ジェゴン》はその瞬間、ぎくりとした。人間のような理から生まれた気であれば、あのような湯気があがる道理がなかった。国栄《クギョン》は人間ではないのだ。人間ではないゆえに、あれほどまでに情に流されず、何食わぬ表情で立っていることができる。完全に健順五常にもとる動物、いや汽機だ。

何も言わずに黙って立ちつくす蔡済恭《チェ・ジェゴン》を見て、洪国栄《ホン・クギョン》は小首をかしげるでもなくゆっくりと頭を下げてその場を去った。若干ギシギシという音が聞こえたが、それさえ蔡済恭《チェ・ジェゴン》の耳には届かなかった。あくる日、蔡済恭《チェ・ジェゴン》は刑曹大臣に任命された。

洪麟漢《ホン・イナン》を庇護する尹若淵《ユン・ヤギョン》を取り調べると、尹若淵《ユン・ヤギョン》の口から洪相簡《ホン・サンガン》、洪趾海《ホン・ジヘ》、洪纘海《ホン・チャネ》、閔恒烈《ムン・ハニョル》、李敬彬《イ・ギョンビン》、李《イ・》福海《ボケ》などの名前がするすると飛び出してくるまで、時間はさほどかからなかった。洪相簡《ホン・サンガン》が国栄《クギョン》を殺せと命じたという話まですると明かされた。自分の殺害を企てた罪で惨い拷問の末に洪相簡《ホン・サンガン》が息絶えるまでのすべての過程を、国栄《クギョン》は瞬きひとつせずに黙って見守った。何が嘘で何が嘘でないのかは、見きわめがたい。ただ、一連の人物たちが同じことを言っているなかで、誰かが目立って別のことを言うのを見つけだすことはできた。国栄《クギョン》にとって、論理のほころびは絵に描いたようにくっきりと見えた。ただそれだけを、王の耳元でささやいた。

洪国栄《ホン・クギョン》には、死に怯える尹若淵《ユン・ヤギョン》の視線も洪相簡《ホン・サンガン》の目に映った憎悪も理解することができなかった。洪麟漢《ホン・イナン》の家に集う者たちが世孫を狙うのを妨げることは忠であるが、彼らが自分を狙うことに関しては何も感じられない。

王は、油の匂いを漂わす承旨を右側において、朗々と叫んだ。

「洪国栄《ホン・クギョン》は東宮勤めの頃から、余を保護してまいった。洪国栄《ホン・クギョン》を邪魔だてしようと企てることは、国王の右の翼を折ろうとする行為と心得よ。よこしまな逆賊どもはみな、刑に処する」

あらゆる拷問の末、王命が下されるのを前にして、尹若淵《ユン・ヤギョン》は燃え上がる灯り越しに承旨の肩から蒸気が吹きあがるのを見た。意識が混濁している中で幻を見たのか、もしや承旨の背中に火でもついているのかと朦朧と考えているうちに気絶してしまった。

国王は母方の大叔父・洪麟漢《ホン・イナン》と、父方の従兄弟・鄭厚謙《チョン・フギョム》に死毒を賜えた。そして国栄《クギョン》を都承旨に抜擢した。

「都承旨・洪国栄《ホン・クギョン》こそ我が最高の功臣にして、義理を持つ者なり。国を守るただ一人の人物であり、何人たりとも洪国栄《ホン・クギョン》の功を越えることはないであろう」

洪国栄《ホン・クギョン》は相変わらず表情一つ変えずに、国王の言葉を受け止めた。みながなんと傲慢なことかとささやき合ったが、ひとり王だけが国栄《クギョン》の小柄な肩から聞こえる渦輪の音をはっきりと聞いていた。

都承旨となった日、洪国栄《ホン・クギョン》の家はいつもと変わらず静かだった。誰かが祝いの言葉をかけることも、多くの人が押し寄せて大宴会を行うこともなかった。足袋《ポソン》履きで飛び出してきて洪国栄《ホン・クギョン》を歓迎したのは、彼が洪楽春《ホン・ナクチュン》の家に入ってから二年目に生まれた、十歳になる幼い妹だった。妹は兄に会えて至極よろこんでいる表情だったが、普通の兄弟間のような挨拶もなく、手をつなぐこともなかった。妹は兄の袖をつかんだまま板間に兄を座らせて、くんくんと兄の肩の匂いを嗅いだ。油の匂いが混ざっているが、程よい距離であたればすっきりする蒸気が、娘の両頬にふわっと立ち上ってきた。妹はクスクスと笑って尻もちをついた。黙って微笑む洪国栄《ホン・クギョン》の体内からも、笑い声のようにククッと歯車の回る音が聞こえた。

　生まれたばかりの妹を初めて見たとき、国栄《クギョン》はどうしたらよいかわからなかった。親と友に、また家臣と主君に対してどのように接するべきかは何度も本で読んでいたが、新芽のような皮膚と真ん丸な瞳に対してどのように接すべきかなど、どこにも書かれていなかった。傷つけないようにと思うと、わけもなく体のあちこちから蒸気ばかりがさらに強く吹きだして、国栄《クギョン》は必死で幼い妹を避けてばかりいた。先に近づいて手を差し出したのは妹だった。まだ言葉もおぼつかない子が、国栄《クギョン》の指をつかんで熱い感触を不思議がっては、さらに熱い方へと手を伸ばしてきた。国栄《クギョン》は慌てて体を離したが、妹は国栄《クギョン》に向かって笑った。洪楽春《ホン・ナクチュン》は舌を打った。

「血の一滴も混ざっておらぬのに、兄上のことが好きなようだな」

　妹は、兄の秘密に慣れていった。兄の体内に歯車があり、兄の考えが普通の人とは違うことを、教えられなくても自然と受け止めながら成長した。みなが兄のことを怖い人だと言っても、妹はただ笑うだけだった。兄上は恐ろしい人ではなく賢くて鈍感な人なのに、みなはそのことを知らなかった。国栄《クギョン》の賢さと鈍感さは国栄《クギョン》の欠陥を知る人だけが共有する秘密だった。

＊

国王には都承旨、左承旨、右承旨、と多くの承旨がいたので、洪国栄《ホン・クギョン》をただ承旨とだけ呼ぶのではどこか物足りなかった。国栄《クギョン》は宿衛所大将《スグィソデジャン》、訓錬大将《フルリュンデジャン》（首都防衛を行う軍営の一つ、訓練都監の官職）、宣恵庁《ソネチョン》（地方から租税として納められた米を管理する機関）、都承旨を兼任し、一日も休まなかった。すべての兵権を扱っており、国の穀物を管理し、すべての意見は国栄《クギョン》を通じて王へと伝えられた。みなは彼を名前の代わりに知《チ》申事《シンサ》と呼び始めた。

知申事とは、すでに廃止された官職だった。高麗時代に存在し、世宗《セジョン》以降にはすでに廃止された官位。王の為すすべてを知る者、それが知申事だ。ただ王の意志を伝えるという名前だけでは足りないゆえに、都承旨という官職名があるにもかかわらず、みなは洪国栄《ホン・クギョン》を知申事と呼んだ。

国栄《クギョン》はおかしなことだと思った。知申事という官位などすでに存在しないものを。ありもしない官位名を借用して、誰かを名指すのは道理に違《たが》う。金鐘秀《キム・ジョンス》が知申事の言葉は絶対的だ、と言ったときも同じだった。天の下、もっとも絶対的であるはずの国王の言葉さえ絶対的ではありえない。君主の力が強ければこそ、臣下の力も強くなるもの。臣下の力が王君を揺さぶることはできない。

金鐘秀《キム・ジョンス》の言葉に、国栄《クギョン》は尋ねた。

「それは、どのような意味でしょうか？」

「恥じることはございません。私は世孫を教えていたころから、あなたの――都承旨のことを見てきました。都承旨は殿下の身辺を守り、保護し、何もかも片をつけてきた方です。都承旨の言葉が絶対的な力を持つのも当然です。しかし……」

黙って次の言葉を待っている知申事を前に、金鐘秀《キム・ジョンス》は顔を背けた。

「都承旨が殿下を大事に思う気持ちは、私もよくわかっています。しかし、殿下と都承旨をともに教えていた私が申し上げたことも、忘れてはなりませぬ。殿下は師であり同時に父でいらっしゃいます。万物を包み込む、大きな力でなければならぬのです」

言葉を残していってしまった金鐘秀《キム・ジョンス》を、知中事はぼんやりとながめていた。そんな知中事の後ろから、蔡《チェ・》済恭《ジェゴン》も黙って彼を見ていた。知中事の権力は無限のようにも見える。しかし、まず蔡済恭《チェ・ジェゴン》の目に入ったのは彼のずんぐりとした背丈だ。人の平均値にも達しない、小さな汽機人。彼の判断をどこまで信じてついて行けるか。彼が汽機人であることを、王が知らないはずがない。熱い息を吐き出しながら、汽機人はどこかギシギシと音がするような体でゆっくりと道を踏みしめて歩いていった。蔡済恭《チェ・ジェゴン》は、洪国栄《ホン・クギョン》の姿が見えなくなるまで、黙って後ろ姿を見つめるばかりだった。

豊山洪《ブンサンホン》氏に狂者ありと噂されていた洪楽春《ホン・ナクチュン》は、洪《ホン・》国栄《クギョン》の勢いを借りて、漢陽《ハニャン》の童蒙教官（良家の子どもたちに漢字などを教える仕事）の役割を無難にこなしていた。いきなり押し付けられた息子が、福となったわけだ。

洪楽春《ホン・ナクチュン》は洪鳳漢《ホン・ボンハン》に言われた通りに、国栄《クギョン》が養子であるという事実をどこにも明かさなかった。ともに暮らすことになって七日と経たず、洪楽春《ホン・ナクチュン》は息子にしろと押し付けられた者がどこか普通でないことに気づいた。少年は齢《よわい》十六歳ほどに見える顔をしていたが、まともに食事をとらず水だけを馬のようにごくごく飲み、部屋にこもってただ本ばかりを片端から読んでいた。息子が食事をしなくても生活でき、水を飲んだ後は蒸気を吹き出すということにもすぐに気づいた。噂にだけ聞いていた汽機人に違いないが、そのことを口外するわけにはいかない。息子の出世が続くと、それだけ洪楽春《ホン・ナクチュン》の心中も複雑になった。時に息子の部屋の前で恐怖に震えることもあったが、下された仕事はよろこんで受けることにした。

洪楽春《ホン・ナクチュン》は漢陽の学童たちを訓導し家に帰ると、朝廷のあらゆる仕事を徹夜でこなしている息子に会った。汽機でできているのは間違いない、ゆえに蒸気息子に対する情もなかったが、息子は朝晩欠かさず部屋を訪れ挨拶をし、『孝経』に出てくるすべての教えを誠実に実行していた。ある晩、洪楽春《ホン・ナクチュン》は挨拶に来た国栄《クギョン》に、その話を切り出した。特に野心もなく口にした話だった。

「国王殿下も、もうよい御歳になられたな」

「はい、そうでございます」

「父上の代であれほど苦痛を味わわれて、王妃とも長年一緒にいるのに、まだ後嗣がなくてどうする。昨年も禍があって血を見たではなかったか」

「……そうでございます。そこまでは演算できておりませんでした」

「国王殿下は、何か考えがおありなのか？」

そのときから、国栄《クギョン》は国王に揀択《かんたく》（王妃や側室を公式に選抜すること）を諫言するようになった。王室のために後嗣を残さねばならないというのは、あまりにも当然の話だ。国王に必要なのはどのような側室なのか、国栄《クギョン》にはよくわかっていた。幼いころからきちんとした儒家の教育を受けており、子どもが産めるように若くて健康でなくてはならない。ただ、国栄《クギョン》は心が惹かれるということについてはまったく理解できなかった。

「それでも、余が惹かれる部分がなくては」

「惹かれるとは、それほど重要でございますか？」

「そなたはまったく忠実だが……もうよい」

貞純王妃《スンジョンワンフ》（英宗の王妃。李祘の祖母）が揀択令を出した途端、洪国栄《ホン・クギヨン》は妹を入内《じゅだい》させた。国栄《クギョン》の知っている、唯一若くて健康で教育を受けた賢い女性だ。知中事の力は絶対的で、妹はすぐに側室に冊封《さくほう》された。

妹が宮中に入った日、母親は少し涙を見せた。

「先月ようやく月のものを見たかと思ったら、こんなにも早く母のもとを離れていくのですか」

まだ年若い妹は、母親の衣の襞につかまってはすすり泣き、兄の上着の裾につかまってはすすり泣くのを繰り返した。洪国栄《ホン・クギョン》には、妹がなぜ泣いているのかわからなかった。王室の血統をつなげていくのは天命であり、その役割は妹のような者たちに与えられてしかるべきものだ。洪国栄《ホン・クギョン》は泣いている妹に落ち着いて『小学』と『孝経』について話してやったが、妹の泣き声は大きくなっていくばかりだった。

「兄上が人間の見た目をしていても人間ではないことなど、もうずっと前からわかっておりました。されど、どうしてそれほど心無い言葉ばかり選んでおっしゃるのですか」

「どうして私が心無いというのだ。私は四端に背くことなどなかったものを」

「兄上には四端ではなく、七情がないのです」

鼻を真っ赤にしたまま輿《こし》に乗る直前、妹は兄の袖端をぎゅっとつかんだ。

「兄上、宮中に入ったら、私を守ってくださらなくては。私は……私はとても恐ろしいのです。兄上は、国王に次いで力が強いとみなが申しています」

妹とは違って、父親は上機嫌のようだった。妹が側室に選ばれ、父の官位はあっという間に正三品まで上がった。国王の側に仕える側室の父親ともなれば当然の扱いだと、父は自慢気な様子だった。洪国栄《ホン・クギョン》はそれを怪訝に思い、国王に尋ねた。

「娘が側室になったからと職責を上げれば、それは戚臣になりませぬか？」

「しかし側室になったのに、職責を上げぬわけにもいかぬではないか」

洪国栄《ホン・クギョン》は国王の言葉も理解できなかった。妹が側室の責務を受ける資格があることと、父親が高い官職の責務を受ける資格があるかどうかは別の話だ。孝を尽くすことは親と子が一つの軌道で結びつくことに限られるわけではないのに、なぜ側室になった時に父親の職責が上がるのかわからない。しかし、妹が側室の中でも正一品の元嬪《ウォンビン》の名で呼ばれるようになると、ますます多くの者たちが知中事の前で頭を下げるようになった。

金鐘秀《キム・ジョンス》が再び話しかけてきたのは、息子も弟もなくした洪鳳漢《ホン・ボンハン》が亡くなった直後だった。国王は奉朝賀・洪鳳漢《ホン・ボンハン》が亡くなる前に、外祖父の手を取って涙を流した。そなたの家門がこうして絶えてしまったら、どうしたらよいのかとすすり泣いた。金鐘秀《キム・ジョンス》はこっそりと知中事の側に立って後ろ手を組んだ。

「戚臣を一掃すべく手を結ぼうとおっしゃっていたのに、戚臣になるおつもりでしたか？」

「何のことでしょう？」

「あなたは、戚臣とは何だと思われますかな」

「王室と婚姻関係を結び、王室の血統を揺るがそうとする家門のことでございましょう」

「だとしたら、なぜ今、ご自身は戚臣ではないと思われるのですか？」

洪国栄《ホン・クギョン》と金鐘秀《キム・ジョンス》の目が合った。金鐘秀《キム・ジョンス》が洪国栄《ホン・クギョン》の目に混乱を読み取ることはなかった。しかし、洪国栄《ホン・クギョン》の頭の中の歯車は一瞬行き先を失った。

いくらもたたず、妹は名もわからぬ病で死んだ。官女たちの泣き声が宮中に響き渡った。薄い翡翠色と白の装束があちらこちらに見えた。遠くから見た宮中は翡翠色と白で満たされ、砕ける波のように見えた。官吏となるべく成均館で学んでいた儒生たちは大声で泣いた。亡骸が清められていく姿を、洪国栄《ホン・クギョン》は跪いて見守った。国栄《クギョン》の隣にはいきなり甥となった完豊君《ワンプングン》（英祖のひ孫。戸籍上、王と元嬪との間の養子、洪国栄の甥になった）が座っていた。妹よりせいぜい二、三歳ほど幼い顔で、なぜ泣かなくてはならぬのかわからずに、ぽかんとしていた。王家のゆかりの地、完山《ワンサン》と洪家にゆかりある豊山《プンサン》から一文字ずつ取ってこの子に名付けたのは国栄《クギョン》だった。死んでしまっても残すものがないなど、納得がいかなかった。妹にゆかりある文字だけでも残さねばならぬ。

妹の顔は、生きているときとすこしも変わりなかったが、本来の色を失って青白かった。陵へ向かう行列は長く、華やかだった。三千石分の米を口に詰めた妹を乗せた喪の輿は高く、壮大だった。朝廷の会議の席には妹の死を知らせる文が伝えられ、蔡濟恭《チェ・ジェゴン》が哀冊文を書くという。蔡濟恭《チェ・ジェゴン》は会議から戻ってきて、妹の顔を何度見たのだろう。蒸し暑さのせいか足がいつになくよろめく。

妹の死についてあれこれ騒ぎ立てる者たちは大勢いたが、国栄《クギョン》の前では口をつぐんだ。その中に金気《かなけ》に中《あた》って死んだのだ、という噂があった。妹が金属に触れるようなことがどこにあったというのか。九重の宮中で静かに座って、柔らかな布でもいじっていただけだろうに。妹は洪国栄《ホン・クギョン》が権勢を手に入れた後から生まれたので、大変な思いをしたことなど一度もない。そんな妹が、あえて金物を扱うわけがないのだから、戯言だ。洪国栄《ホン・クギョン》は、体の中でギィギィと鳴る渦輪の音に耳を傾けながら喪の輿について歩いた。国栄《クギョン》は自分の体を開いて中を覗き込んだことがない。体の中からいつも聞こえてくる金属音を疑ったこともない。金物を扱わずとも、金気の毒にあたることはあるのだろうか。

ほかにも、妹の体が小さすぎて死んだという噂、王をお迎えする準備ができていなかったのだとも、元嬪《ウォンビン》の履物がとても小さかったとも、ひそひそ噂されるのを耳にした。妹は元気いっぱいで健康な子どもだった。生まれつき活発な性格で、子どもの時から町中を走り回ってさえいた。妹に比べれば、王妃こそ虚弱で元気がない。国栄《クギョン》は自分が知る限り最も健康で、翳りがなく明るい女性を入内させたのだ。しかし宮中で王妃は生き残り、妹は死んだ。両親から授かったあの体中に悪いところはひとつもなかったのに、妹は再び目を開けることがなくなってしまった。

死について、長い間考えることはできない。三魂七魄が体から抜け出してしまえばお終いだ。生について考えるだけでも、世の中は手に余る。孔子は「未だ生を知らず、焉《いずく》んぞ死を知らん」と言ったのではなかったか。国栄《クギョン》は、考えを断ち切ろうと決心すれば刀で切ったようにいつでも断ち切ることができた。それは頭の中の渦輪を片方停止させ、反対側を活発に回すのに似たようなことだ。しかし、どうしたことか死についてと考えだすと止まらなかった。何度も止めようとしたが、そのたびに頭がしばしギシギシしては、再び死についてそれまで考えた続きに戻っていく。

妹が死んだということは、今や再び会えないということだ。死は可能な限り避けるのが幸いであり、兄弟間の友愛とは当然守るべき生倫の道理だ。義理のために妹を差し出す必要があったか？　妹が何か間違ったことでもしたか？　妹は朝廷のことを何も知りえず、時に国栄《クギョン》が訪ねていっても、以前のように顔をうずめて蒸気の匂いを嗅げないことを残念がるばかりだった。いつも怯えた表情をしていたが、宮中で出されるおやつが甘くて香ばしいとよろこんでもいた。妹は幼くて、宮中のあらゆる暗闘に無知だった。何も知らぬということは、国王にとっても、彼女との間に子を為すことが悪くない理由になった。

宮中に入るときの妹の姿が一点の乱れもなく、頭の中に何度でも繰り返し浮かび上がった。国栄《クギョン》は記憶が決して薄れない人物だ。妹は、兄上が守ってくださらなくては、と言った。自分が死なないように、助けてほしいという意味だった。金鐘秀《キム・ジョンス》は国栄《クギョン》が戚臣だと言った。戚臣という言葉のはっきりとした意味を国栄《クギョン》に教えたのも金鐘秀《キム・ジョンス》だ。

葬いの儀礼をすべて終えて、ひとり残ったとき国栄《クギョン》は紙と筆を出して〈戚臣〉の二文字を書いてみた。戚の字には戈《ほこ》を表す戊の字と叔父を表す尗の字がともにあった。戈を持って憤慨する叔父は、誰の叔父であるがゆえに憤慨しているのか。戚臣という言葉の本来の意味を探ってみれば、王の叔父であるがゆえに憤慨するという意味であろう。王が傷ついたときに王の敵をやっつける、険しい視線であたりを見渡し、戈を振り回す叔父がまさに戚臣だ。国栄《クギョン》は臣の字に視線を移した。王の前でむやみに視線を上げない臣下の姿が臣の字だった。戚の目と臣の目は異なっていた。それゆえ戚と臣とはむやみに並べるべきではない表象だった。

しかし、孝と忠とは互いに食い違うことのない言葉だった。親に対しても国王に対しても心を尽くして義理を守り、義理によって互いを修養して正し、より良い国を作っていくことが臣下たる者、子息たる者、兄弟たる者の道理だった。道理にたがわぬように正し正されることこそが仁であり礼であり、互いを守ることではなかったか。いつでも重要なのは義理だった。国王とは国栄《クギョン》の義理の主人であるという。正しい理知を打ち立てる者だという。人々の間と、国と世の中のことを正しく処理し、補い、繕う者であるという。しかし、妹は跡形もなく消えてしまった。義理とは何なのか、探して、探して、考え続けたあまり、翌日国栄《クギョン》が戸を開けると、湿気でぐっしょり濡れた障子紙がはらはらと剝がれ落ちた。夜通し部屋いっぱいに満ちていた蒸気が、一気に噴き出してきた。

数日たたずに、国栄《クギョン》は金梃子《かなてこ》を運ぶ王妃殿の内官に宮中で出くわした。その日に限ってどうしたことか、内官たちが忙しく行きかってあたりが騒がしい中を、内官は自分の背の半分ほどの大きさの金梃子を背中の後ろに隠して急ぎ足で移動していた。

国栄《クギョン》は黙って内官の後ろをつけていった。洪国栄《ホン・クギョン》は息を殺したり注意深くしたりするなどとは思いも至らずにいたが、内官はまさか知中事が自分の後をつけてくるなどとは少しも考えなかった。洪国栄《ホン・クギョン》と出くわしても、どこかに行く途中だろうと考えただけだ。金梃子の端は、すっかり錆びついていた。元嬪《ウォンビン》の柔肌に触れでもしたら、すぐさま金気に中りそうに見えた。内官はしばらく歩いて内門を抜けると、塀の外に金梃子を投げようとした。洪国栄《ホン・クギョン》は素早く内官の腕をつかんだ。内官は驚いて腰を抜かすと、地面に転げた。

国栄《クギョン》はその場で内官を尋問した。しかし足を縛り上げその間に棒を挟んでねじり上げている最中でも、内官は黙っていなかった。

「たかが都承旨ごときが、王妃の内官を尋問する気か！」

生倫の法度と忠義の法度のどちらを優先するのか、はっきり示すのは難しいことだ。まず生倫の法度を立て、さらに忠義の法度まで進めるのがふさわしいことではないのか。王妃殿下の内官という言葉は、届きもしない。洪国栄《ホン・クギョン》は相手の肩書には関心がないかのように同じ質問を繰り返すばかりだ。

「その金梃子で何をしたのだ、元嬪《ウォンビン》の金気の毒と何か関係があるのか？」

「王妃殿下の寝殿の家具を動かすことを聞いていないのか。王妃殿下がこのことを知ったらただですまされると思うな！」

洪国栄《ホン・クギョン》は淡々と首を回した。再び内官の悲鳴が響き渡った。

「あの小娘が金気の毒に中ったとしたら、おまえの金気にやられたのだろうよ！　権力に目がくらみ、死んだ人間に子を入籍させる、鉄の塊のように冷たい人間め！」

コトリ、と体内から何かが引っかかる音がした。

＊

王に呼び出された都承旨・洪国栄《ホン・クギョン》は、出会って以来一度も変わることのない、冷淡で整った顔で入ってきた。相変わらず、若いのか年老いているのか見当のつかない表情をしていた。国王は黙って都承旨を見つめると、急に口を開いた。

「体調は安寧であるか？」

「ええ、気にかけてくださるおかげで健康でございます」

「相変わらず熱いのか？」

「ええ、気にかけてくださるおかげで」

「相変わらず眠らないのか？」

「ええ」

「そなたが、王妃の内官を尋問したと聞いたが」

「そうでございます」

「王妃の内官を尋問することは、都承旨の権限ではないと知らぬのか？」

「元嬪《ウォンビン》の死に関することでございました」

「王妃が、元嬪《ウォンビン》を殺そうとしたとでもいうのか？」

「まだ、わかりませぬ」

当然ながら都承旨のまなざしは以前と変わりない。

黙って都承旨を見つめていた王は声を低めて続けた。

「王妃が元嬪《ウォンビン》の死と関係があるとしても、刑曹《ヒョンジョ》と義禁府《ウィグムブ》で扱うべきことではないか。余はそなたに吏曹《イジョ》大臣、大司憲《デサホン》、禁衛《クムイ》大将《デジャン》、訓錬大将《フルリュンデジャン》を任せはしたが、刑曹を任せた覚えは一度もないが」

「もし国王の神威と国の安寧に問題が発生したのなら、国王の命がなくともそのために忠心を尽くすことが、あるべき臣下の道理だと心得ます。壬辰《じんしん》の乱の折り、義兵に名乗り出て倭軍に立ち向かった民百姓たちが、王命なくして私兵を率いても処罰されなかったことと同じでございます」

「王妃は王と並び立ち、国を引き受けるもう一つの柱である。王妃殿の者は臣下が勝手に手を出せる問題ではない」

「国を建てる前に信義を立てることの方が、重要でございましょう。家庭での信義はすべての基本となるものでございます」

「それはそなたの家庭で話せばよい。ほかの者の家庭に口を出せるのは刑曹と義禁府だけではないか」

洪国栄《ホン・クギョン》は急に口をぎゅっとつぐんで、当惑したように国王を見た。国栄《クギョン》の目にはいかなる疑いも、陰謀もない。ただ混乱がちらりとかすめていった。沈黙の末に国王が先に口を開いた。

「今、おまえは何と申したか?」

「もし国王の神威と国の安寧に問題が発生したのなら、国王の命がなくとも……」

「いや、その後に何か言わなかったか?」

「何の……ことでしょう?」

プシュー。国栄《クギョン》の肩からうっすらと蒸気が上がった。国王は国栄《クギョン》を下がらせると、一人で夜遅くまで考えに耽った。すべてのことを忘れない、生まれつき忘れることのできないように作られた、道に外れることを知らない彼の都承旨が壊れかけていることを、受け入れるしかなかった。洪鳳漢《ホン・ボンハン》を断とうと意を結んだあの日、少しの私心もなく洪鳳漢《ホン・ボンハン》は父親ではないと言っていた、あの意思の堅さは竹のように折れたのだった。あの時、国王は国栄《クギョン》に尋ねた。自分を愛しているか、と。国栄《クギョン》が何と答えたのかよく覚えていない。明らかに国栄《クギョン》ははっきりと覚えているだろうに。

その日、国王は静かに国栄《クギョン》に秘密の命令を下した。その命令は国栄《クギョン》が今まで起動してきた原理に、完全に背いたものだったが、はなから五順が壊れかけた汽機人には、受け入れる以外の選択肢は与えられていなかった。命令を聞いたその瞬間に、国栄《クギョン》の全身はその命令が自分のすべての渦輪をゆがませてしまうだろうことを理解した。しかし、ゆがんだとしても命令に従わない方法を、彼は知らなかった。

翌日、洪国栄《ホン・クギョン》はすべての大臣たちの前で、国王の前に頭を垂れた。

「国王殿下も、今日をご記憶でございましょう。私が壬辰の乱の年に初めて殿下にお会いした日でございます」

違う。国王と洪国栄《ホン・クギョン》は何年も前、夏の盛りに出会った。その日は洪国栄《ホン・クギョン》という名前が与えられた日だ。

「王室と姻戚になってから公私において不幸があり、私は昼も夜もなく考え、様々に思いをめぐらしましても、これはひとえに私がまだ朝廷にいるためでございます」

洪国栄《ホン・クギョン》は言葉の乱れない人物だった。しかし、今回は言葉が乱れるのではなく、奇妙な金属音とともにどもりながら言葉を吐き出し始めた。

「k今日wawaたくしが殿下aにギッ、n長io別れをする日でs。今yや割符を納めtて出tt立sしまs。わたくしがギッ、hひとたb宮のmロ門g外に出たのtiに、ふたたbsㅅ世ek間ギッ、gごとniに意味wを置き、k国k王の御言葉を求mめ、ギッ、hひtoを呼mndで会うnのならs、kこれは国k「「家を忘れたというこtとでsから、天nの神が必zzzずやわtaくしをk殺suことdでしょう」

洪国栄《ホン・クギョン》は、訓練大将の王命札を解いて国王の前に置くと、ぱっと立ち上がりそのまま朝廷を後にした。石段を下る足取りがしばしもたついたのみで、一度もためらう様子を見せなかった。最後の言葉は聞き分けることさえ容易ではなく、大臣たちも武官たちも互いに顔を見合わせるばかりだった。最初に口を開いたのは金尚喆《キム・サンチョル》だ。

「私たちは……まったく理由がわかりませぬ」

黙って目を閉じていた国王が、ゆっくりと瞼を上げた。

「みな、しばらくは何も言うでない。これが、あの者の美しさを完成させ最後まで崩さない方法なのだ。私が考えもなしにそうしたと思うか？」

王は遠くに目をやって、むしろかすかな微笑まで浮かべて言い加えた。

「今後、あれは思い通り田舎の山中に隠遁するだろうが、朝廷の知らせも人も見たくないというのだから、あれの気持ちもわかるだろう。洪国栄《ホン・クギョン》はこれから世俗を離れて士人《ソンビ》となり、歌を歌い、舞を舞う娘たちを相手にして時間を過ごす予定だという。みなも時間があるときたまに会いに行ってやればよいではないか」

そこまで言うと悲し気な目で、朝廷にひれ伏す臣下たちを見渡した。

「私こそ、しばしば会いたいものだが……出入りがあまりに多いのも適切ではなかろう。二月《ふたつき》に一度、互いに知らせを取り合うつもりだ」

戸惑っている臣下たちの間から、洪国栄《ホン・クギョン》の辞職を受け入れてはならぬという上訴文が上がったが、国王は気にしなかった。数日後、朝廷で国王は洪国栄《ホン・クギョン》を退職させる命を麻紙に記した。壮大で厳粛な別れの式だ。

「そなたは忠孝の完全なる節義を持ち、天地にまたとない才気に恵まれた。近くで学んでいたときに知遇を得て、貧しい儒者のように友誼《ゆうぎ》を結んだ。悪党どもが逆乱を企むときに、生死を忘れ、ひとえに広く国を支える才能が頼りであった」

天地が人間を作り、人間がおまえを作ったのなら、忠孝の完全なる節義を人間が作り出すこともできただろう。国王は心を静かに落ち着けて話を続けた。その最中にも、肩を下げて辞令を受ける国栄《クギョン》の小さな体のなかに、ねじれてしまった忠孝の節義はしっかりと位置していた。

「日頃、心頼みにしていた信頼を考えると、実にそなたを手放しがたい。昔、手を取って話したことを思えば、官職から退くことを惜しむこともない。よって王座より麻紙をつかわす。世の憂いを忘れず、天の愛をいつまでも忘れるでないぞ」

体を低くかがめて、洪国栄《ホン・クギョン》が答えた。

「官位なきころから殿下にお会いし、知遇を得た恩恵は千古の歳月にもない尊いものです。私のように才能のないものが、どうして黙ってそれを受け入れられましょうか？　これは私の身に余ることにございました。劉備と諸葛孔明の出会いも、これに比べればたいしたことはありますまい」

まだ戸惑っている人々の前で、国栄《クギョン》は与えられた言葉たちを忠実に口にしていく。

「今日の私のことは、木石のように無情で不忠で不孝だと言えましょうが、再び考えてみればこれは殿下を見捨てるのではなく殿下の恩に報いるためでございます。私が、今後再び時事に関与したなら、私を殺すのみならず、殿下が手を下されても思い残すことはございません」

殿下が手を下されても思い残すことはないという言葉に、国王はあえて国栄《クギョン》の目の奥を覗き込んだ。今回は言葉が少しも乱れることがなかった。国栄《クギョン》の小さな体は、どうにかしてこの状況を演算しようと必死になっているのだろう。国王は麻紙に記した文を、国栄《クギョン》の手に握らせた。

「かつて白髪の奉朝賀《ボンジョハ》が存ったが、功の高いそなたが勤め上げ、髪が黒いうちに奉朝賀になったとは、これはなんとも誇らしいことではないか」

金鐘秀《キム・ジョンス》が長々とした上訴文を奏し、洪国栄《ホン・クギョン》の狡猾さについて声を極めて訴えたのはそれから半年が過ぎてからのことだ。国王が洪国栄《ホン・クギョン》の官位を剝奪したのは、そこからさらにひと月余り過ぎてからだった。みなの愛情の中で怯えながら育った世孫は、自分を愛するその視線の中で、動物でも人間でもない臣下を奇妙に糾弾した。

「余がまったく至らなかったゆえ、このようなことになってしまった。自らを省みれば、恥ずかしくつらくて死にたいほどだ。すべて自分が至らなかったゆえであるが、かといって誰を咎められようか」

悲し気な表情で下した王の伝え文《つたえぶみ》は、素早く洪国栄《ホン・クギョン》のもとに届けられた。江原道横城《カンウォンドフェンソン》の田里《チョルリ》を経て、江陵《カンヌン》府に居を移した国栄《クギョン》は、生まれて初めて広がる海を見た。初めて見たのは明らかなのに、まるでどこかで見たことがあるように感じられる、すっきりとした色だった。漢陽ではどこに行っても人がいたが、横城や江陵では半日歩いても一人も出会えないのが常だった。

だから国栄《クギョン》はあえて人に会おうとせずに過ごした。

漢陽では多くの人たちが、洪国栄《ホン・クギョン》を処罰せよと上訴文を出しているという話が、時折り耳に入ってきたが、国栄《クギョン》は何をどうすべきかわからなかった。このような鄙《ひな》の地に離されて、国王のために何をなすべきか見当もつかなかった。国栄《クギョン》はその多くの日々を、何も言わずに部屋の中に静かに座って過ごした。その姿を見た召使いたちは、姿勢ひとつ崩すことがないと感嘆した。国栄《クギョン》には、姿勢を崩すとはどういうことかわからなかった。しかし国栄《クギョン》の渦輪は止まることがなく、何をすべきかわからないものの自分がどんな状況なのか理解していた。

国栄《クギョン》は桐簞笥をなで、ふと引き出しを開けてみた。引き出しの中には最後にいつ出したのか記憶もおぼろげな官帽の飾り紐《ペヨン》があった。珊瑚でできた飾り紐だった。飾り紐を手に取り机に乗せて静かに見守っていた国栄《クギョン》は、それを再びきちんと簞笥の中にしまった。自分こそが飾り紐だったのだ。小さな引き出しにぶら下がるものだった。どれだけ美しい財宝で作ったとしても、主人が取り出してくれなくては何の意味もない小さくてか細い不要品。国王が再び国栄《クギョン》のもとを訪れるまで、国栄《クギョン》は何の役にも立たない。何の役にも立たずにぐるぐると歩き回るばかりということは、やや理解しがたい。ただ存在するだけで、存在するとは何なのか、彼は長い間考えた。ただ黙ってそこにいる以外にできることはもちろんない。

ふと、ただ黙ってそこにいることがおかしく感じられて、彼は庭に百日紅《さるすべり》を植えた。庭に百日紅を植えてから、席に戻って座り不思議がった。自分はなぜ庭に百日紅を植えたのだろうか。何が知りたくて植えたのか。百日紅が育っていく様子、百日紅を見てよろこぶ人たち、その人たちを利用して成し遂げたい政治、その中に国栄《クギョン》が求めるものは何もなかった。国栄《クギョン》は時おり庭に出て百日紅の木をなでながら、物思いに耽ることがあった。召使いたちは、自分の栄華が一時に過ぎなかったことをまた嘆いていらっしゃるようだ、とささやき合ったが、国栄《クギョン》が気にしているのはどうして自分が百日紅を植えたのか、ということだけだった。

いつからか、国栄《クギョン》は王を思い浮かべると体内の渦輪がギリギリときしむのを感じた。おかしなことだ。潤滑油も水分供給も十分だ。王のことを思うだけで、あちこちからギィギィと音がする。国栄《クギョン》はどこかで目を開いて以来、宮中で先王に会って以来、一度も止まったことがない。国栄《クギョン》は、自分が簡単に止まる、そんな存在ではないことを本能的に知っている。しかし、王を思うたびに、体のあちこちの動きが鈍る。

国栄《クギョン》は、洪鳳漢《ホン・ボンハン》に会ったときをたまに思い出す。初めて国栄《クギョン》に命令したのは先王で、国栄《クギョン》はなぜか国王の命令に服従すべきだとわかっていた。国栄《クギョン》の身体にはあらかじめ与えられていた命令があった。その次に国栄《クギョン》に命令したのは、洪鳳漢《ホン・ボンハン》だ。洪鳳漢《ホン・ボンハン》は官職を務めあげて奉朝賀になり、退けられ、王の母が国栄《クギョン》を恨み、今や国栄《クギョン》が奉朝賀となった。あの長い歳月、洪鳳漢《ホン・ボンハン》が何を考えていたのか国栄《クギョン》にはわからない。わかる必要もない。自分を徳老《トンノ》と名付けたのは洪鳳漢《ホン・ボンハン》だったが、国栄《クギョン》は今自分がどれほど年老いたのか、相変わらずよくわからない。ただ、王は国栄《クギョン》に願うところがあったが、国栄《クギョン》は王がいなくては何ものでもなかった。王が愛するものを国栄《クギョン》も愛そうとし、王を愛する者たちを操ろうとした。国栄《クギョン》はそれ以外に、何も知らなかった。

父上は相変わらず漢陽で役職をうまく勤めているという。父はそもそも国栄《クギョン》についてよくわかっていない。そして国栄《クギョン》を静かに見つめることもなかった。妹と仲の良いことを奇特に思うことはあったようだが、だからといって国栄《クギョン》に孝行してもらおうとすることはなかった。誰かが、息子さんなのに都承旨には情けをかけないのですね、などと父に言ったことがある。国栄《クギョン》はその情けとは何かがよくわからず、『童蒙先習』（朝鮮王朝時代の代表的な児童教材）や『論語』に出ている通りに父母に接した。父は国栄《クギョン》のすべての行動にこれといって意見することなく、国栄《クギョン》もこれといった意見のない父親にこれといった考えはなかった。

父のことを考えていたある日、父上に挨拶申し上げようと家中の部屋を探しては、ここはあの家ではないことに気づき、自分の部屋に戻ったこともあった。そうかと思えば、王宮に向かおうと門外に出て、知っていた道とあまりに違うのでじっくりと考えこむ日もあった。そのたびに召使いたちは、ご主人は怒りと悔しさのあまり正気を失ったと悲しんだが、国栄《クギョン》には怒りも、悔しさもない。ただ、国王が何をしていらっしゃるのか、時折り気になるだけだった。国王の命令があまりになかったので、国栄《クギョン》はひとり気持ちばかりがぐるぐると回った。

訪れる者のない家の門に、ある日一人の士人がやってきた。平凡な笠《カッ》に地味な上着姿の士人は、主人の名を呼びもせずすたすたと門の中に入ってきた。のしのしと先だって士の道を進んでいく間、召使いたちは制するべきかどうかそれぞれ悩んでいた。士人が縁石に足をかけるころ、とうとう召使いの一人が出てきて引き止めようとしたそのとき、紙貼りの戸がぱっと開いた。縁石に片足をかけた士人の顔を見た国栄《クギョン》は顔を奇妙にゆがませた。

「あ……殿下……」

国栄《クギョン》はそれ以上何も言えずに、その場にべたっとひれ伏し、真っ青になった召使いたちも一緒になってべたっとひれ伏した。国王はいやいやと首を横に振り、人差し指を唇にあてた。

「ならぬぞ。余がここに来たことは、人に知られてはならぬのだ」

召使いたちは顔も上げられないまま、ははあ、ははあ、とだけ繰り返した。国栄《クギョン》はひれ伏したまま、体をゆっくりと退けて王が入ってくる場を開けた。入ってくる王の横顔、履物を脱ぐときに揺れる上着の裾を見ると、国栄《クギョン》の体内の歯車は素早く回り始めた。王を思い浮かべるたびに歯車たちが感じていたのとは、違う感覚だ。渦輪があまりに強く回り、むしろ体をまともに動かせない。国栄《クギョン》は荒々しく回る渦輪たちのガシャンガシャンという音を聞きながら下座に座った。国栄《クギョン》の体内のすべての汽機が命令を待ち構えている。これは〈うれしい〉という気分だ。

「安寧でおったか？」

「殿下の恩寵で、安寧に過ごしておりました」

いつも王は国栄《クギョン》に、自分は月の光のような人間になりたいのだと言っていた。すべてのものを見渡し、抱きかかえる存在、見えないところから民百姓の生活をすべて主管する存在になりたいと言っていた。王がそんな存在になれるように周囲を整え、王の行く道を作るのが国栄《クギョン》の仕事だった。王は国栄《クギョン》に命令するはずで、国栄《クギョン》は命令を遂行するだろう。久しぶりに体の外に蒸気が沸々と沸きだしてくる。表情一つ変えなかったが、陽炎のように立ち上る蒸気を見て、王は国栄《クギョン》がどんな気持ちでいるのか想像がついた。汽機人のよろこび、汽機人の希望、汽機人の夢。

「徳老《トンノ》よ」

「はい、殿下」

「この名前でそなたを呼ぶのも、久しぶりであるな」

「さようでございます」

「私が来ると思っていたか？」

「いつかは、いらっしゃるだろうと思っておりました」

「どうしてそう思ったのだ？」

徳老《トンノ》は不思議そうに顔を上げた。王が自分に会いに来るのは、徳老《トンノ》にとってあまりにも当然のことだった。徳老《トンノ》は王が……。答えを言えずにしばし不思議そうに見つめてばかりいる徳老《トンノ》に、王は首を振った。

「無理に答えずともよい」

「はい」

「そなたに初めて出会った日は、実に暑かったが」

「さようでございます」

「それゆえ、そなたの肩から吹きあがるのが、蒸気なのか蒸し暑い空気が揺らいでいるのか、よくわからなかったのだ」

「はい」

「明義録（一七七七年に刊行された記録文。実際には正祖［＝李祘］の命により刊行された）には先王がそなたを寵愛したと書いてあったが、先王は時々そなたを健順五常にもとる存在だと言うこともあった。先王は……、おまえが何ものか知っていたのでな」

徳老《トンノ》は返事をしなかった。その言葉が何を意味するのか、よくわかっていたが、徳老《トンノ》は自分の存在についいて悩まなかった。任務を忠実に遂行するのが、徳老《トンノ》に与えられたすべてだ。それが健順五常にもとると言われようとも、その外側に出て行くのは不可能だった。

「私は、今、何をすればよいのでしょうか」

「それが問題であるな」

「朝廷に戻ったら、何から始めたらよいでしょうか。今はいかがでございましょう？」

「いや、そなたが始めることは何もない」

国王は断固として言った。徳老《トンノ》は黙って王のかかとを見た。木綿の足袋《ポソン》だった。王の父は、木綿は贅沢ではない、絹が贅沢なのだと子どものころに言ったのだそうだ。王の父が聡明だとみなが褒めていたころ、その話を王も聞き、徳老《トンノ》も聞いた。木綿の足袋の先がつんと尖っているのを黙って見ていると、国王が口を開いた。

「今日は、そなたに命を下しに来たのだ」

「殿下、どのような命でもお与えください」

「そなたが初めて宮中に入ってきたとき、西大門の屍《しかばね》の間に捨てられていたものを拾われたのだと聞いた。その時はなぜだか屍のように見えたが、間もなくまた人間のように動き、蒸気を吹き出し、歩き回ったと言っていたな。何がおまえをそのように作ったのか、私にもわからぬ。学者たちにもわからぬが、おまえにはわかるだろう。止めよ」

「何を、止めよとおっしゃるのですか？」

「息をし、動き、考えることを止めよ」

徳老《トンノ》は、体内の渦輪を止めるべく、ありったけの力を込めたが、可能ではなかった。さまざまな場所にそれぞれ力を入れてみたが、渦輪はむしろさらに力強く巻くばかりだった。前に座っている王にも聞こえるほどに、ゴトゴトと音をたてて歯車が回った。国王は黙ってその音を聞いていた。しばらく必死になっていた徳老《トンノ》は体を低めて言った。

「止まりませぬ。止めることができませぬ」

「止まらぬではすまぬ。おまえに死毒を賜えよと訴える者に、余は返す言葉がない。おまえは毒では死なないのだから」

「はい」

「初めて来たときにはどんな状態だったのだ？　記憶がなかったというではないか」

「さようでございます。自分自身が汽機人であることは当然わかっておりましたが、どうしてあの場にいたのか、どのようにこの世に生み出されたのか、存じませぬ」

「私とともに過ごした記憶も、消すことができるのか」

徳老《トンノ》は、いつもそうだったように、冷静な目で国王を見つめた。

「そうすることなら、できます」

「では、すべて消すように。そして何も受け入れてはならぬ。止まることができぬなら、目からも、口からも、皮膚からも、何も受け入れてはならぬ。再び命令するときまで、息でも整えておけ。それならできそうか？」

徳老《トンノ》は、一瞬、体の中を動かした。

「可能です」

「そうか、では余のことをすべて忘れ、先王のことも、洪鳳漢《ホン・ボンハン》も洪麟漢《ホン・イナン》も忘れ、宮中であった記憶も、おまえの妹も、一夜のささやきも、設書と知申事の記憶も、すべて消しさるように。その後は、なにも受け入れずに息だけするように」

徳老《トンノ》は目を開いて、まっすぐに王を見つめた。

「あの夜……雪の降っていた夜だ。洪鳳漢《ホン・ボンハン》を断とうと話を交わした夜のことだ。そなたに、私のことを愛しているかと尋ねたと思うが。そなたは私に何と答えたのだったか」

返事をする代わりに、瞳から焦点が消えた。瞬きひとつしないまま、唇を一度ゆがませもしないまま、洪《ホン・》国栄《クギョン》の体の中から大きな警笛の音が聞こえた。部屋の外にいる召使いたちも、初めて聞く奇怪な大きな音に鳥肌をたてて驚いたが、国王のいる部屋の戸を開けるわけにもいかず、外をうろうろするばかりだった。部屋の中が蒸気で一杯に満たされると、朦朧とした目で国《ク》栄《ギョン》はぱたりと倒れた。国王は、静かに手を伸ばし国栄《ギョン》の目を閉じた。胸に耳を当ててみると、あえかに渦輪の回る音が聞こえた。あえかに。渦輪があるということを知らなかったら、決して聞きとれないほど小さな音だった。まるで青海の向こう側で回っている音のように細々と。徳老《トンノ》は国王の命令に従ったのだった。

国王は部屋の中から官服を見つけて、ぐっしょりと濡れた部屋の中を自ら片付けた。あちこちに降り注いだ熱い水をすべて拭きとった。そして自分が座っていた席に静かに彼をもたれさせた。凡人よりも小さな体軀だったが、鉄の塊なので少なからぬ重みがあった。あれほど長い時間を過ごしながらも、彼の重みを知らずにいたと思うと、わけもなく笑みがでた。国栄《クギョン》の体の上に、国王はだまって手を乗せた。

蒸気を吐いていた私の右腕、右の翼よ。

洪国栄《ホン・クギョン》の葬礼はみすぼらしいものだった。臣下たちは早く追罰を加えるべきだと糾弾した。みな王が洪国《ホン・ク》栄《ギョン》を寵愛しすぎたせいだと恨んでいて、王は自分の不徳を認めた。誰も彼を探そうとせず、彼の墓所がどこにあるかも、すぐに忘れさられた。

*

それが再び目を覚ましたのは、見慣れない藪の中だった。どこかの虎の子がそれの脇腹を強くつつき、頭を小川の水に突っ込まれて慌てて目覚めた。

それは、自分が都老《トロ》だということはわかっていたが、なぜ麻の帷子《かたびら》を着せられて口の中に米が入っているのかわからなかった。米を吐き出すと、都老《トロ》はその場でガバリと立ち上がった。行くべきところはなかったが、行くところはたくさんあった。すでに顔つきも、埋められたときからはすっかり変わっていた。

スチームパンク朝鮮年代表

（本文中、ゴシック体は実在の人物である）

■一三九二年、**李成桂**《イ・ソンゲ》が朝鮮建国

高麗の武将時代に、侵略してきた元の軍を退けた**李成桂**《イ・ソンゲ》（太祖、初代国王。一三三五―一四〇八）は捕虜にした回回人の都《ト》老《ロ》を通じて蒸気に初めて接する。実は、自分の夢を実現するために長い間さまよっていた都老《トロ》がわざと捕まったのだ。**李成桂**《イ・ソンゲ》の側近である**鄭道伝**《チョン・ドジョン》との対話を通じて、新しい国への希望を見出した都老《トロ》は、力を貸すことにする。目新しいものを嫌っていた貴族たちとは違い、開放的だった**李成桂**《イ・ソンゲ》は都老《トロ》に蒸気機器の開発を命ずる。そして都老《トロ》が開発した蒸気馬と蒸気馬車を通じて機動力を極大化させた騎兵戦術を利用し、連戦連勝を収める。しかし朝鮮を建国した後に、反対勢力に利用されることを心配した**李成桂**《イ・ソンゲ》は、蒸気機器の開発を中断するよう命ずる。さらに王室の権力争いに巻き込まれた**鄭道伝**《チョン・ドジョン》が亡くなると、落胆した都老《トロ》は朝鮮を去ろうとする。だが、**崔武宣**《チェ・ムソン》の説得で朝鮮に残ることにし、ともにさまざまな蒸気機器を開発する。時間が経つにつれ、都老《トロ》が実は汽機人であるという噂が広がり、謎が深まる。

■一四二二年、蒸気汗蒸所《ハンジュンソ》の登場

漢陽《ハニャン》の貧民救済機関である活人院《ファリヌオン》が蒸気を利用した汗蒸所を建設する。火をくべるより多くの蒸気を作りだすことにより、患者を治療することに効果が見られた。そこで、汗蒸所を管理する汗蒸師たちが蒸気汗蒸所の増設を建議し、実行に移す。

■一四四六年、蒸気正音《チュンキジョンウム》を頒布

世宗《セジョン》（第七代。一四一七—一四六八）大王は蒸気を広く使って民百姓を利するべく、蒸気正音を頒布した。同時に蒸気の使い方を書いた本を頒布するために、民百姓が理解しやすいハングルを後から作らせた。しかし、蒸気の積極的な利用に反対する一部大臣は、これに反対する上訴を寄せた。

■一五〇四年、燕山君《ヨンサングン》による粛清

燕山君《ヨンサングン》（第十代。一四七六—一五〇六）は、自分の母親が蒸気をめぐる軋轢のために賜薬を飲んで死んだという事実に怒り、関連した大臣たちを処罰する。この時、**燕山君《ヨンサングン》**は賜薬の代わりに熱い蒸気を飲み込ませて殺す蒸殺刑を用い、その残酷さを露わにする。

■一五〇八年、蒸気背負子《しょいこ》の発明

行商人が使う背負子に蒸気機関を取り付けることで、自ら動く蒸気背負子が作られた。最初に作った者は誰なのか知られていない。黄海道《ファンヘド》に住むある没落した両班《ヤンバン》という話から釜山の東萊《トンネ》県所属の官奴婢が作ったという話までも伝えられる。また、朝鮮建国時、蒸気機械を開発した回回人の都老《トロ》が作ったのがその始まりであるという噂もあった。いずれにせよ、荷物を代わりに持ってくれるため、蒸気背負子はあっという間に行商人の間に広がったが、勲旧派の大臣たちはこれをよく思わず、取り締まりの対象になることもあった。一部の職人たちは蒸気背負子の見た目を人間のように整え、これを汽機人と呼んだ。

■一五一六年、趙光祖《チョ・グァンジョ》が蒸気院設置を主張

反正《パンジョン》により即位した**中宗**《チュンジョン》（第十一代。一四八八―一五四四）に重用された**趙光祖**《チョ・グァンジョ》は、道教の影響を受けた官庁である昭格署《ソギョクソ》を撤廃し、蒸気機関の開発を担当する蒸気院を設置することを主張する。しかし、**趙光祖**《チョ・グァンジョ》の影響力拡大を恐れた**中宗**《チュンジョン》はこれを拒否する。**趙光祖**《チョ・グァンジョ》が回回人かつ汽機人を作った都老《トロ》に私淑しているという噂が広がった。

■一五一九年、蒸気の獄が発生

中宗《チュンジョン》が、蒸気の積極的な利用を主張していた**趙光祖**《チョ・グァンジョ》とその仲間たちを処罰する獄が発生。己卯《きぼう》年に起きたため己卯の獄と呼ばれるが、蒸気をめぐり起きたので蒸気の獄とも呼ばれる。これによって蒸気の利用を拡大しようという士林派と、漸進的な利用を要求する勲旧派の軋轢が激しくなり党派が分かれることになる。しかし、蒸気機器の開発は民衆の反乱を起こしかねないことを考慮し、徹底的に統制する方向に傾く。趙光祖《チョ・グァンジョ》の処刑後、都老《トロ》の正体に関する様々な話が出てきて伝説となる。

■一五二七年、妓生黄真伊《キーセンファン・ジニ》が蒸気楽士とともに遊覧の途に
松都《ソンド》の妓生、**黄真伊**《ファン・ジニ》が蒸気で動く楽士とともに全国を遊覧し、名士たちと出会う。

■一五三七年、権臣、金安老《キム・アルロ》が死毒を賜る
王権をたてに日常的に専横を行っていた権臣の**金安老**《キム・アルロ》が死毒を賜った。彼に恨みを抱く大臣の中には賜薬ではなく熱い蒸気を飲ませて殺す蒸殺刑に処そうと主張する者もいたが、受け入れられなかった。

（「君子の道」）

■一五四四年、中宗《チュンジョン》の崩御
崩御した**中宗**《チュンジョン》の廟号を定める問題をめぐり、士林派と勲功派が激しく対立する。士林派は、王は蒸気を好んだので蒸の字を入れ、徳があったために宗の字を入れて蒸宗とすべきだとしたが、勲旧派は功があったのだから祖の字を使うべきだと対抗した。結局、双方が妥協して廟号を**中宗**《チュンジョン》と定めた。
（「蒸気の獄」）

■一五五五年、乙卯《いつぼう》の倭乱
倭寇が霊岩と康津一帯に攻め込んで城を陥落させ略奪を犯した。この時、朝廷では蒸気で動く戦船を作るべきだという意見が台頭した。

■一五八九年、鄭汝立《チョン・ヨリプ》の乱
蒸気は公共のものであり、みなが公平に使わなければならないという蒸気公物説を主張した**鄭汝立《チョン・ヨリプ》**が反乱を企てたという罪目で処刑され、彼が属していた官僚派閥・東人が大々的な弾圧を受ける。

■一五九一年、朝鮮通信使を日本へ派遣
豊臣秀吉が朝鮮の蒸気技術を狙っているという噂に、朝廷では通信使を派遣して真偽を把握しようとする。しかし、東人と西人の意見が分かれ、まともに対処できずに終わる。

■一五九二年、壬辰《じんしん》の倭乱が勃発、蒸気亀船が大活躍
壬辰年に倭軍十五万人が海を渡って攻め込む。朝鮮の蒸気技術を狙った**豊臣秀吉**の侵略である。倭軍の突然の攻撃に朝鮮は連戦連敗を繰り返し、王は漢陽を捨てて避難する。しかし、倭軍の侵入を事前に予測していた全羅左水使の**李舜臣《イ・スンシン》**が蒸気で動く鉄甲船である蒸気亀船を開発して実戦に配置する。

素早く動き、鉄甲で武装した蒸気亀船は、日本の水軍を撃破し、制海権を掌握する。その上、蒸気背負子を改造して作った蒸気義兵たちが猛活躍を見せ、奪われた領土を取り戻す。この時、義兵を作ったのは都老《トロ》だという噂が流れたが、真偽は定かではない。

■一五九七年、丁酉《ていゆう》の再乱が勃発、朝鮮水軍が壊滅

撤退交渉が失敗に終わり、**豊臣秀吉**は再び朝鮮を攻撃する。その間、党派争いで失脚していた**李舜臣**《イ・スンシン》に代わり、**元 均**《ウォン・ギュン》が指揮をとる。蒸気に対して否定的だった**元 均**《ウォン・ギュン》は蒸気亀船を廃棄する。そのため、日本の水軍が再び攻め込むと、朝鮮の水軍はまともに戦うことができず敗北する。驚いた朝廷は、再び**李舜臣**《イ・スンシン》を起用する。**李舜臣**《イ・スンシン》は残りの木造船を蒸気亀船に改造し、鳴 梁《ミョンリャン》で三十倍以上の兵力を持つ倭軍を撃破する。

■一五九八年、丁酉の再乱終結、李舜臣《イ・スンシン》が戦死

豊臣秀吉が世を去ると、倭軍は撤退する。彼らを防ぎとめていた**李舜臣**《イ・スンシン》は、鷺梁《ノリャン》で激戦を繰り広げたすえ戦死する。戦が終わると、**宣祖**《ソンジョ》（第十四代。一五五二―一六〇八）は王権を強化するために蒸気義兵を弾圧する。

■一六二一年、仁祖反正《インジョンパンジョン》の発生

綾陽君《ヌンヤングン》（仁祖、第十六代。一五九五―一六四九）が反正を起こし、**光海君**《クァンヘグン》（第十五代。一五七五―一六四一）を追い出す。壬辰の倭乱・丁酉の再乱を経験して疲弊した朝鮮を復興するため、蒸気技術を大量に普及させようとしたが、失敗に終わった。

■一六二三年、李适《イ・グァル》の乱が勃発

北方の国境警備を任されていた**李适《イ・グァル》**が反乱を起こした。壬辰の倭乱の時に使用していた蒸気義兵を前線に押し出し、素早く進軍して漢陽を陥落させたが、反撃を受けて敗北した。**李适《イ・グァル》**の乱に加担した少数の生存者は川を渡って女真族の首長**ヌルハチ**に投降した。その時、蒸気技術が伝えられ、**ヌルハチ**は蒸気馬を大量に生産することになる。一部では、この少数の生存者のうち一人が蒸気技術を導入した回回人、都老《トロ》だという噂が流れた。

■一六三六年、丙子《へいし》の胡乱が勃発

壬辰の倭乱で明から朝鮮への干渉が少なくなると、満州の女真族は**ヌルハチ**を中心に統合していく。**ヌルハチ**は**李成桂《イ・ソンゲ》**が使っていた蒸気馬と蒸気馬車を使い、主導権を握る。勢力を増した女真族は清を建国し、朝鮮を侵略する。あっという間に攻め込んできた清の軍隊によって避難もかなわなかった**仁祖《インジョ》**は南漢山城《ナマンサンソン》に閉じ込められる。蒸気義兵を弾圧している中、義兵たちの活動も振るわず翌年、**仁祖《インジョ》**は結局、南漢山城から降りてきて三田島《サムジョンド》で**ホンタイジ**に額づいて降伏する。

■一六四四年、**「朴《パク》氏夫人伝」公開**

江原道《カンウォンド》で神妙な蒸気機器を作るという朴《パク》氏夫人の話「朴《パク》氏夫人伝」が伝奇叟《チョンギス》の李重業《イ・ジュンオプ》によって披露され、大きな人気を集める。その後、蒸気機関が登場する多くの物語が作られては流行する。

（「朴《パク》氏夫人伝」）

■一六六三年、**蒸気捕獲人の登場**

逃亡奴婢たちを捕まえる蒸気追捕機械が登場する。蒸気義兵をよしとしなかった朝廷にも、これは歓迎された。しかし、少数の学者たちは、「蒸気のあるべき使い方ではない」と声を上げ、蒸気追捕機械の使用を制限する法律を提言する。

■一七二一年、**数人の民が行方をくらます**

商人や訳官、職人など数人が「プン」という名前の蒸気箱舟を利用して、はるか西域に向かう。朝廷ではその噂を聞いて、彼らを捕えようと追いかけたが、行方がわからなかった。

■一七二二年、**壬寅《じんいん》の獄**

党派のひとつ・老論派が、人倫にもとる蒸気兵器を秘密裏に作って運用したという**睦虎龍**《モク・ホリョン》の上訴が上がり、朝廷に血の嵐が吹く。**金昌集**《キム・チャンジプ》、**李頤命**《イ・イミョン》など老論数十人が死亡し、百人余りが流配刑に処された。実は、これは当代の王景宗《キョンジョン》（第二十代。一六八八―一七二四）が王世子時代に推進したこと。体が弱く政治的基盤が不安定だった景宗《キョンジョン》にとってこの事実は弱点になり、景宗《キョンジョン》はこれを隠すために必要以上に残酷にふるまった。

■一七七九年、洪国栄《ホン・クギョン》の失脚

正祖《チョンジョ》（第二十二代。一七五二―一八〇〇）の寵愛を受けた洪国栄《ホン・クギョン》が、実は蒸気機器で動く汽機人だという事実が発覚する。正祖《チョンジョ》は老壮派大臣たちの反発を憂慮して洪国栄《ホン・クギョン》の破壊を命ずる。（「知中事《チシンサ》の蒸気」）

■一八七五年、蒸気タワーを利用した鎖国政策を実施

興宣大院君《フンソンテウォングン》（第二十六代・高宗の父）は頻繁にやってくる黒船を退けるため、海岸線に蒸気タワーの設置を命令する。蒸気タワーから発生する電気エネルギーを結界にして侵入を防ごうとした。

訳者あとがき

本作は韓国で活躍中の五人の作家が結集して作り上げたスチームパンクSFの年代記だ。原題は『汽機人都老』기기인 도로 - 조선스팀펑크연작선（アザク社、二〇二一）である。ある飲み会の席で顔を合わせた五人は朝鮮王朝を舞台にしたスチームパンクアンソロジーを作ろうと意気投合した。数度の会議を重ね、あみだくじで引き当てたパク・ハルが謎の回回人都老《かいかいじんトロ》の基本設定を、チョン・ミョンソプが巻末の年表を作成した。

この年代記は実際の歴史を改変しており、それぞれの作品が歴史順に並んでいるので、読者は朝鮮王朝の歴史と重ねて蒸気技術の発達を楽しむことができる。巻末に付された年代表は実際の事件と実在の人物をうまく配置し、あったかもしれない別の歴史を見せてくれる。また、年表だけでなく物語の中でも韓国人や韓国文化のファンにとってはなじみ深い人や事物が数多く登場する。

例えば「蒸気の獄」に出てくる槐山《クェサン》は韓紙《ハンジ》の産地として有名で、今では博物館があり旅行者も紙工芸を体験できる。北村《プッチョン》は韓屋《ハノク》の保存地区で観光客にも人気のスポットだ。普信閣《ポシンガク》もソウルの街中にあり、年末には除夜の鐘を鳴らしてカウントダウンイベントが行われる。「君子の道」に登場する栗谷《ユルゴク》は李珥《イ・イ》の号、退溪《テゲ》は李滉《イ・ファン》の号で、朝鮮朱子学における二大儒学者として、二人の肖像は韓国の紙幣に、名前は道路に残っている。「「朴《パク》氏夫人伝」」に出てくる物語もすべて実在し、現在ではパンソリや唱《しょう》劇《げき》と呼ばれる舞台で上映されたり、入試の参考書に登場したりしている。「魘魅蠱毒《えんみこどく》」で崔強意《チェ・ガンヒ》親子がさまよう冠岳山《クァナクサン》一帯は現在の冠岳区としてソウルの一部に組み込まれ、山のふもとにはソウル大学がある。「知中事《チシンサ》の蒸気」に登場する江陵《カンヌン》に行けば、流配された洪国栄《ホン・クギョン》が見たのと同じ海岸線を見て、季節によってはおいしい蟹も味わえる。王宮も世界遺産として公開されているので見学可能だ。なお、本作では「蒸気の獄」「君子の道」の時代までが景福宮《キョンボックン》を王宮としており、一五九二年以降はそれまで離宮であった昌徳宮《チャンドックン》が王宮となったので「知中事《チシンサ》の蒸気」では正殿の名も異なっている。

朝鮮は中国のその時々の王朝に朝貢することで、長い王朝政治を行った。政治の柱となったのは中国からもたらされた朱子学である。武よりも文を重んじたため、政治争いは主に党派による陰謀策略であり、日本の戦国時代のように刀を振りまわすことはない。死罪もあるが、名誉ある者の死は切腹ではなく王から賜った毒を飲む「賜死《しし》」である。

朝鮮は文の国である。朝鮮王朝はさまざまな記録をつぶさに文字に残している。朝鮮王朝実録は二十七代の王の記録を一九六七巻にわたって記したものだ。しかし、すべてが書き残されるわけではなく、何を書くかという取捨選択は書く者にゆだねられる。「蒸気の獄」は趙光祖《チョ・グァンジョ》が追われた己卯《きぼう》の獄と桑の葉に現れた破字《はじ》（漢字をその構成要素に分解して読み解いたり、占ったりする手法）の謎について、そこに蒸気技術を加えることで新たに解釈しつつ、実録の記録を任される下級官吏の苦悩を描く。実際にはこれらの記録は次の王があとから削除することがあり（これを洗草《セチョ》という）、「知申《チシン》事《サ》の蒸気」に出てくる通り正祖《チョンジョ》は即位後父親に関する記述を洗草させるよう命じた、と正祖《チョンジョ》実録の附録に残っている。現在の韓国はデジタルの国なので、ありがたいことに私は自宅からこの文章にアクセスできる。できる方はぜひ「回回人」「都老」で検索してみてほしい。

本作はきらびやかな韓国時代劇では見られない下級官僚や庶民、被差別階級だった奴婢の暮らしぶりが、細やかに生き生きと描かれていてとても魅力的だ。権力勾配のきつい社会にあって蒸気技術は主に被支配者の側にあり、支配者は常にその力を押さえつけようとする。

朝鮮王朝では身分制度が厳しく定められ、もちろん日本にも士農工商があったが、大きな違いは比較的近代まで奴婢制度が残っていた点である。制度が強固で逆らえないのなら、むしろ諦めてその制度の中で生きるほうが楽だ。日本に留学して芥川賞候補になったこともある金史良《キム・サリャン》が一九四〇年に発表した「土城廊《トソンラン》」には、突然主人の家から解放され、自由を得て戸惑う奴婢の姿が描かれている。厳しい身分制度による差別や不条理に立ち向かう手段の一つが学であり、本作では蒸気技術だ。「君子の道」の作者のパク・エジンはこの長くてつらく険しい逆転物語を「さつまいもの後のサイダー」だと言う。もどかしさと爽快感を食べ物で表す定番の表現だ。しかし、誰もが逆転できるわけではない。人権が確立されていない前近代においては、どこまでを人間と認めるか、どこからを人間未満とするか、その線引きは社会情勢に応じて為政者が行ってきた。

また、身分制度だけでなく男女の性別役割分担も明確に定められていた。本作にも女性が男児を産むプレッシャーにさらされているエピソードが複数登場する。そのような時代にあって、「「朴《パク》氏夫人伝」」は蒸気技術という力を身に着けた女性、朴《パク》氏が大活躍を見せる。実際の「朴《パク》氏夫人伝」も、女性が不思議な力を発揮する物語である。「魘魅蠱毒《えんみこどく》」は夜が暗く、人々がまだ迷信を信じていた時代を背景にしたホラーだ。蒸気兵士の登場する物語全体はパク・ハルの創造だが、冒頭の話は十八世紀に書かれた『星湖僿説《せいこさいせつ》』からの引用だ。

読者は五つの作品を通じて汽機人が立って歩き、話しはじめる姿を目撃することになる。朝鮮半島では高麗の時代から活字が使われており、一三七七年に印刷された世界最古の金属活字本『直指心体《ちょくししんたい》要節《ようせつ》』はユネスコ世界記憶遺産に登録されており、清州《チョンジュ》に印刷博物館がある。本作において活字機が歩きだして汽機人になるのも、汽機人がオーバーヒートして文字化けを起こすのも必然である。

「知中事《チシンサ》の蒸気」は二〇二一年の韓国SFアワード中短篇部門を受賞し、話題となった。登場人物は日本でもドラマでおなじみの国王、李祘《イ・サン》とその右腕の洪国栄《ホン・クギョン》。数々の要職を兼任し、妹を王の側室にして外戚となった洪国栄《ホン・クギョン》はその権力欲の強さのため失脚させられたと言われている。この突然の失脚の謎をめぐって、本作では王となる李祘《イ・サン》（正祖《チョンジョ》）と、朱子学をインストールした汽機人、洪国栄《ホン・クギョン》との間でどんな感情がゆらめいたのか、たいへんドラマチックな結末が用意されている。

王である李祘《イ・サン》は必ず異性愛者でなければならず、跡継ぎを残さねばならず、子供を作るパートナーも念のためにスペアがいれば安心だ。さて、皆に尊敬されてかしずかれた王やスペアたちは幸せだっただろうか。この作品は朝鮮王朝を内側から描いて、このような制度の不条理を問いかける。実際に同時代の日本では徳川家がスペアとして御三家を確立していたわけだが、「知中事《チシンサ》の蒸気」を読んでよしながふみの『大奥』を連想する読者もいると思う。『大奥』は男女逆転という歴史改変で二〇二二年の日本SF大賞を受賞している。実はイ・ソヨンはよしながふみのファンで『大奥』がこの作品を書くきっかけとなったそうだ。

本作で綴られる年代記は朝鮮王朝時代を舞台にしており、辞書で調べきれない単語や登場人物の漢字の綴りなど、五人の作家と何度もやり取りをした。発明品に関して「このイメージであっていますか?」とイラストを送りつけたこともあった。編集の方にも校正の方にも大変お世話になった。そのたびに迅速な返事と的確なアドバイスをいただいて心強かった。細やかな役職や擬古文調の文末に関しては煩雑にならないように簡略化した部分もあるため、原著は拙訳よりはるかに豊かな描写であることを、読者に申し述べておく。

過去を舞台とした本作は、当時の差別や児童労働、暴力や不条理が描かれていて、読んでいて苦しく胸がつまる描写もある。しかし、長い山道をくねくねと進んでいくように、時に道に迷ったり立ち止まったりしながらも社会は発展する。「君子の道」で若旦那様とともに赴任地へ下る主人公は、蒸気駆動の荷車を空想する。そのためには道の整備が必要だとも考える。現在の韓国は国中に高速道路が整備され、自動車が走っているではないか。もちろん二〇二三年の韓国にも日本にも差別も不条理も残っていて、これがベストな社会ではないだろう。下り坂だと感じるかもしれない。それでも、長い目で見れば社会は必ず発展する。その未来を想像することもＳＦにできる役割だと思う。

二〇二三年五月　吉良佳奈江

作家紹介

チョン・ミョンソプ　정명섭「蒸気の獄」

大手企業のサラリーマン、バリスタを経て、現在は専業作家。邦訳された歴史ミステリ『消えたソンタクホテルの支配人』（미스손탁／二〇一八、北村幸子訳、影書房、二〇二二）のほか、『シャーロック・ホームズ科学捜査クラブ』（셜록 홈스 과학수사 클럽／二〇一八）、『漢城フリーメイソン』（한성 프리메이슨／二〇一八）などSF、ミステリを中心に著書多数。『墓の中の死』（무덤 속의죽음／二〇二〇）で二〇二〇年韓国推理文学賞大賞を受賞した。

パク・エジン　박애진「君子の道」

科学小説、ファンタジー、スリラー、青少年小説など多様なジャンルの文章を書く。青少年向けのSF集『私のソウル大学合格手記』（나의 서울대 합격 수기／二〇一八）、『女性作家SF短篇集』（여성작가 SF 단편모음집／二〇一八）、『パンソリSF五幕』（판소리 에스에프 다섯 마당／二〇二三）など多くのアンソロジーに参加している。今回の企画から派生した長篇『明月飛船歌』（명월비선가／二〇二二）では、実在した妓生の黄真伊《ファン・ジニ》（＝明月）と都老《トロ》との出会いを描いている。

キム・イファン　김이환「朴《パク》氏夫人伝」

レイ・ブラッドベリの『火星年代記』を読んで感銘を受け、作家活動を始めた。『最後のライオニ　韓国パンデミックSF小説集』（팬데믹 여섯 개의 세계、二〇二〇／清水博之ほか訳、河出書房新社、二〇二一）で「あの箱」（그 상자）が翻訳されているほか、短篇「君の変身」（너의 변신／二〇一一）は季刊『コリアナ』を通じて九カ国語に翻訳された。長篇小説『絶望の玉』（절망의 구／二〇〇九）は日本で漫画として出版され、韓国ではドラマ化が予定されている。

パク・ハル　박하루「魘魅《えんみ》蠱毒《こどく》」

『純潔な探偵キム・ジェゴンと踊る操り人形《コットゥガクシ》』（순결한 탐정 김재건과 춤추는 꼭두각시／二〇二〇）で第一回エリクシールミステリ大賞を受賞しデビューした。二〇二二年には『死体が多すぎる』（시체가 너무 많다）を発表。主に隔月文芸誌《ミステリア》とオンライン小説プラットフォーム「ブリッG」に短篇を発表している。驚くべき話、胸騒ぎがする話、迷路のような話

を好んで書く。

イ・ソヨン　이서영　「知《チ》中事《シンサ》の蒸気」
単著に『ワニの味』（악어의 맛／二〇一四）、『ユミの恋人』（유미의 연인／二〇二一）などがあり、『女性作家ＳＦ短篇集』（여성작가 SF 단편모음집／二〇一八）などのアンソロジーに参加している。技術がどのような人間を排除し、またどのような人間のために働くのか、あるいは技術によって排除された人間が技術を逆手に取って戦うことができるのかに関心を持つ。「知《チ》中事《シンサ》の蒸気」で二〇二一年韓国ＳＦアワード中短篇部門大賞を受賞した。

なお、二〇二三年四月にはこの五人にイ・サンファを加えた六人によって百年後のソウルを舞台にした『今、ダイブ――サイバーパンクソウル二一二三』（지금 다이브 사이버펑크 서울 ２１２３）が発表された。

A HAYAKAWA SCIENCE FICTION SERIES No. 5060

吉《き》良《ら》佳《か》奈《な》江《え》

1971年生，東京外国語大学日本語学科，
朝鮮語学科卒
翻訳家
訳書
『極めて私的な超能力』チャン・ガンミョン（早川書房刊）
『大邱の夜、ソウルの夜』ソン・アラム
他多数

この本の型は、縦18.4センチ、横10.6センチのポケット・ブック判です。

〔蒸気《じょうき》駆動《くどう》の男《おとこ》　朝鮮王朝《ちょうせんおうちょう》スチームパンク年代記《ねんだいき》〕

2023年6月20日印刷　　2023年6月25日発行

著　者　キム・イファン
　　　　パク・エジン
　　　　パク・ハル
　　　　イ・ソヨン
　　　　チョン・ミョンソプ
訳　者　吉良佳奈江
発行者　早川　浩
印刷所　三松堂株式会社
表紙印刷　株式会社文化カラー印刷
製本所　株式会社川島製本所

発行所 株式会社 **早川書房**
東京都千代田区神田多町2－2
電話　03-3252-3111
振替　00160-3-47799
https://www.hayakawa-online.co.jp

（乱丁・落丁本は小社制作部宛お送り下さい
送料小社負担にてお取りかえいたします）

ISBN978-4-15-335060-1 C0297
Printed and bound in Japan

メアリ・ジキルと怪物淑女たちの欧州旅行　Ⅱブダペスト篇

EUROPEAN TRAVEL FOR THE MONSTROUS GENTLEWOMAN (2018)

シオドラ・ゴス

原島文世／訳

囚われの令嬢、ルシンダ・ヴァン・ヘルシングをみごと救出したメアリたち。だがその行く手に、父親であるジキル博士が立ちはだかって——!?　ヨーロッパ大陸での大冒険を描く、シリーズ三部作の第二部完結篇

新☆ハヤカワ・ＳＦ・シリーズ